Antonio Delfini
Der letzte Tag der Jugend

Elf Erzählungen und eine Geschichte

Aus dem Italienischen
und mit einem Nachwort
von
Marianne Schneider

Frankfurter
Verlagsanstalt

Umschlagabbildung:
Paul Cézanne, Madame Cézanne
in einem roten Sessel (1877)
Museum of Fine Arts, Boston
Vgl. S. 184 und S. 256

Erste Auflage 1987

Titel der italienischen Ausgabe:
›Il ricordo della Basca‹

Umschlagentwurf: Peter Anders
Satz: Wagner GmbH, Nördlingen
Druck und Einband:
Franz Spiegel Buch GmbH, Ulm-Jungingen
Gestaltung und Produktion:
Ralf-Ingo Steimer, Nördlingen
Printed in Germany

Inhaltsverzeichnis

Die Modistin

Frau Elvira war nun über sechzig. Sie saß in einem weichen, geblümten Sessel mit bequemen Armlehnen und ließ ihren Kopf zurücksinken. Es war, als sollte sie sich dort verirren, wo sie so leicht hingehen konnte, aber nur mit Schmerzen wieder zurückfand. Wie oft hatte sie sich in ihren jungen Jahren nachts erschöpft in diesen Sessel gesetzt. Sie blickte damals immer auf das breite Bett mit der großen, weißen Spitzendecke. Die Decke hatte ein wenig Schaden gelitten. Aber damals war das nicht so wichtig. Wenn nur Arturo jeden Abend wiederkam! Die Arbeit spielte keine große Rolle. Sie hätte die Tätigkeit ihrer Putzmacherei in der Hauptstraße ohne weiteres ein wenig reduzieren können. Ihr reichte, was sie zum Leben brauchte. Arturo verdiente genug, und es war nicht nötig, daß sie für ihn etwas auf die Seite legte. Sie brauchte nur immer ihre kleine Wohnung schön sauberzuhalten, jedes Jahr eine neue Bettdecke mit immer feineren Spitzen zu kaufen, jeden Abend einen duftenden Kaffee von der besten Sorte (den gab es in der großen Bar »Brasil«, die im Karneval die ganze Nacht offen hatte) zu machen, und ihr Leben würde aufs glücklichste verlaufen. Arturo war ein schöner Mann, stark und unermüdlich, das mußte man sagen. Goldena, die Schneiderin, neidete ihn ihr, und wie! Die hätte im Handumdrehen ihren kleinen Angestellten verlassen, um Arturo anzugehören. Goldena, die Schneiderin, die doch eine schöne Frau war, hatte kein Glück gehabt bei Arturo. Sie, Elvira, die ganz allein hochgekommen war, als Waisenmädchen, sie hatte sich ihn genommen und ließ ihn nicht mehr gehen. Radfahren konnte ja keiner so wie er. Und so wie er Zigarre rauchen, daß er zwischen zwei Zügen immer Zeit für ein aufmunterndes, heiseres Kompliment hatte, auch das konnte keiner. Seine sonore, röhrende Stimme, raubte ihr den Verstand, jede Hutfaçon mißlang ihr, wenn sie nur daran dachte. Und wie entzückte sie seine Weste (die hatte sie ihm genäht), wenn sie so straff die breite Brust umspannte!

»Wenn Frau Elvira wüßten ...« sagte im Geschäft eines ihrer Lehrmädchen zu ihr.

»Was denn?« fragte sie beunruhigt.

»Nichts, ich hab nur so gemeint.«

»Sag schon, du bist ihm wohl gestern abend irgendwo begegnet?«

Das Lehrmädchen mußte lachen und verschwand trällernd im Hinterraum. Elvira blickte auf ihre Hände, die übel zugerichtet waren, weil sie tags zuvor soviel Wäsche gewaschen hatte. Sie wurde nachdenklich. Eine Freundin hatte ihr erzählt, daß man Arturo als einen Mann mit Zukunft betrachtete und daß er den bescheidenen Posten, den er heute innehatte, von einem Tag auf den anderen aufgeben könnte. Mein Gott, was sollte sie da tun? Sie würde sich auch einen Namen machen und in Mailand ein großes Modehaus eröffnen. Es gab keinen anderen Weg, um mit ihm Schritt zu halten. Auf keinen Fall hinter ihm zurückbleiben. Welche Überraschung erlebte an jenem Abend die Marquise von Y, als ihr schon der neue Hut mit den Federn gebracht wurde (der junge Kavalleriehauptmann würde sein Pferd zu einem kleinen Freudensprung anspornen, mit einem flotten Hopp-Hopp zu Ehren der Marquise), den sie erst tags zuvor bestellt hatte. Wie fein er ausgearbeitet war! Wie gut er ihr zu Gesicht stand! Wie majestätisch sie damit aussah! Den Silberknauf seines Stockes zwischen den Fingern sah der dicke Marquis anderntags, als er im Café saß, die Federn seiner Frau durch die Windungen seiner äußerst wohlriechenden Zigarre wehen. Die anderen Herren machten ihm augenzwinkernd ihre Komplimente.

Die Gnädigen strömten daraufhin in den Laden: »Was für einen schönen Hut Sie der Marquise gemacht haben! So einen wollen wir auch, genau den gleichen, wissen Sie, nur daß er nicht soviel kosten soll, denn so viel Geld können wir nicht ausgeben, wir nicht.« Federn in deftigen Farben überfluteten die ganze Stadt, eine ungewohnte Weichheit durchzog die Straßen; die Männer faßten an ihre goldene Uhr in der Westentasche und schielten erfreut nach den Frauen. Diese gingen, sich leicht in den Hüften wiegend, ihrer Wege, wobei sie geschmerzt den Fuß unter den Rökken hervorspitzen, ihre Federn im Winde wehen ließen und Veilchensträuße an der Brust stecken hatten. Ja, Veilchen, solche, wie sie einmal in den ersten Frühlingstagen auf den Wiesen vor der Stadt gepflückt hatte und dann ausgeglitten war, und ein Mann von stattlichem Aussehen hatte zu ihr gesagt: »Welch schöne Beine, Gnädigste!« Er half ihr wieder hochzukommen und drückte zwischen zwei Komplimenten fest ihren Arm. Sie hatte sich nach Hause begleiten lassen. Die alte Tante bemerkte, während sie das Abendessen zubereitete: »Dein Ärmel ist zerrissen. Kann man dich in deinem Alter, mit dreißig Jahren, noch nicht allein auf die Straße lassen?« Sie wurde rot, weil sie an den dachte, der ihr den Ärmel zerrissen hatte. Mit ihren dreißig Jahren war sie noch nicht verheiratet, und sie konnte so hübsch sein, wie sie wollte, die anderen ließen sich dadurch nicht abhalten, sie hinter ihrem Rücken zu verlachen. Einmal, mit siebzehn, war sie allein mit einem blutjungen Medizinstudenten spazierengegangen. Er stank nach Tabak, hatte eine schöne Krawatte und schadhafte Zähne. Sieben Tage hintereinander hatte er vor der Werkstatt ihrer ersten Meisterin gewartet, bis sie herauskam: Die Meisterin war eine alte Schneiderin, eine Jugendfreundin ihrer Mutter. Sie ging im Karneval noch auf Maskenbälle, in Begleitung eines siebzigjährigen Senators, dem es Spaß machte, das Leben zu genießen oder zu zeigen, daß er es genoß. Zu derlei Gelegenheiten ließ er zu Hause ein Souper herrichten, zu dem Pastete, kalter Braten und Obstkuchen gehörte, und Sassolino, der Rotwein von den Hängen seines eigenen Weingutes. Der Hausmeister, der sich zu dieser Gelegenheit eine Livree anlegte, brachte den Korb mit dem Essen ins Theater und bediente den Senator und die Schneiderin im Fond der Loge. Obwohl sie schon alt war, flößte ihr der Wein so viel Kraft und Mut ein, daß sie sich über das Geländer der Loge schwang und sich mit halb aufgelösten Kleidern ins Parkett hinunter gleiten ließ. Zwei Tage lang kam sie dann nicht in die Werkstatt, und die Mädchen wußten, daß sie ihren Rausch vom Maskenball ausschlafen mußte. An einem solchen Tag verließ Elvira die Werkstatt zu ungewohnter Stunde, womit sie sich eine kleine Freiheit nahm, die ihr sonst nicht zugestanden worden wäre. Der Student fragte, ob er sie begleiten dürfe, und sie sagte ja, dann ging sie mit ihm durch einsame, enge Gassen, wo am Abend ein ärmliches Gaslicht schimmerte (als der Laternenanzünder vorbeikam, versteckten sie sich hinter einem Pfeiler der Arkaden). Es war das erste Mal, daß sie mit einem Mann mitging, und das erste Mal, daß sie sich küssen ließ. Vielleicht hatte jemand von ihrem Abenteuer erfahren, denn am nächsten Tag sahen sie alle anders an als zuvor. Am Abend hatte sie noch immer den Geschmack von fremdem Speichel und toskanischem Stumpen im Mund, so daß sie ihrer Tante auf die Frage, was sie denn habe, erwiderte: »Mir graust vor diesem Essen«, und in Tränen ausbrach, während sie auf ihr Zimmer lief, um sich aufs Bett zu legen. Mit dem Studenten ging sie nicht mehr mit. Auf den ausgezehrten Kerl, der bei jedem Wort einmal spuckte, konnte sie verzichten, auch wenn er Geld genug hatte, um ihr ein neues Schultertuch zu kaufen. Wieviel Zeit verging danach, bis sie wieder mit einem Mann mitging. An Anträgen hatte es ihr nicht gefehlt, selbst nicht an günstigen. Und so mancher reiche Geschäftsmann hätte auf etwas anderes verzichtet, nur um sie zur Freundin zu haben. Aber einen Mann ertragen, nein, das konnte sie einfach nicht, wer weiß, aus welchem Grunde. Und es ergab sich, daß sie ziemlich tief sank. Eines Winters, einige Jahre nach dem Abenteuer mit dem Studenten, wurde sie von einer Cousine, die Tänzerin an der Oper der Stadt M*** war, eingeladen, ein paar Karnevalstage dort zu verbringen. Einen Abend im Atelier eines Mannes, der sich als Maler ausgab, sie, ihre Cousine und noch eine Tänzerin; einen zweiten Abend in einer Absteige voller Frauenphotos, die einem jungen Kerl gehörte, der, wo er sich auch befand, immer für alle bezahlte. Kaltblütig wohnte Elvira den Orgien bei, indem sie vorgab, sich zu amüsieren, wenn es die Gelegenheit verlangte, oder sich zu entrüsten und zu erschrecken, sobald ihre persönliche Unversehrtheit in Gefahr geriet. Zu den Männern sagte sie: »Ich bin anders als meine Freundinnen«, und diese gaben nach einigen Versuchen lachend auf und wandten sich gutmütig den beiden anderen zu, die lustig und entgegenkommend waren. Ihnen reichte es ja, wenn sie sich ausleben konnten und den Abend noch unter Dach und Fach brachten. Die anderen kamen dann auch zu ihrem Ziel: Sie ließen sich das Abendessen bezahlen, und ein paar Geschenke sprangen auch dabei heraus; all das wäre ihnen ohne Elvira nicht geglückt, denn sie war jünger und anziehender als die beiden anderen. Die Freundinnen beneideten sie um ihre Kaltblütigkeit: »Du Glückliche, mit deiner Kaltblütigkeit ersparst du dir viel Kummer.« Als sie in der Theatergarderobe auf ihre Freundinnen, die Tänzerinnen, wartete, kam ihr die Idee, sich einen Hut zu machen, was sie noch nie versucht hatte. Ihre Arbeit in der Schneiderei bestand aus einfachen Dingen: Knopflöcher, Knöpfe annähen undsoweiter... Er gelang ihr nicht übel. Es wurde ein großer Hut, wie es damals Mode war, mit einer riesigen rosaroten Schleife. Als ihn ihre Cousine sah, wollte sie ihn für sich, und ihre Freundin bestellte sich auch einen solchen Hut. Elvira machte ihn diesmal anders: mit ein paar Perlenschnüren. Dritter Klasse fuhr sie wieder nach Hause und auf der Reise fiel ihr ein, sie könnte Klosterschwester werden. Sie saß mit gesenktem Kopf da, und es amüsierte sie, sich vorzustellen, die anderen Leute würden sie ansehen: »Schwester Elvira mit dem schön beschuhten Knöchel, wenn du ein Weibchen wärest, wie gern hätt' ich dich geküßt«; »Gegrüßet seist du, Maria, vergib uns unsere Schuld, oh Herr, gegrüßet seist du, Maria.« Und unterdessen wartete die böse Tante ungehalten auf ihre Nichte: es war ihr nicht gelungen, eine Lebedame aus ihr zu machen und sie ein für allemal loszuwerden. Sie kam wieder zurück: mit dem Rosenkranz in der Hand und einer wilden Lust zu laufen. Die Jahre vergingen, die Tante wurde alt, und durch Hüte, Aufträge und Verdienst wurde sie unabhängig, frei, nach ihrem Willen an einem Frühlingstag auf der Wiese Veilchen zu pflücken, auszurutschen und ihre Röcke zu heben. »Welch schöne Beine, Gnädigste!« Sie zerriß sich einen Ärmel ihres Kleides. Um wieviel schöner würde sie morgen sein, in einem neuen Kleid.

Arturo war einer der ersten Angestellten der Gaswerke. Er verdiente gut. Er war es, der Elvira das erste Geld gab, damit sie einen eigenen Laden aufmachen konnte. Freudig und in seiner ganzen Stattlichkeit kam er ins Geschäft, schüttelte seinen Kopf und sein Bambusstöckchen. Sie saß mit gespreizten Beinen da und nähte und wechselte mit ihren Näherinnen langsame, wie mit Schmalz bestrichene Worte im Dialekt. Dann und wann sang sie, in Ekstase versunken, ein Stückchen aus der *Traviata.* »Komm, ich küß' dich, komm heut' nacht...«, damit erschien er in der Ladentür, die er nur einen Spalt weit öffnete, um den duftenden Hauch der eleganten Offiziere zu ihr hereinzulassen, die gerade in dem Moment vorbeigegangen waren. Sie kamen aus der Konditorei »Celestina«, wo sie Kuchen gegessen hatten. Arturo verschwand dann im Rachen des Sieben-Uhr-Abend-Gewühls, wo man munkelt, die Signora Altani habe ein Verhältnis mit dem Schwadronschef. Jetzt würde sie Feierabend machen, den Laden schließen, und dann begannen die Freuden des Abends! »Komm, ich küß' dich, komm heut' nacht, alles, was ...« Man mußte bei »Celestina« noch Gebäck holen, beim »Brasile« den Kaffee und bei der »Toskana« eine Flasche weißen Schaumweins und im Zigarrenladen einige »Minghetti«. Dann schnell nach Haus, sich umziehen, parfümieren. Und unter der Lampe mit dem schönen Kranz aus lauter bunten, kleinen Perlen klangen alle Freuden aus. Gegen zwei Uhr verließ er das Bett. Entweder mußte er mit dem Zug wegfahren, weil er ein paar Geschäftchen zu erledigen hatte, oder er wollte nach Hause gehen, weil ja die Leute zu reden anfingen, wenn man zu lange bei seiner Geliebten blieb; er ließ sie allein in der behaglichen Wärme der Bettdecke und ihrer gestillten Lust. Es dauerte noch eine Stunde, ehe sie einschlief, eingehüllt von ihren Träumereien, die sie immer wieder in seine Arme zurücktrugen. Dann nahm sie der Schlaf auf, der sie umfangen hielt, bis sie ein schöner Federhut wieder in die Wirklichkeit zurückrief. »Oh, Elvira, oh! Schöne Elvira«, sangen die kleinen Jungen in ihrer Straße. Morgens, wenn sie in ihren Laden ging, hallte ihr Schritt kräftig und entschieden über den Bürgersteig. Das junge Herrchen dort oben, das wohl noch schlief, hätte nur hinzuhören brauchen und schon wäre ihm mit qualvoller Wonne klargeworden, welche Beine dort unten vorbeigingen. Aber sie gab nichts auf die jungen Herrchen, schaute sie nicht einmal an. Sie mochten stundenlang vor ihrem Ladenfenster stehen, von ihnen hätte sie sich nie aus der Ruhe bringen lassen. Aber ihre Schritte auf dem Pflaster hören zu lassen, das war eine Lust! Welche Stärke, welche Linie, welches Schmachten (so sagte Arturo) in diesen Beinen. Und sie trat immer kräftiger auf, warf sich in die Brust und sagte im Weitergehen ein paar Schweinereien im Dialekt vor sich hin.

Manchmal im Sommer (wenn Arturo auf Geschäftsreisen war) setzte sie sich, halbnackt wegen der großen Hitze, in ihren weichen, geblümten Sessel ans Fenster und träumte, sie würde auf Wolken schweben und um sie herum lauter schöne Arturos, die ihr Luft zufächelten. Und sie sah sich auch in Paris, wo sie ein großes Modehaus »Chez Arthur« leitete. Oder sie verlief sich in der Schwüle, die von der Straße kam, an einem paradiesischen Jahrmarktstag zwischen den Wägelchen der vielen Eismänner, und jeder Eismann hatte einen seltsamen Gesichtsausdruck à la Arturo. Und die schönen Spazierfahrten mit der Festtagskutsche, einmal an den Fluß, ein andermal zur Villa delle Quattro Torri. Die Bocciaspieler hielten inne und sahen ihnen neidisch nach. Einer sagte: »Die schöne Maitresse hätte ich auch gern, ich würde mit ihr nach Mailand fahren, da würde sie springen, Ruhe bekäme die nie bei mir.« Und die anderen lachten, während Arturo sie eng um die Taille faßte. In einem Jahr fuhren sie mitten im August das Meer ansehen. Aber es gefiel ihr nicht, und sie wollte sofort wieder nach Hause und die schöne Spitzendecke auf ihrem Bett wiedersehen. Er ließ sich einen Schnurrbart wachsen, einen schönen Schnurrbart. Eines Nachts verabschiedete er sich wie gewöhnlich von ihr und sagte, er werde nur zwei Tage geschäftlich unterwegs sein. Sie schlief selig ein, erwachte am Morgen, arbeitete zwei Tage lang ohne Rast, denn die schönen, eleganten Damen warteten ja auf ihre Hüte. Arturo kam nicht wieder, man sah ihn nicht mehr, man hörte nichts mehr von ihm. Die Frauen der Stadt mußten sich eine neue Modistin suchen. Elviras Geschäft schloß.

Sie stieß einen langen Seufzer aus und stand langsam auf. Sie war dick und schwerfällig, trug einen weiten, langen, grau und schwarz gestreiften Rock und eine dunkle, gemusterte Bluse, die nach muffigem Schrank und alten, drin vergessenen Keksen roch. Mühsam ging sie durch das Zimmer. Sie kam gerade bis zu ihrem Arbeitstischchen, denn ihr Herz klopfte so stark, und ihre Kehle war wie zugeschnürt. Sie blickte aus der Ferne verstohlen in den Wandspiegel: Groß war sie ja noch und hatte immer noch ihre schwarzen Augen! In der Schublade des Tischchens lag ein Stück Einwickelpapier. Darauf stand etwas geschrieben. Vielleicht: »Welch schöne Beine, Gnädigste!« oder »Komm, ich küß' dich, komm' heut' nacht«. Sie las lange. Dann ging sie sehr langsam zu ihrem geblümten Sessel zurück und setzte sich. Die weiße Spitzendecke auf ihrem Bett war vergilbt und roch schon schlecht, wenn man nur hinsah. Es war zum Ersticken. Frau Elvira konnte nicht mehr in die Vergangenheit zurück.

Der Maestro

Er war ein alter Mann, vierundfünfzig Jahre alt, aber weiße Haare hatte er nicht, weil er sie sich schwarz färbte. Jetzt ging er überaus langsam nach Hause und dachte dabei, daß bald der Augenblick seines Todes kommen würde, und er ließ eine solche Angst in sich einströmen, daß er beinahe nicht mehr vom Fleck kam. Der Rauch und das Gerede (ungeheurer Spott und Hohn) im Café trübten seine Sinne so sehr, daß er eine halbe Stunde und länger, an einen Pfeiler der Arkaden gelehnt, stehenbleiben mußte und den einzigen Satz auf den Lippen hatte: »Oh Gott, jetzt muß ich sterben.« Auch in seiner Jugend wurde dieser Mann, wie selten ein Mensch, schon von Todesangst gepeinigt. Aber als er älter wurde und vor allem in den eben vergangenen Monaten war die Tatsache Tod für ihn beinahe ein Leben geworden. Er ging spät am Abend, gegen zwei Uhr, nach Hause, wenn das Café zumachte, wo er seit Jahren jeden Tag saß und wo ihn alle kannten, ihn aber häufig nicht einmal grüßten. Schlafen gehen hieß, sich in die Arme des Todes begeben, und deshalb trug er seit einiger Zeit sein Bett von einem Zimmer ins andere oder auch, um keinen Lärm zu machen, nur die Matratze, dadurch hoffte er, der Wachsamkeit jenes Furchtbaren zu entgehen, der nie von seiner Seite gewichen war, obschon ihn sonst alle auf der Welt verlassen hatten.

Zwei junge Männer, Bankangestellte, machten sich zwar über ihn lustig, ließen sich aber oft in seiner Gesellschaft sehen, was sonst kaum jemand tat. Die beiden galten als Künstler, wenn auch als drittrangige; und vor kurzem drangen sie eines Nachts in die Wohnung des Maestro ein. Sie waren betrunken und brachen die Tür auf, nachdem er nicht öffnen wollte und stöhnte: »Oh Gott, mein Gott, warum laßt ihr mich denn nicht allein beim Sterben?« Darauf erwiderten die beiden: »Erzähl doch keine Geschichten, Maestro, du tust doch nur so und liegst gemütlich im warmen Bett und läßt dirs wohl sein und magst nicht aufmachen.« Und sie traten mit den Füßen gegen die Tür, bis sie nachgab. Beim Eintreten sangen sie im Chor: »Kleiner, hab keine Angst, sei nur schön brav, du kriegst, was du verlangst.« Dann ging der eine zum Klavier und spielte eine sehnsüchtige Klageweise, die immer wieder von vorne anfing, und dazwischen hörte man das Geflenne, die Drohrufe und die Schreckensschreie des Maestro, der von dem anderen böse hin- und hergebeutelt wurde. Die beiden gingen aus dem Haus, als es schon Vormittag war, während der Maestro von den Faustschlägen übel zugerichtet am Boden lag und wie tot aussah. Über die enge, schmutzige Treppe floß ein weißliches Rinnsal hinunter. Die Milchflasche vor der eingeschlagenen Tür war umgeworfen worden. Als die junge Mieterin vom oberen Stockwerk herunterkam, um nachzusehen, was dem Maestro zugestoßen sein mochte, kniete er auf dem Boden und drehte das Bildnis seiner Mutter in seinen Händen hin und her.

Seine Mutter war eine Dame gewesen. Daher rührte die besondere Verehrung der jungen Mieterin für den Lehrer, hoffte sie doch, bei ihm jene Manieren zu lernen, die so nötig waren, um reichere und elegantere junge Männer zu finden. Ja, das Bildnis der Mutter des Maestro. Um es zu bewundern, kamen an regnerischen Sonntagen die Mädchen aus dieser ärmlichen Straße in sein Haus. Der Maestro begleitete, geschmeichelt, ihre Träume mit der Mundharmonika, der Gitarre oder der Mandoline. Er spielte so lange, bis seine Erinnerungen ausgeschöpft waren. So versäumten die Mädchen die Gelegenheit, auszugehen und sich von jungen Männern einladen zu lassen; denn als der Maestro seine Instrumente in die Futterale zurücklegte, war es schon Zeit zum Schlafengehen.

Die Mutter ließ den Blick von ihrem Platz auf dem Kaminsims gelassen auf dieser Szene ruhen. Selbst auf dem Bildnis schweiften ihre Gedanken zum Haus Rubesi. Es stand gleich vor dem Stadttor, neben dem Gasthof »Zum Hahn«, dem geschäftlichen Treffpunkt des Gebirges. In der damaligen Zeit standen die Stadtmauern noch unversehrt, und nur wenige Häuser sprenkelten da und dort die Einsamkeit der Ebene. Der Großvater hatte das Haus gekauft. Woher er kam, wußte man nicht: Als er auftauchte, mit seinem Haufen Geld, ließ er sich Rubis nennen. Kaum hatte er das Haus gekauft, starb er, seine Besitztümer hinterließ er einem verheirateten Sohn, der außerhalb Italiens lebte. Den Sohn hat nie jemand zu Gesicht bekommen. Seine Frau hingegen kam mit einem mageren kleinen Jungen, welcher in einen Umhang gehüllt, der dreimal um ihn herumging, und nahm alles in Besitz. Im Rathaus wurden die beiden unter den Namen Eleonora Rubesi und Sohn Gustavo ins Register eingetragen. Der Verputz des Hauses war grau, beinahe schwarz, es sah aus wie eine verlassene Fabrik aus dem 19. Jahrhundert. In Wahrheit war es jedoch nur ein altes Depot des Herzoglichen Hauses; in seinem Inneren waren große Salons und altes, kostbares Mobiliar. Von den Fenstern aus sah man auf die Gemeindewäscherei und ein wenig weiter entfernt auf das winzige Stadttor, aus dem ab und zu eine Pferdebahn fuhr, die wie Spielzeug anmutete. Von den Schanzen der Stadtmauern aus bewarfen die Jungen die frisch gewaschene Wäsche, die die Wäscherinnen aufgehängt hatten, mit Lehmbrocken. Gegen fünf Uhr nachmittags erwarteten eine funkelnde Kutsche, ein Kutscher mit Zylinder und ein weißgrau geflecktes Pferd die Dame zur gewohnten Spazierfahrt. Der kleine Gustav stieg bleich und mürrisch, in seinen Umhang gehüllt, die Mütze fast über die Augen gezogen, die Treppe herunter, er wollte nicht, daß seine Mutter ihn bei der Hand nahm. Da sagte sie zu ihm: »Wenn du mich nicht als Mama willst, dann nimm mich eben als Freundin. Laß mich deine Eleonora werden, die dich gern hat, du mit deinem komischen Umhang, siehst ja aus wie ein Wucherer. Du Lieber ...« Sie umschlang ihn mit ihrem Arm und ließ ihn die beschützende Liebkosung ihrer behandschuhten Hand spüren, so daß es aussah, als fügte er sich drein, bis er sich abwandte und zur Kutsche lief, wo er sich in eine Ecke setzte. Er nahm so wenig Platz ein wie möglich, als wäre er nur ein Bündel. Seiner Ecke schienen sodann lange und schwere Gedanken zu entströmen. Die Mutter blickte seufzend zum Kutschenfenster hinaus. Sie war jung und schön. Eine füllige, stattliche Frau (eine Frau, wie sie damals den reichen und Bequemlichkeiten schätzenden Herren gefiel), sie hatte braunes Haar und einen verschleierten, melancholischen Blick: denn eigentlich hätte sie sich *amüsieren* mögen, es verlangte sie fieberhaft danach, zu gefallen und nicht zu denken. Aber: Von ihrem Mann, dem verrückten Kerl, wußte man nichts, nicht einmal, wo er sich aufhielt; das ständig brummige, schlechtgelaunte, einzelgängerische Kind schien keinerlei Gefühle zu haben. Und daher fuhr sie jeden Tag mit der Kutsche in die Stadt hinein zur Parfümerie, von der sie riesige Flacons mitnahm, um das Haus mit Frohsinn zu überschütten. Gewöhnlich machten sie dreimal Halt. Das zweite Mal in einer entlegenen Konditorei, die wunderschöne Kuchen im Schaufenster hatte; drinnen saß in einer Ecke ganz allein ein altes Männchen, das alte Geschichten vor sich hinschnalzte, und Frauen mit Hut tranken Milchkaffee. Eleonora kaufte Cremeschnitten oder einen Kuchen und dann noch ein Hörnchen für Gustavo, das er zur Hälfte aß und zur Hälfte wegwarf, ohne etwas zu sagen. Das dritte Mal hielten sie vor einem Obstladen. Eines Tages, als Gustavo mit seiner Mutter ausstieg und frohgemut war, kaufte ein alter Mann heiße Maroni, und während er sie in seine Tasche steckte, achtete er besonders darauf, daß ihm ja keine zu Boden fiel (es war kalt), denn seine Hände waren unsicher. »Mama, warum zittern dem Mann die Hände?« fragte Gustavo. »Weil er arm ist, und bevor er stirbt, möchte er noch alle heißen Maroni essen, die er sich gekauft hat«, antwortete ihm seine Mutter. An dem Abend blieb das Kind mäuschenstill.

Seitdem Gustavo laufen gelernt hatte und etwas zu begreifen anfing, wollte er nicht mehr eher zu Bett gehen als seine Mutter. Um elf Uhr legten sich also Mutter und Sohn schlafen. Aber nach etwa einer Stunde stand Eleonora wieder auf, zog sich ihr Néglígé mit den großen Rosen über und stellte sich an das Fenster. Unten auf der Straße verweilten seit einiger Zeit nach Mitternacht zwei oder drei sehr elegante Herren, die sich unterhielten und rauchten. Hin und wieder entschlüpften ihnen Sätze folgender Art: »Du solltest dich ins Zeug legen, wo du soviel Zeit hast.« »Eher du, der du immer gut bei Kasse bist.« »Aber ich glaube, die will gar kein Geld.« usw. Nachdem sie schon ein paar Monate lang im Haus Rubesi (so hatte sie das Haus getauft, als sie erst ein paar Tage darin wohnte) verbracht hatte, machten ihr die Herren der Mitternacht Zeichen, da sie bemerkt hatten, daß sie hinter den Gardinen stand, und sie glaubten, es verlange sie nach ihnen.

Eines Tages hielt ein junger Herr der Mitternacht mit aller Entschiedenheit ihre Kutsche an, indem er das Pferd, das hurtig dahintrabte, einfach am Zügel packte. Er stieg in die Kutsche, ohne um Erlaubnis zu bitten, und sie empfing ihn wie einen zufällig getroffenen alten Bekannten. Von dem Tag an öffnete das Haus Rubesi seine Salons für große Feste. Das ganze Haus war hell erleuchtet. Die Arbeiterfamilien, die in dem Viertel wohnten, standen Spalier vor dem Haustor. Das geschah am ersten Abend, da man glaubte, die hübschesten und vornehmsten Damen von

Rang in der kleinen Stadt würden eintreffen. Damen sah man hingegen nicht, nur Herren, zum großen Teil Junggesellen, alle Mitglieder des Clubs der Adeligen. Es hieß damals, das Haus Rubesi sei der Landsitz des Clubs geworden.

Die Zeit verging. Gustavo war elf Jahre alt geworden. Während der Abendgesellschaften, für die Eleonora viel Geld ausgab, ließ sie ihren Jungen in ein Zimmer im dritten Stock einsperren. Er wäre gern aufgeblieben, um zuzusehen, den Herren da drunten ins Gesicht zu spucken und Unverschämtheiten zu sagen. Nichts auf der Welt aber vermochte ihm die Zimmertür zu öffnen. Er konnte noch so schreien und mit den Fäusten gegen die Tür schlagen, bis er erschöpft war. Aber im ersten Stock hörte ihn niemand. Manchmal schrie er: »Meine Mama hurt da unten herum, und ich darf sie nicht sehen.« Und das mochte ihm wohl zum Teil der Diener beigebracht haben, der den Auftrag hatte, auf ihn aufzupassen. Gustavo hatte nichts Rechtes gelernt. Und auf keinen Fall wollte er etwas lernen oder studieren. Er konnte lesen und schreiben, das heißt, er war kein Analphabet und konnte die Buchstaben voneinander unterscheiden. Seine Tage verstrichen in unvermeidlichem Trübsinn. Er hatte keine Bücher, keine Spielsachen, keine Freunde. Des Nachts füllte sich das Haus mit Geräuschen und ausgelassenen Freuden: Geschniegelte Provinzler erschienen, die undefinierbare Dinge auszutoben und sich in Hinsicht auf etwas, das sie selbst nicht wußten, auf dem laufenden zu halten hatten. Er verließ nun das Haus nicht mehr, nicht einmal zu den Spazierfahrten in der Kutsche kam er mit. Während die Stunden verflossen, lag er auf seinem Bett und schlief, ein wenig stand er auch am Fenster und blickte auf die nahen Stadtmauern hinüber, wo jeden Tag die Gassenjungen Fußball spielten. Oder er setzte sich auf einen Holzstuhl und ließ seine Finger knacken, während er dem Diener zuhörte, der ihm mit Obszönitäten gewürzte, unterhaltsame Histörchen erzählte, und es war -

beinahe, als wären sie der einzige winzige Lichtblick in seinem Leben.

Die Bäume vor den Stadtmauern wurden grün, und in der Ebene ringsum wuchs das Gras mit ein paar schüchternen Veilchen dazwischen. Der Frühling kündigte sich an. Das war das letzte Jahr des Hauses Rubesi. Die zarte, lustige Mama hielt den langen durchwachten Nächten nicht mehr stand. Sie mußte das Bett hüten, und eines Abends sagte der Arzt kühl, es gebe keine Hoffnung mehr für sie. Die arme Frau werde dem Übel erliegen. »Morgen geht es zu Ende mit ihr.« Diener und Dienerinnen waren anwesend, und der kleine Gustavo lief, in die Luft schauend, mit Löffelchen und Tropfenfläschchen hin und her. Tief in der Nacht, um eine Stunde, zu der sich noch einige Tage vorher viele Zylinder im Flur aneinandergereiht hatten, starb die Mama. In jener Nacht schlief Gustavo in einem Zimmer im ersten Stock. Am Mittag erwachte er, und jäh erschien ihm in seiner Erinnerung das Bild seiner Mutter, wie sie eines Sonntags nach der Messe zwischen zwei eleganten Herren dahinging. Sie fragte: »Wann macht ihr mich endlich mit ein paar Damen bekannt?« worauf die zwei zu lachen anfingen und breit den Rauch aus ihren Mündern qualmen ließen. Sie erbleichte, und er, der immer störrisch gewesen war, nahm ihre Hand, als wollte er sie ein wenig stützen, dann sagte er zu den beiden Herren, sie sollten zu rauchen aufhören, weil seine Mama den Rauch nicht vertrage. Sie waren unter den Arkaden, und es wehte ein verteufelter Wind. Deshalb brachen die Herren in ein schallendes Gelächter aus, während sie den Jungen anblickten. Und der eine wandte sich sogar seiner Mama zu und sagte: »Warum schicken Sie denn Ihr Kind nicht in die Schule?« worauf die Mama keine Antwort fand. Gustavo erinnerte sich noch, daß er auf dem Heimweg, nachdem sie die unter den Arkaden weiterkichernden Herren verlassen hatten, zu ihr sagte: »Wie blaß du bist, Mama!«

An jenem Tag kam ihn niemand stören, und er blieb im Bett liegen. Ab und zu schlummerte er ein. Er fürchtete, es würde ihm die Heiterkeit abhanden kommen, wenn er erst einmal aufgestanden wäre. Aber anderntags brach man seine Tür auf (er hatte nämlich abgeschlossen) und zwang ihn, aufzustehen und sich anzukleiden. Sie zogen ihm einen dicken Mantel über und sagten, er müsse jetzt gehen, denn das Haus gehöre nun nicht mehr dem jungen Herrn. Während er die Treppe hinunterging, flüsterte ihm eine häßliche Dienerin ins Ohr: »Wie die Mutter, so der Sohn.« Unten im Hausflur standen viele Menschen, die heftig gestikulierten und aufeinander einredeten, auf den Jungen achtete niemand. Als er beim Haustor angelangt war, stieß ihn der Diener, der ihm früher immer die Obszönitäten beibrachte, grob hinaus und schloß hinter seinem Rücken die Tür. Er stand allein da. Eine alte, magere, schwarz gekleidete Frau mit Brille kam auf ihn zu und bat ihn, ihr zu folgen. Er ging durch viele Straßen und über viele Plätze, bis er vor einem riesengroßen Bau mit der Aufschrift »Internat für die Kinder des Volkes« stand.

Wenn der Maestro bei jenen feiertäglichen musikalischen Zusammenkünften unter den Mädchen aus seiner Straße saß, bekam er Lust, das Bildnis seiner Mutter vom Kaminsims zu nehmen und an die Wand zu werfen. Er war aufgewühlt, und die Mädchen sagten, er spiele mit viel Gefühl. Obschon er auf seiner Geige jämmerlich kratzte, strahlten die leichten Stückchen, die er selbst komponiert hatte, tatsächlich etwas aus. Die Leute lachten zwar über seine Musik, wenn sie aber gezwungen waren, sie anzuhören, spürten sie ein Unbehagen, eine eigentümliche Bestürzung, beinahe etwas wie Zorn oder ein Schwindelgefühl, als ärgerten sie sich darüber, daß sie nun eigens dasaßen, um diese Musik zu hören. Viele erzählten, man verspüre in Gegenwart dieses schmuddligen, ungepflegten Mannes Lust, handgreiflich zu werden. Eine hohe Meinung hatte übrigens niemand von ihm. Wenn er auf der Straße in einen Trupp betrunkener Studenten geriet, war das ein gefundenes Fressen für die ganze Gesellschaft. Bei den feineren Herrschaften wurde nicht einmal über ihn gesprochen, und sollte doch einmal ein Wort über ihn gefallen sein, dann hatte man ihn sicher als *das arme Wesen mit den Ringen am Finger* bezeichnet. Wenige Künstler verkehrten mit ihm, und auch diese, obschon selbst gescheiterte Existenzen, maßten sich das Recht an, ihn zu verlachen, und nahmen ihn nur in ihrer Mitte auf, damit er nachts gelegentlich in seiner kleinen Wohnung ein Glas Wein herausrückte. Unter diesen Leuten hatte er sich viele Spitznamen erworben.

Von seinem elenden Leben sprach er wenig, lieber wartete er mit seinen besseren Zeiten auf. Er erzählte etwa aus der Zeit, in der er das Zupfgeigenorchester dirigierte. Damals war er erst zwanzig und spielte schon in der Stadtkapelle, denn er hatte das Internat als fertig ausgebildeter Hornist verlassen. Eines schönen Sonntags im Oktober spielte er auf dem Hauptplatz, und als das Konzert zu Ende war, sah er vier vornehme Herren vor sich stehen, die ihm höchstes Lob spendeten. Es waren lauter Musikprofessoren, unter ihnen auch der alte Ghilnestri, ein Meister der Gitarre. Sie gingen mit ihm ins Café und baten ihn, auf allen Instrumenten, die er nach seinen eigenen Aussagen beherrschte, etwas vorzuspielen. Am Abend kam er dann mit seinen Instrumenten unter dem Arm in das Haus, wo sie ihn hinbestellt hatten. Er war damals noch lang und mager und hatte stechende schwarze Augen, in die man nicht gerne hineinblickte. Nachdem er ein wenig auf der Gitarre, der Mandoline und sogar auf der Geige gespielt hatte, waren die Herren so befriedigt, daß sie ihm das Dirigentenpult des Mandolinenvereins anboten. In jenem Jahr dirigierte er vier Konzerte im großen Saal der Städtischen Schulen in der Stadtmitte. Den Ausklang dieser prunkvollen Abende genoß er inmitten der Besten seines Publikums. Alte Damen, Mütter von Musikern, deren literarische Salons sich einer gewissen Berühmtheit erfreuten, beglückwünschten ihn und nannten ihn Maestro. In der Zeitung stand zu lesen: »Gestern abend dirigierte der junge Kapellmeister Gustavo Rubesi, wie angekündigt, das Konzert des Zupfgeigenorchesters. Die Feinheiten seines magischen Taktstocks waren unüberhörbar. Das gebildete, vornehme Publikum bat lange um Zugaben und wurde von der Großzügigkeit des jungen Künstlers, dem wir schon jetzt eine glänzende Zukunft wünschen, erhört. Das wirklich erlesene Programm ... usw.« So erwarb er sich allmählich die Achtung von Künstlern, Amateurschauspielern, Mundartdichtern, kleineren Mäzenen und all derer, die der Kunst ihren ebenso bescheidenen wie nutzlosen und schädlichen Beitrag entrichten. Anders gesagt, jener ganzen kleinen Welt, die, ohne die angemessene Sensibilität und das nötige Wissen zu haben, vorgibt und sich schließlich einbildet, urteilen, sehen und hören zu können; wobei sie mit Lobsprüchen so verschwenderisch um sich wirft, daß sie eine zahllose Schar verkannter Genies heranzüchtet, ihrerseits sehr strenge Moralprediger, unerbittliche Kritiker alles Neuen und unerschütterliche Wächter über alle Schlacken der Vergangenheit. In diese Welt war der Maestro geraten und binnen kurzem hielt er sich bei den vielen Lobeshymnen, die sich über ihn ergossen, prompt für ein Genie. Er vergaß damals sogar den angeborenen Schmerz, der ihn sein Leben lang in allen schönen und allen widerlichen Lagen stets begleitet hatte. Den alten Schmerz, der ihn zwang, sich in der Kutsche seiner Mutter in einer Ecke zusammenzukauern, wo er sich doch seines Lebens hätte freuen können. Daß er nun auf einmal von Leuten umgeben war, die ihm ihre besondere Aufmerksamkeit schenkten, hatte auf ihn gewirkt, als hätte er viele Schnäpse getrunken. Er ließ sich die Haare wachsen und binnen kurzem hatte er jene dichte, borstige, schmuddlige Mähne, die später eine Legende in der Stadt wurde. Ohne daß es ihm jemand eingeredet hätte, empfand er sich plötzlich als einen schönen Mann und begann einer jungen Laienspielerin, einer gewissen Maria Righelli, den Hof zu machen. Diese war noch ziemlich jung, unbedeutend und redete aufgeblasen daher, hatte aber keinen ausgesprochenen körperlichen Defekt. Der Maestro dagegen war eher abstoßend als häßlich zu nennen. Er hatte viele dünne, rote Bläschen im Gesicht und eine leichenblasse Haut; seine dunklen Augen, deren Iris keine abgrenzende Zeichnung hatten, blickten verschreckt und verschwommen, sprühten aber ein Gift, das Unbehagen verbreitete; seine Lippen waren wulstig, breit und immer feucht; die Nase rundlich; die dichten Augenbrauen aus hartem, borstigem Haar; dazu hatte er, sonst mager, ungewöhnlich breite Hüften und große Plattfüße, die sich beim Gehen auf eigene Faust bewegten. Insgesamt sah er älter aus als dreißig, und alles an ihm hing schlaff herunter. Daher wies ihn Maria Righelli ab, sie erklärte dazu, ihre Berufung zur Künstlerin sei zu gering, um einen Mann ertragen zu können, der sie körperlich so sehr abstoße. Das war wohl ein Schlag für den Maestro. Aber er achtete nicht darauf, so glänzend verlief jenes Jahr. Am Jahresende feierte man ihn in einem Raum des Restaurants Grofi. Zweifellos ein unvergeßlicher Abend für den Maestro und auch entscheidend für seine künstlerische Laufbahn. Nach den Reden und dem einen oder anderen Umtrunk beschloß die ganze, ein wenig angeheiterte Gesellschaft, den Maestro nach Hause zu begleiten (er wohnte in einem ärmlichen Zimmer in der Via del Duca zur Untermiete). Etliche meinten, sie sollten alle mit in seine (königliche, wie sie sich ausdrückten) Wohnung hinaufgehen, aber er wollte nicht und versuchte sich zu rechtfertigen, er bringe es nicht über sich, seine Freunde in die wirklich beklagenswerte Unordnung einzuladen, die in seiner Wohnung immer herrsche. Weder seine Weigerung noch sein Bitten, noch sein Versuch, sie mit Gewalt zurückzuweisen, halfen. Die Gesellschaft betrat in ihrer ganzen Masse das Zimmer, indem sie die Tür beinahe mit Gewalt öffnete. »Armes, nacktes Zimmer...« fing einer an: als sich ein dicker Mann im Bett aufsetzte und etwas vor sich hinbrummte. Auf einem Stuhl neben ihm lagen die Kleidungsstücke eines Unteroffiziers. Allen Kehlen entfuhr ein Schrei der Verwunderung, des Anstoßes und des Schreckens. Die ganze Gesellschaft entfloh, ohne daß der Maestro Gelegenheit gehabt hätte, noch etwas zu sagen, er blieb auf dem Treppenabsatz zurück und ging allein in sein Zimmer, während sich der Unteroffizier fluchend ankleidete.

Am nächsten Morgen wurde dem Maestro ein kurzes Schreiben des Vereins für Mandolinenmusik überbracht, in dem man seinen Verbleib im Verein als unerwünscht erklärte und ihn nunmehr als des hohen Amtes, das er bekleidete, enthoben betrachtete. Er sollte von jetzt an keine Konzerte mehr dirigieren. Daher beschloß er, sich der Dichtkunst zuzuwenden, und, was noch ungewöhnlicher war, in Anbetracht seines Geizes: er ging zu einem jungen Musiker, den er in finanziellen Schwierigkeiten wußte, um ihm zu niedrigem Preis einen goldenen Ring mit einem Rubin abzukaufen. Er fand, daß er zu blaß, vielleicht eher farblos war, fürchtete, unbedeutend zu sein, und färbte sich die ohnehin schon dichten Wimpern und Brauen mit einem Spezialpräparat, das seine Mutter in den Zeiten des Hauses Rubesi, so erinnerte er sich, herstellte. Dann dachte er, es sei nun an der Zeit, daß er sich eine eigene Wohnung anschaffte. Von den Ersparnissen, die er in seinen Jahren bei der Kapelle und im letzten Jahr als Dirigent Schein um Schein zurückgelegt hatte, kaufte er sich ein kleines, schmutziges, feuchtes, halb verfallenes Haus mit drei Wohnungen von je drei Räumen in einer zwar bescheidenen, aber ehrbareren Straße als der Via del Duca, wo die kleineren Diebe der Stadt wohnten. Er bezahlte es nicht ganz, sondern belastete es zu zwei Dritteln mit einer Hypothek. Da kam es ihm vor, als sei er nun wieder ein vornehmer Herr geworden. Er hielt sich für ein Genie, frei von jeglicher moralischen Fessel, abgesehen vom Geld, das er nicht ausgab, sowie er es verdiente. Man sah ihn beim Gemüsehändler oder beim Kastanienverkäufer, wo er mit sechs oder sieben Soldi seine Tageseinkäufe bestritt. Er erlaubte sich jedoch den Luxus, eine Wohnung ganz für sich allein zu haben. Einem Mieter, der ihm in jenem Jahr die Miete nicht bezahlte, nahm er das Klavier und eine kleine Kirchenorgel weg, die er seiner ohnehin schon reichen Sammlung von Musikinstrumenten hinzufügte. An seine Tür heftete er ein Schild: »Musik- und Gesangunterricht: eine Lira pro Stunde. Unterricht für Gruppen (mindestens zehn Personen): vier Soldi pro Kopf.«

Es kam die Zeit, in der man allgemein Anstoß an ihm nahm, die Bürger der Stadt mit dem Finger auf ihn zeigten und den Kindern verboten wurde, sich ihm zu nähern. Man betrachtete ihn geradezu als ein Ungeheuer, und er setzte überdies Speck an, da er es nach und nach zu etwas Wohlstand brachte. Anständige Leute oder auch solche, die auch nur ein wenig als ordentlich und sauber galten, obschon sie arm waren, hielten ihn sich vom Leib, als wäre er ein Wesen, das Händen und Augen zuwider war. In langen Reihen stiegen Landstreicher, Verstümmelte, Lahme, Bucklige, Blinde und Krüppel zu ihm die Treppe hoch, um Musikunterricht zu nehmen. Das Zimmer, ohnehin schon vollgestopft mit Instrumenten, Notenblättern, Tischchen, Teppichen, Gemälden, allerlei Orientalischem wie in einem Bazar, schien bersten zu wollen, wenn er bis zu zwanzig solcher Unglücksvögel bei sich hatte, die sich alle gespannt dem Maestro zuwandten, wenn er, in eine Ecke eingekeilt, den Ton angab. Alle, die sich vorgenommen hatten, ihren Lebensunterhalt durch Betteln zu verdienen, Krüppel oder sonstwie unglückselige Kreaturen, gingen zum Maestro, um Gesang, Gitarre oder Mandoline zu lernen, und um dann durch die Cafés und Gasthäuser in den Dörfern und auf dem Lande zu ziehen und Geld von den Leuten zu verlangen. Für acht oder zehn Lire Honorar hatte man innerhalb von zwei Monaten einen Beruf. Wer sich aber einbildete, er könnte den Maestro erweichen – ohne die vier Soldi für den Unterricht aufzubringen –, der wurde an der Haustür abgewiesen oder auch, da es sich bisweilen um schwächliche Leute handelte, die Treppe hinuntergestoßen. Wenn der Arme jedoch jung und kräftig war, nahm ihn der Maestro zu einem Hungerlohn in seine Dienste, die da waren: das Geld, das der Maestro verdiente, zu Wucherzinsen irgendwo unterzubringen, ihm nachts Gesellschaft zu leisten, ihm morgens die Milch warm zu machen und andere Dinge mehr, die sich die Leute eher aus Bosheit und Erfindungssucht denn aus Liebe zur Moral und zur Wahrheit zuflüsterten.

So lebte der Maestro bis zu seinem dreißigsten Jahr, das heißt, bis zu dem Tag, an dem er sein Theaterstück im Dialekt schrieb. Sein Werk wurde angenommen und aufgeführt. Er schrieb auch Gedichte in Mundart und in Hochsprache. Zu seinem ersten Gedicht inspirierte ihn Carisio, der Krüppel, Drucker und sein Freund, der in seinem Haus eine Werkstatt gemietet hatte. Carisio war sein Freund, denn er war der einzige, der ohne Hintergedanken in seiner Gesellschaft weilte, aber er war böse und gallenbitter. Er quälte ihn. Er hatte ein finsteres Wesen. Er hielt lange Reden über den Tod und die Eitelkeit des Lebens. Er sagte Unglücksfälle voraus, die zum großen Schrecken des Maestro auch häufig eintrafen. Er sagte: »Eines Tages wirst du bestraft werden, weil du als Kind deine Mutter, die schöne, sanfte, lebenslustige Frau, sosehr verachtet hast.

Aber auch sie wurde bestraft, weil sie nicht an dich dachte, sondern nur Männer und Schlemmereien im Sinn hatte. Wie du, nur daß du dich nicht mit den Frauen amüsierst, weil keine dich will. Ich werde vor dir sterben, aber du wirst einen schlimmen Tod haben. Der Tod ist scheußlich. Und du wirst immer Angst vor ihm haben, und wenn du einmal alt bist, wirst du das Schicksal verfluchen, das dich zum Alleinsein verurteilt hat. Von dem Zimmer dort hinten (und er deutete zu der kleinen Küche) wirst du – tick-tack, tick-tack – mein Holzbein hören, wirst Hunde bellen und Katzen miauen hören.« Nur den Maestro, der ein schwaches Herz hatte, konnten derlei Reden beeindrukken. Aber er mußte sie leider viele Jahre lang hören. Eines Tages sagte Carisio zu ihm: »Morgen sterbe ich, und du wirst ein Briefchen von mir finden.« In dem Briefchen stand geschrieben: »Du warst und bleibst unglücklich, dein Leben lang.« Das Publikum, das viele Jahre später im kleinen »Theater der Taubstummen« sein Gedicht »Der Krüppel« hörte, sagte, es sei eine regelrechte Schweinerei. Aber das Buffet des kleinen Theaters hatte noch nie so viele Kunden gehabt, die alle kaltes Wasser verlangten, da sie ein eigentümliches Brennen in der Kehle verspürten.

Der Schmuggler

Vor Jahren lebte in M***, einer kleinen Provinzstadt, ein Dichterling, ein Mann von starkem, außergewöhnlichem Wuchs, wohl schön zu nennen, obgleich ihn die Härte seiner Gesichtszüge und der ein wenig finstere Blick häßlich erscheinen ließen, sein Name war Maltinor. Er stammte, wie man zu sagen pflegt, aus hohem Hause, was aber das Geld betraf, so mußte er selbst sein Bestes tun, denn die Familie hatte seit geraumer Zeit alles vergeudet, so daß der Reichtum nun zum legendären Vermögen der Maltinor geworden war. Er verkehrte in lokalen Kreisen mit einigen Malern, Bildhauern und schriftstellernden Journalisten, ließ sich ab und zu in den Spielsälen sehen, ging oft ins Bordell, um sich dort die Zeit zu vertreiben, und hatte Zugang zu den besten Familien, selbst in den umliegenden Städten, wenn er gelegentlich dort weilte. Er genoß sozusagen in der ganzen Region eine gewisse Beliebtheit. Unsympathisch war er den Männern, die auf ihre Karriere bedacht waren (den Beamten, Ärzten, Anwälten und den öffentlich anerkannten Künstlern), sympathisch war er dagegen allen anderen, insbesondere den Frauen, aber solchen, die nicht weit herumgekommen, gleichzeitig träumerisch veranlagt und freizügig waren. Er stand sogar, freilich nicht ganz zu Recht, im Ruf eines Verführers. Alles in allem: im Grunde genommen galt er als Ehrenmann. Freilich bestieg er, wenn er knapp bei Kasse war, den Zug, fuhr nach Mailand oder anderswohin, spielte überall ein wenig und kehrte dann mit prallem Beutel und verschwendungssüchtig wieder zurück. Aber davon hatte in seinen Zirkeln und in seinem Bekanntenkreis nie jemand erfahren: Das war eines seiner Geheimnisse wie auch seine Art zu spielen, die in M*** nach aller Aussagen korrekt und glücklos war. Er nannte sich öffentlich einen Dichter, und ob dieses Berufes verlachte ihn keiner, nicht weil die Leute etwa Respekt vor der Dichtung hätten oder er ein guter Dichter gewesen wäre, sondern weil Maltinor breitschultrig, groß, stark und unerschrocken war, und weil seine Dichtungen niemandem weh taten und den Damen Spaß machten. Er hatte auch etwas veröffentlicht, sein Ruhm war aber nicht über die Grenzen der Provinz und der Region hinausgedrungen. Zu den Lesern seiner Gedichte gehörten der Friseur und der Schneider. Als er noch sehr jung war, belächelte man ihn wegen einer Liebe, in der er sich halb romantisch, halb bohemienhaft zur Schau stellte, indem er sich breite Schals um den Hals wickelte und eine Miene von tiefem, unheilbarem Schmerz aufsetzte. Bald aber vergaß er diese Liebe und wurde einer der beliebtesten und bewundertsten Frauenbesitzer. Die Offiziere, die vorübergehend in der Stadt weilten, machten ihm ihre Ehefrauen beinahe zum Geschenk – wenn man den Leuten glauben darf. Viel Wahres ist wohl nicht an dem Gerede, seine Eroberungen gingen über ein paar Ehefrauen (wie schon gesagt: nicht weit herumgekommen, träumerisch veranlagt und freizügig) wackerer, aber verschlafener, reicher Männer nicht hinaus. Allerdings schien es, als empfinge ihn die Marquise von L. des öfteren in ihrem Hause ... aber all das hat für unsere Erzählung keinerlei Bedeutung.

Zu der Zeit, von der hier die Rede sein soll, war Maltinor etwa zweiunddreißig Jahre alt, alleinstehend, ohne Familie. Den kleinen Palast, der durch Erbschaft auf ihn gekommen war, mußte er, kaum daß er ihn hatte, wieder verkaufen, um seine Schulden zu begleichen. Das Gymnasium hatte er nur bis zur mittleren Reife besucht, dann zog er es vor, alles an den Nagel zu hängen, um sich mit einer humoristischen Zeitung als Karikaturist und Journalist in den Lokalhumor zu stürzen. Sein Vater, ein stadtbekannter Lebemann, kümmerte sich nicht um die Ausbildung seines Sohnes, sondern gab sich jegliche Mühe, sein Vermögen vollends zu verbrauchen, indem er dahin und dorthin, nach Monte Carlo, Nizza usw. reiste, den Grandseigneur spielte und nichts anderes im Kopf hatte als jeder gewöhnliche wohlhabende Provinzonkel. Nun aber befand sich Maltinor in einem Alter, in dem man nicht mehr sagen kann: »Nächstes Jahr mache ich das Abitur und dann meinen Doktor«; sondern sich sagen muß: »Ich habe nichts gelernt, bin ohne Rang und Position und muß nun sehen, wie ich weiterkomme. Ein Dichter bin ich nicht, wenn auch manche dickliche Dame, der etwas an mir gefällt, das durchaus nicht poetisch ist, mir über meine Inspiriertheit Illusionen machen möchte. Es bleibt mir also nichts anderes übrig, als ein Ganove zu werden, und ein wenig habe ich mich ja schon darin versucht; zum Beispiel da und dort beim Spiel gemogelt. Schriftsteller bin ich schon oder werde zumindest als solcher angesehen, und es stimmt ja eigentlich auch, denn, wenn ich arbeite, mache ich nichts anderes als schreiben. Wenn ich also zum Schriftsteller den Ganoven hinzufüge, kann ich vielleicht noch ein Villon werden, wer weiß, mich mit einer besonderen Aura umgeben, um die Jugend von heute anzulocken. Ein paar Erpressungen hat mir meine Schreiberei ja schon gestattet, und vielleicht ließe sich auch davon leben, ja ... aber nicht lange, mit der Zeit würde man mich selbst aus dem bißchen Gesellschaft ausstoßen, in dem ich verkehre; und wenn mir die Gesellschaft fehlen würde, wen sollte ich dann erpressen, und früher oder später landet man im Gefängnis und in Schande mit so einem Beruf, der selbst den echten Ganoven verhaßt ist ... Aber irgend etwas muß ich tun ... viel Geld verdienen, an Geist fehlt es mir ja nicht, ich könnte eine weltbekannte mondäne Gestalt werden ... Also, wir werden sehen.«

Eine Zeitlang konnte man verfolgen, wie Maltinor, der

immer unterwegs war, in einem Café oder in einem seiner Zirkel, nach und nach gleichsam zu einem Fremden in seiner Heimatstadt wurde, immer weniger redete, die Gesellschaft seiner Freunde floh, und wie in den Lokalblättern seine Humor- und Klatschspalten seltener wurden. Es hieß, der weltgewandte Maltinor habe nun alle seine Reserven ausgeschöpft. Ein gewisser Brachetti, ein ehemaliger Artilleriehauptmann, so gut wie aus dem Heeresdienst entlassen und nun als Kassierer bei einer Agrarbank in M*** untergekommen, der früher einmal dem Techtelmechtel zwischen Maltinor und seiner Frau zugesehen hatte, sagte: »Der arme Maltinor dauert mich, war so sympathisch früher, ein so charmanter Plauderer... und jetzt seht ihn euch an... ein Wrack. Die Weiber sind unser Ruin! C'est la faute des grands hommes.« Es geschah, daß Maltinor sich nicht mehr in der Stadt sehen ließ. Niemand vermochte zu sagen, was er trieb. Nur die Hausmeisterin hatte ihn zehn Tage, nachdem er sich zurückgezogen hatte, bleich, den Kopf mit Binden umwickelt und seinen Umhang um die Schultern, stundenlang am Hoffenster stehen und auf die Wäsche starren sehen, die vor dem großen Dachbodenfenster aufgehängt war. Daraus konnte man sofort schließen, was sich dann mit Windeseile verbreitete, daß nämlich Maltinor die Qualen eines schändlichen Übels abzubüßen habe, das unheilbar und schon so weit fortgeschritten sei, daß er nur noch täglich auf den Tod warte. Mysteriös die Straße, in der er wohnte! Eine Sackgasse, Camatta genannt. Das Haus am Ende der Gasse war hoch, hatte zahllose kleine Fenster mit grauen Läden ohne Öffnungen, und er wohnte im obersten Stockwerk. An einer Leine, die an der Dachluke befestigt war, hing stets das Postkörbchen im Hof. Und jeden Morgen begaben sich sämtliche Mieter – jeder in seiner Wohnung – zu dem Fenster, das auf die Postleine ging, und so bekam jeder, einer nach dem anderen, zuletzt Maltinor, Nachrichten aus der großen Welt, von der man dort hinten unendlich weit entfernt zu sein schien. Aufgrund des Hauses, in dem er wohnte, des Viertels, des Treppenhauses und der armseligen Mieter, die einem über den Weg laufen konnten, wagte oder geruhte niemand, weder seine Freunde (aber wahre Freunde hatte er ohnehin nicht) noch seine Eroberungen, das heißt die Frauen, Maltinor zu besuchen. Er ging, in sein Zimmer eingeschlossen, seit etlichen Tagen nervös auf und ab. Er suchte nach etwas. Oder er legte sich auf sein Bett, während sich die abgenutzten Schallplatten von Beethovens erster Symphonie eiernd auf dem Grammophon drehten, und eine finstere Melancholie, ein Gemisch aus Wiederholung, Entsetzen und Ohnmacht, unaufhaltsam in den Raum zu dringen schien. Zu sehen, wie der große, starke Mann, dessen Fäuste wohl jeden, der ihm über den Weg lief, hätten niederschlagen können, in dieses winzige Zimmer, zwischen vier kahle und ziemlich schmutzige Wände eingeschlossen war und wie ein kleiner, ausgemergelter Neurastheniker im Kreise herumging, mußte ein so bedrückendes Schauspiel sein, daß es einem empfindsamen Menschen schier die Lebenslust hätte rauben können. Auf einem schönen, wuchtigen, antiken Schreibtisch lagen, da und dort verstreut, die üblichen Notizblätter eines Journalisten, auf denen lustige Sätze über diesen oder jenen bekannten Bürger der Stadt standen oder ein paar amouröse Verse, wohlgefällig gewürzt mit einer übertriebenen, trivialen Ironie; und auch einige unangenehm vulgäre Zeichnungen wie etwa die von Graf Ramani, der gerade von seiner Frau den Nachttopf über den Kopf gestülpt bekommt. An der Wand die verstaubte Reproduktion einer Venus von Tizian, ein Porträt in Öl, das Maltinor sehr stark ähnelte und wahrscheinlich von B... Z. stammte, dessen Malerei, sagen wir mal, der Mode von M*** entsprach. In dieser Wohnung erstickte Maltinor seit Jahren, seit er, nachdem seine Familie tot und alles Hab und Gut verloren war, angefangen hatte, von der Hand in den Mund zu leben. Es sieht so aus, als hätte Maltinor in der Zeit seiner Menschenflucht den Weg gefunden, auf dem er in Zukunft alle Probleme lösen wollte; denn eines schönen Tages verschwand er aus M***, ziemlich abgemagert und übernervös, aber keineswegs krank, wie es geheißen hatte. Zunächst ging er in eine nahe Stadt, wahrscheinlich nach Verona. Dort spielte er an einem ihm wohlbekannten Ort. Mit zwanzig Franken war er hineingegangen, zehntausend gewann er. Es mag die Nervosität gewesen sein, die sich in den zwei Monaten freiwilliger Isolation in ihm angesammelt hatte, oder auch etwas anderes, auf jeden Fall blieb an jenem Abend seine *Geschicklichkeit* im Spiel nicht verborgen, denn zuletzt, als er schon mit dem kassierten Geld wegzugehen gedachte, tauchte ein Herr auf, der zu ihm sagte: »Sie haben doch den ganzen Abend falsch gespielt?« Es war nur ein Zweifel, denn die anderen Leute mißbilligten das Verhalten des Herrn in aller Schärfe; die Bezichtigung war nun allerdings zum erstenmal in seinem Leben öffentlich gegen ihn erhoben und ausgesprochen. Es folgte ein Duell mit Pistolen, bei dem er seinen Beleidiger beinahe ins Jenseits befördert hätte. Maltinor ging triumphierend und mit dem erschwindelten Geld daraus hervor, spielte aber nicht mehr in dieser Stadt und kehrte für zwei Tage nach M*** zurück, um sich in seinem Erfolg zu sonnen. Dann reiste er wieder ab.

Sechs oder sieben Monate vergingen in Stillschweigen, von Maltinor hörte man nichts mehr, so daß er allmählich zu den Erinnerungen gehörte und man schon von ihm sprach wie von den Dingen einer vergangenen Welt. Gegen Ende der Abendgesellschaften, wenn sich Histörchen in die Gespräche schoben, pflegte sein Name in den Unterhaltungen aufzutauchen. Als plötzlich in einer römischen Zeitung, in einer florentinischen, dann in den Klatschspalten von San Remo, selbst von Nizza, Cannes usw. von ihm zu lesen stand: *der feinsinnige Literat mit seiner Begleiterin, dem Luxusgeschöpf Isotta Fraschini... mit seinem kleinen Sportwagen... der unvergeßliche Dandy... Graf Maltinor aus M***, ein Vorbild für die großen Gutsbesitzer, bewirtschaftet seine ausgedehnten Ländereien mit mustergültiger Sachkenntnis... Ein unveröffentlichtes und unbekanntes Sonett des Dichters Chiabrera, von Graf Maltinor zum Geschenk gemacht... Ein Zusammenstoß auf dem Flugplatz... der unverwundbare Maltinor macht den Flugschein...* usw. Die Illustrierten brachten seine Photographie in Zusammenhang mit Tagungen, wo es um Wissenschaft, Kunst oder Sport ging, und eine Bar in der Via Veneto servierte einen Apéritif mit dem Namen Maltinor, selbst die Würfel warf man dort *à la Maltinor.* Es ging sogar das Gerücht, in einem berühmten Etablissement von irgendwo, das mit einer bestimmten Nummer versehen war, verlangten manche Herren, man möge ihre Bedürfnisse... à la Maltinor befriedigen.

Es war im Spätherbst. M*** lag eingesponnen in die Nebel der Ebene. Die Lastwagen standen alle auf der Hauptstraße, keiner wagte weiterzufahren, denn man sah nicht einen Meter weit. Wenige Leute im Café, in den anderen Lokalen, im Spielcasino usw., denn die besseren Familien, das heißt die tonangebenden und die betuchten, weilten zum großen Teil noch auf dem Lande: und viele, die einen Wagen hatten und häufig abends in die Stadt kamen, zogen es an jenem Abend vor, zu Hause zu bleiben, um vor Langeweile einen Roman zu lesen (wie sie sagten), oder, so die Aufrichtigeren, mit den Bauern einen Tresette zu spielen; und dabei konnte es passieren, daß sie später zu Bett gingen, als wenn sie in die Stadt gefahren wären, denn die Herren vom Lande hegten für das Spiel im Kleinen eine halb süchtige und knauserige Leidenschaft.

Mit Recht nahm man an, daß an einem solchen Abend niemand den Mut haben würde, mit einem Automobil oder etwas ähnlichem über die Straßen der Ebene zu fahren. Malagati, ein junger Mann mit blondem Schnurrbart und erfahrener Autofahrer, der losgefahren war, um einen unterhaltsamen Abend in B. zu verbringen, hatte umkehren müssen, nachdem er nicht einmal zweitausend Meter vor die Stadt gekommen war und einen Kotflügel seines hübschen kleinen Wagens, der erst ein paar Tage alt war, eingebüßt hatte. Das Stadtcafé jedoch hatte sich, obwohl viele notgedrungen fernblieben, gegen Mitternacht allmählich ein wenig belebt, und rein zufällig waren viele Bekannte Maltinors anwesend, unter ihnen Graf Ramani, der gerade aus Mailand kam, der Maler B... Z, der Intendant der Städtischen Theater, jener Hauptmann Brachetti, der Direktor des Stadtarchivs, die üblichen Maler und sogar (welch ein Zufall) Mumi, einer jener eleganten und geschäftstüchtigen Angestellten, die – wer weiß warum – in der Gesellschaft solch abgelegener Kleinstädte immer gern gesehen sind. Dieser hier hatte sich noch dazu den Ruf erworben, wenn nicht ein Spitzel, so doch wenigstens ein Vertrauensmann der Polizei zu sein, und in seinem Fall ließ man diese Eigenschaft ohne weiteres als naiv und unschuldig oder unbewußt durchgehen. In einer Ecke des Lokals saß auch die künstlerisch-intellektuell-wissenschaftliche Clique, welche böse Zungen auf den Namen Egisto Rolli, genannt Patachina, getauft hatten; dieser war nämlich ziemlich reich, ein ehemaliger Geschäftsmann und Blutsauger, auf Bildung und Raffinement erpicht und wollte als vornehmer Herr gelten. Er lieh Maltinor, als dieser noch keine zwanzig war, *nach dem Tod seines Papas*, eine hübsche Summe zu einem märchenhaften Zins; er ging jedoch leer aus, denn als Maltinor im geschäftsfähigen Alter war, traten zahllose, etwas korrektere Gläubiger auf, die unter sich aufteilten, was von dem Besitz übriggeblieben war.

Wenn man durch die Fenster aus dem Café hinausblickte, sah man nicht einmal die Pfeiler der Arkaden. Doch hörte man das Motorgeräusch eines Lastwagens, der in halsbrecherischer Geschwindigkeit näherkam. Fast alles stürzte hinaus, um etwas zu sehen, und dem Grafen Ramani, der als erster auf der Straße war, entfuhr ein Schrekkensschrei, da er sich schon unter dem Lastwagen wähnte, der nur wenige Zentimeter vor ihm am Rand der Arkaden hielt. Es stiegen zwei Männer aus, die laut miteinander verhandelten. Der eine war gedrungen und feist und hatte einen großen Schnurrbart; der andere, viel größer und schlank, hatte einen breiten Schal um sein Gesicht gewikkelt. Beide trugen mit Pelz gefütterte Lederjacken, Samthosen, die zusammengeflickt aussahen und Schaftstiefel. Der Kleinere betrat sofort das Café und ging schnurstracks auf die Theke zu, der andere verharrte eine Zeitlang in Betrachtung derer, die um ihn standen, und rief dann mit klarer Stimme: »Allen Freunden einen guten Abend!« (Wie schon seine Stimme funkelt, dachte der Hauptmann Brachetti sofort.) Zunächst waren alle verblüfft, keiner antwortete »Gutenabend«. Jeder spürte, diese Stimme war ihm vertraut und ein Name lag ihnen auf der Zunge ... die Überraschung war freilich groß: ein Lastwagen kam mitten im dichtesten Nebel wer weiß woher ... man sprach doch von jemandem ... »Wovon war denn gerade die Rede, als wir noch drinnen waren?« dachte einer und wollte gerade etwas sagen ... ein anderer aber kam ihm zuvor und sagte: »Aber das ist ja Maltinor!« Da erkannten ihn alle und drängten sich um ihn, um ihm die Hand zu drücken. Dann gingen sie hinein ins Café, und die Tische bogen sich unter den vielen Flaschen und Gläsern. Natürlich kreuzten sich die Reden in wirrem Durcheinander. Alle fragten, und Maltinor sagte nichts: er lachte. Sein Genosse mit dem Schnurrbart kam und sagte, er werde sich inzwischen in einem der Spielsäle ein wenig aufs Ohr legen. Maltinor dachte: »Wie schön wäre es, wenn ich mich auch schlafen legen könnte!« Aber es ging nicht anders: er wußte, er täte besser daran, zu schweigen und wegzugehen. Dennoch mußte er sich Luft machen. Wie angenagelt saß er auf dem Stuhl mitten unter den Bekannten seines einstigen Lebens. Da waren sie also, diese eitlen Dummköpfe, unter deren Ungeist er mehr oder weniger sein Leben verbracht hatte! An jenem Abend hatte er getrunken, und nur so hatte er mit dem Lastwagen durch den Nebel fahren können. Vielleicht vertrug er früher den Alkohol besser. Ihm war schwindelig und wahrscheinlich war er betrunken: deshalb zog sein ganzes Leben an ihm vorüber. Ja, sein ganzes Leben, das er, so schien es ihm jetzt, denen gewidmet hatte, die ihm nun gegenübersaßen, damit sie vor Ärger platzen sollten. Von frühester Jugend an, zu der Zeit, als er seinen Vater noch hatte, brachte ihn eine alte Tante jeden Sommer in eine vielbesuchte und auch – warum nicht? – sehr elegante Sommerfrische im Gebirge; wo er die Leute, denen er begegnete, – die Mütter, die Töchter, die Väter und die Kinder – nicht ausstehen konnte, weil sie alle aus M*** kamen. Leute aus anderen Städten machten ihn befangen, weil sie ganz anders waren, sie hatten eine helle, klare oder auch eine leise, ruhige, gelassene Stimme, während er selbst die Stimme der Leute aus M*** hatte: schlaff, knaunzend und dumpf. Da dachte er: Sobald ich nur ein wenig größer bin, gehe ich weg von hier und fange anderswo, sehr weit weg von hier, ein neues Leben an. Aber er beschränkte sich dann darauf, in humoristischen Lokalblättern seine Witzfiguren zu zeichnen und zu schreiben. Diese Damen und Herren verfolgten ihn überall, er wurde sie nie los: Ihre Blicke hinter seinem Rükken konnte er nicht leiden, schon damals im Gebirge nicht. Sie blickten einen heimlich mit furchtbarer Überheblichkeit an, während sich ihre Lippen, indem sie honigsüße Bissigkeiten von doppelzüngiger Banalität (abgründiges Abbild eines Brunnens, in den man Abfälle wirft, die dann von der Hölle wieder heraufgepumpt werden) aussprachen, zu einer salbungsvollen, scheinheiligen Geste schürzten, die wohl sichtbar und unverschämt war, deren man sie aber nicht bezichtigen konnte. Auch in der Stadt geschah ihm übrigens etwas Lästiges. Jeden Samstag wurde er zu einer entfernten jungen Verwandten, einer religiösen, mondänen und stinkfeinen Frau, gebracht. Aber einmal erregte er Anstoß und Entrüstung bei allen Anwesenden: *Es gab doch gewisse Grenzen.* Und einem so großen Jungen wie ihm (er war schon zwölf) konnte man solche Dinge nicht mehr verzeihen. Schweigend hatte er die ganze Zeit in einer Ecke des Salons auf einem Sessel gekauert und war in eine lange Reihe innerer Beschimpfungen gegen die ihn umgebende Welt versunken. Ab und zu hielten die Damen in ihrem Schwatzen inne, um ihn ob seines Anstandes und seines Ernstes zu belobigen. Auf einmal floh er aus dem Zimmer, kam wieder zurück, hüpfte dann zwei- oder dreimal im Kreis herum, knöpfte sich schließlich, aus voller Kehle singend, seine Hose auf und pinkelte auf die Teppiche im Salon mitten unter die Damen, die schon angefangen hatten, ihre Entsetzensschreie auszustoßen. Und er ging pinkelnd durch die ganze Wohnung, immerfort singend: »Das Kännchen da zum Gießen, das hab ich von der Mama, der süßen ...« Er blieb ein wenig aus, weil er in den Hof ging, wo er einen kleinen Jungen fand, den er ordentlich versohlte. Ganz langsam und mit Herzklopfen stieg er die Treppe wieder hoch. Die Damen gaben mit lauten Stimmen harte Kommentare ab, während Maltinors arme Tante immer kleinlauter wurde. Er lief zu ihr hin, umschlang kniend fest ihre Taille, verbarg sein Gesicht in ihrem Schoß und hoffte, sie würde ihn beschützen. Sie aber stieß ihn von sich, und er brach in ein herzzerreißendes Weinen aus und versteckte seinen Kopf unter einem Sessel. Die Frau des Hauses rief ihren Diener und sagte: »Setzen Sie diesen Landstreicher auf die Straße.« Er wurde weggetragen und vor die Tür gestellt wie ein Lumpenbündel. Wie viele Jahre verbrachte er dann zu Hause, bald allein, bald mit den Straßenjungen, ohne je von einem Menschen zu hören, der sich um ihn gekümmert hätte! Zur Schule wollte er nur ein paar Monate gehen. Es war wunderbar, als er (etwa drei Jahre später) mit seinen lichtscheuen Kumpanen von der schlimmsten Sorte, angeregt durch die Umtriebe finsterer politischer Gestalten, das Café betrat, wo sie alles kurz und klein schlugen: Tische, Flaschen, Gläser, Kuchen, Selterswasser, Vitrinen, alles. Dasselbe Café wie das, in dem er jetzt in seinem Rausch auf die Fragen seiner Freunde, die allmählich merkten, daß er sich in einem anormalen Zustand befand, nur lachte. »Warum fährt denn der berühmte Graf Maltinor, wie er hier vor uns sitzt, mit einem Lastwagen und in dieser komischen Kluft herum?« »Der Ruhm ist ihm wohl in den Kopf gestiegen?« »Und sein Genosse erst, der mit dem Schnurrbart, was für ein ordinärer Kerl!« »Sich in Maltinors Nähe aufzuhalten, könnte einem heutzutage wohl von Nutzen sein.« Usw.

In einem hellen Moment wurde Maltinor klar, daß er dabei war, sich wie ein Verrückter aufzuführen, er goß sich Wasser in ein Glas und trank. Dann glaubte er, er sei wieder bei Sinnen, und so fing er in aller Ruhe zu sprechen an und bildete sich ein, auf die Fragen seiner Freunde zu antworten:

»Dann habt ihr also in den Zeitungen über mich gelesen? Ihr habt wohl gehofft, ich wäre schon gestorben oder Zuhälter in irgendeiner Stadt im Süden geworden ... Aber nein, entschuldigt ... Glaubt ja nicht, ich sei böse. Na gut, aber euch wäre es doch lieber, wenn ich arm wäre, oder nicht ... ich weiß, ihr habt gehofft, daß ich reich werde, ja, im Grunde mögt ihr mich, und drum will ich euch alles erzählen. Ihr habt so manche Vorurteile doch längst überwunden ... denn selbst nach der Geschichte in Verona habt ihr mich wie einen Sieger empfangen. Ganoven sind euch sehr sympathisch – (da lachten alle) –, solange sie Erfolg haben. Ich gehöre zu dieser Sorte ... ihr müßt wissen, mit dem gewonnenen Geld habe ich den Lastwagen gekauft, der da draußen steht, gebraucht. Hat mir immer bestens gedient. Natürlich ist er ein paarmal stehengeblieben und wir haben ein großes Schlamassel riskiert. Jetzt komme ich zum Beispiel von der österreichischen Grenze, aber nicht aus dem Ausland, ich halte schon immer vorher – (alle hörten aufmerksam zu) – ... von dort kommen dann einer nach dem anderen viele, viele Männer: der mit einem Bündel, der mit einem Koffer, ein armer Teufel mit einem Sack voll Laub. Und sie laden ihre Lasten auf meinen Lastwagen ... merkwürdig was? Aber viel Geld, viel Geld, wenn ihr wüßtet, wie viel Geld ich kassiert habe! Sogar eine literarische Kostbarkeit habe ich gekauft und dann großmütig verschenkt. Wirklich außergewöhnliche Beträge habe ich der öffentlichen Wohlfahrt gespendet. Ja, meine Herren, ihr glaubt wohl, ich mache Spaß, wollt ihr einen Beweis? – (besorgtes Gehüstel) – Natürlich kein einfaches Geschäft, aber man gewöhnt sich daran ... wie damals ... als ich aus der Schweiz kam ... mit einer Riesenladung ... ich wurde angehalten, man wollte unbedingt sehen, was ich drinnen hatte. Ich weigerte mich. Das hätte mir gefehlt, zehn Jahre Knast oder noch mehr! Den Revolver in der Hand, das Nummernschild rasch zugedeckt – dank einer von mir selbst erdachten kleinen Maschinerie –, den ersten Gang rein, dann den zweiten ... und auf und davon mit Vollgas, so schnell es der arme Laster schaffte! Die haben geschossen und ich auch, blindlings. Ich hörte auch einen Schrei, bekam es mit der Angst zu tun, ich hätte einen umgebracht, am Tag darauf aber las ich dann, ich hätte ihn nur verletzt. Da war freilich unwahrscheinliches Glück im Spiel. Manchmal glaube ich, Gott beschützt uns. Wie oft habe ich schon geglaubt, ich sei im Besitz der göttlichen Gnade; sei, ohne es zu wissen, in Gottes Diensten.

Vielleicht gehe ich bald ins Kloster und lasse dieses Hundeleben fahren, obschon es auch wieder seine guten Seiten hat. Stellt euch das vor! Maltinor Schriftsteller und Schmuggler!«

Da wurde es vielen unheimlich, aber Mumi sagte:

»Ich wußte gar nicht, daß du immer noch ein so gewandter Humorist bist.«

»Wie widerlich du bist«, sagte Maltinor, »du bringst mich noch so weit, daß ich mich schäme, die Wahrheit gesagt zu haben.« Dann schwieg er und schenkte sich zu trinken ein.

»Übrigens«, fuhr er fort, »will ich großzügig mit euch sein. Raucht ihr gern ausländische Zigaretten? Schon gut, ihr könnt haben, so viele ihr wollt.« Er erhob sich und ging schwerfällig torkelnd aus dem Café. Er kam wieder mit einer großen Schachtel unter dem einen Arm und zwei Flaschen unter dem anderen.

»Hier, das ist für euch«, sagte er und stellte alles auf den Tisch (eine Flasche aber rollte sofort auf den Boden), »herbe und parfümierte Zigaretten aller Sorten, ausländische... aber die ohne Staatsstempel... und zwei Flaschen Wodka... aber seid nicht zu gierig – (sie standen da und rissen die Augen auf, waren aber verlegen und ängstlich) – Glaubt ihr vielleicht, ich fahre mit dem Zeug da herum, weil es mir Spaß macht? Nein: damit ich Schriftsteller und Schmuggler sein kann, reich und glücklich, brillant und berühmt, und damit ihr vor Ärger platzt, ihr plumpes, böses, klatschsüchtiges, feiges und stilloses Pack... aber, was sag ich denn... ihr poesieloses Pack... Scheißdreck seid ihr!« Und Maltinor warf sich zu Boden, wo er weiterredete, aber jetzt mit leiserer und mit heiserer Stimme viele sinnlose Sätze hinzufügend. Bei den letzten Sätzen indes hatten alle seine Freunde das Weite gesucht. Sie standen nun ein wenig weiter vorne, in der Höhe des Corso, unter den Arkaden, blickten einander in die Augen (es schien, als würden sie teils aus Angst, teils aus Fairneß, teils aus Anständigkeit und vielleicht auch, um ihn zu retten, nichts sagen) und verabschiedeten sich dann.

Als Maltinor zwei oder drei Stunden später seinen Rausch zum Teil ausgeschlafen hatte, legte er den Zigarettenkarton wieder in den Lastwagen zurück und weckte seinen Genossen, der noch schlief: die Ober mögen der Tatsache, zu dieser späten Stunde einen betrunkenen Herrn im Lokal zu haben, wohl keine große Bedeutung beigemessen haben. Die beiden fuhren wieder hinaus auf die verlassenen nebeligen Straßen, wo es langsam Tag wurde.

Ein paar Tage später hieß es, Maltinor sei verhaftet worden. Die Zeitungen waren voll davon. Einer der umschwärmtesten Männer, immer im Scheinwerferlicht in den vergangenen sechs Monaten! Vom Schriftsteller war nie die Rede, sondern immer von dem vulgären Schmuggler und manchmal von dem unvergeßlichen Dandy. Nicht Schriftsteller – Schmuggler, wie Maltinor sich eingebildet hatte.

Nachdem die Freunde im Café gemeinsam die Nachricht gelesen hatten, blickten sie einander in die Augen. Unter ihnen war der Spitzel nicht. Aber an jenem Abend war einer dabei gewesen, der nicht zu ihnen gehörte. »Er wird sich selbst in Haft begeben haben«, sagte der Hauptmann Brachetti oder B...Z., der Maler. Aber man wurde den Verdacht nicht los, und leichte Zweifel kamen auf: vielleicht Mumi oder Rolli, der Intellektuelle. Namen zu nennen wagte jedenfalls keiner.

Seine Schwester, die Tänzerin

Nunmehr fünfunddreißig Jahre alt, ein liederlicher Lebemann, Dr. jur., zunächst vom Vater gezwungen, die Anwaltslaufbahn einzuschlagen, dann nach eigenem Willen einzig und allein langweiligen und oberflächlichen Vergnügungen nachgehend, sah sich Felice Marconi gezwungen, falls er zu leben haben wollte, Rechtsanwalt zu werden und die väterliche Kanzlei zu übernehmen, da niemand mehr geblieben war, der ihm Geld hätte geben können, nachdem alle Verwandten und auch seine Eltern gestorben waren. Sein Vater Vittorio, der Rechtsanwalt, früher einmal einer der angesehensten Männer von M***, hatte das Vertrauen seiner Klienten mehr und mehr verloren, wegen seines Sohnes, des Hurentreibers, Falschspielers, Geldfälschers und Trunkenboldes, und hatte, um diesem Sohn in seinen unzulässigen Ansprüchen unter die Arme zu greifen, alles, was er erspart und verdient hatte, ausgegeben und nichts hinterlassen als zehntausend Lire in Wertpapieren, die schon seine verstorbene Frau der Schwester Felices vermacht hatte: der quicklebendigen und fidelen Gina mit den schwarzen Augen, dem braunen Haar, den feurigen Hüften, den langen, wohlgeformten Beinen, die schon stadtbekannt war, als sie ihre mädchenhafte Reinheit noch nicht verloren hatte. Wenn sich am Sonntagmittag unter dem Portico del Collegio die lärmende Menge auf und ab bewegte, erblühten um die schöne Gina schlüpfrige, im Dialekt vorgebrachte Lobeshymnen, während sie in ahnungsloser Abgeschiedenheit mehrmals unter diesen spitzen Pfeilen und geilen Blicken umherlief, in konfuser Freude, Herz und Sinn erfüllt von den Bildern einer strahlenden, brausenden Zukunft, die sich mit jugendlicher Sicherheit chaotisch vor ihr aufbaute. Und viele junge Männer hofften, sie auf einen Ball zu begleiten oder auf einen Ausflug, wo sie dann am Ufer des Flusses etwas Handfestes zu unternehmen gedachten. Der eine oder andere hatte sie sonntags in der engen Via San Michele auf ihrem Heimweg schon angesprochen. Der junge Marquis B., der flinker war als die anderen, hatte sie schon richtig angefaßt, während sie sich lachend loszumachen suchte, um schnell die Treppe hochzusteigen, da sie noch fürchtete, der Bruder würde sie zurechtweisen.

Dieser war indes, besorgt und unfähig, wenn auch voll des guten Willens, damit befaßt, die väterliche Kanzlei in Gang zu halten. Jeden Abend tausend Gebete zum Himmel schickend und unter wirklich ungeheuren Mühen, in Anbetracht der alles vergiftenden Untätigkeit seines Daseins, war es ihm schließlich gelungen, Rechtsanwalt und rechtmäßiges Mitglied der Anwaltskammer zu werden. Aber die Kanzlei hatte selbst die letzten mittellosen Klienten des Vaters verloren, so daß man sagen konnte, die unglückselige Zeit, in deren Lauf Felice Marconi auf den untersten Stufen der gesellschaftlichen Rangordnung landen sollte, nahm nun ihren Anfang.

Fünf Jahre später war Marconis Kanzlei bekannt als Treffpunkt der schlimmsten Individuen der Stadt, unter ihnen Lorenzo Ferro, Lackierer, feist und von kleiner Statur, hurtigen Blickes und leichtfüßigen Schrittes. Dieser ging wohl kaum seinem erlernten Gewerbe nach, sondern verdiente sein Geld, indem er in allen verrufenen Straßen sämtlicher Städte der Emilia, Venetiens und der Lombardei die entsprechenden Frauen aufstellte, abberief oder ins Verderben zog. Wenn er einen Rechtsanwalt brauchte, ging er zu Felice, und viele andere Männer und Frauen seines Schlages taten desgleichen. Unter den weiblichen Klienten wäre beispielsweise jenes Ungeheuer zu nennen, das, mit Laster, Puder und Schminke gleichermaßen behaftet, unter dem Namen Madame de Boulogne bekannt war. Auch sie vertuschte ihre wahre Erwerbsquelle, indem sie einen kleinen, ganz in Gold gehaltenen Modesalon unterhielt, der nach Acqua di Felsina, einer Art aufdringlichem und ekelerregendem Kölnisch Wasser, roch. Die Töchter der Angestellten von M*** schmückten ihre Köpfe mit Hüten aus Madames Salon und trugen sie, vor Stolz strahlend, den Portico del Collegio hinauf und hinab, wobei sie ihren Schritt kräftig erschallen ließen, den zum Glück Pirelli-Gummiabsätze, ein dringend notwendiges Requisit für die ohne Rast und Ruh auf und nieder gehenden Mädchen, dämpften.

Schlauheit gehörte nicht zu den Eigenschaften des unglückseligen Rechtsanwalts, denn er ließ sich von seinen entsetzlichen Klienten stets übers Ohr hauen. So kam es, daß er, obwohl er häufig den Knast riskierte, bei einem gelungenen Streich nie mehr als einige Lire kassierte. Er gab in allem nach, sah großzügig über seine eigenen Rechte hinweg, wenn er nur das Geld sofort einstecken und bei Blofardi, im besten Restaurant der Stadt, essen konnte. Obgleich ihm jeglicher moralische Halt abhanden gekommen war, ging er noch immer erhobenen Hauptes durch die Stadt, wobei er sich um einen lässigen Gang bemühte, ein leichtes Stöckchen, das er denn auch nie vergaß, leistete ihm dabei beachtliche Hilfe. Sein kahler Kopf hatte, von hinten gesehen, etwas Vornehmes an sich, machte aber von vorne betrachtet mit seinen schläfrigen Augen, mit seiner Nase, die schmutzigen und grausamen Schauspielen zugewandt schien, und mit den käsigen, schlaffen Wangen einen ziemlich traurigen Eindruck. Er war hoch gewachsen, und seine schlanke Gestalt hätte ihn als einen gutaussehenden, lebenslustigen Herrn erscheinen lassen, wenn nicht sein zweideutiges Auftreten jegliche Illusion geraubt hätte. In der trüben Entrücktheit seines Kopfes schwirrten

Träume von großem Reichtum und Wohlstand herum. Wenn er bei Blofardi eintrat, sagte er zu sich: »Hier bin ich, ich geh jetzt da hinein, ich, Herr Carpendras, der Luftikus.« Nachdem er dann Platz genommen hatte, rieb er sich ein wenig nervös und eilig die Hände und lachte mit großer Genugtuung. Dann begann er das berühmte, von ihm selbst erfundene Motiv zu pfeifen, es war ein Potpourri der Erinnerung an alle Schlager, die an dem Abend gesungen und gespielt worden waren, als ihn sein Vater zum erstenmal auf einen Maskenball mitgenommen hatte. Seit jenem Abend sagten viele der besseren Bürger von M*** zu ihren Söhnen, wenn sie sich nicht geziemend verhielten: »Wenn du so weitermachst, wirst du noch wie der Sohn von Rechtsanwalt Marconi.« Während er pfiff, erinnerte er sich mit melancholischer Lust daran, wie er damals, als es schon spät und das Fest halb verlassen war, mit wackelndem Kopf von einer Loge im dritten Rang ins Parkett hinuntergeschrien hatte: »Es lebe die F.«

Nachdem Gina die billigsten Revuen und Varietés durchlaufen hatte, war sie, bald dreißigjährig, zu einer geschätzten Tänzerin an der Oper geworden. Das war ihr um so höher anzurechnen, als man normalerweise nicht vom Varieté zur Oper überwechselt, sondern umgekehrt. In Mailand blieb sie durchaus nicht erfolglos. Sie war nun bei weitem nicht mehr so schön wie in der Zeit, als sie durch die Straßen M***s promenierte, ihre schon fülligen Formen waren noch runder geworden, und ihr Aussehen war zweideutig und von gleichgültiger Lasterhaftigkeit, was sie selbstverständlich für Männer in einem gewissen Alter über kurze Zeit besonders anziehend machte. Sobald einer ihrer überdrüssig wurde, fand sie stets Ersatz, und so hielt sie sich, sagen wir, drei oder vier zahlende Liebhaber zur gleichen Zeit, denn es machte ihr Spaß, viel Geld auszugeben, gut zu leben und einen auffallenden Luxus an den Tag zu legen. Geld brauchte sie ja außer für sich selbst auch für Felice (der damals gerade mittellos und völlig am Ende aus dem Gefängnis kam, wo er wegen Betrugs drei Jahre abgesessen hatte), und ihre Männer waren nicht so verliebt oder nicht so reich, daß ein einziger für ihre Bedürfnisse ausgereicht hätte. Im Lauf der Jahre aber wurde Gina bescheidener und verdoppelte die Zahl ihrer Liebhaber, deren Alter allmählich zu- und deren Reichtum allmählich abnahm, während Felice immer mehr auf ihre Unterstützung angewiesen war. Als sie achtunddreißig und nun auch dick geworden war, sah sie ihre Rolle an der Mailänder Scala beinahe auf ein Nichts zusammenschrumpfen, so daß sie im Jahr darauf erschrocken sagte: »Jetzt bin ich neununddreißig, also schon vierzig« und beschloß, als Tänzerin zurückzutreten, was bedeutete, nichts zu unternehmen, um wieder engagiert zu werden.

Da konnte man sehen, wie Felice, nun ein alter, kranker Mann von siebenundfünfzig Jahren, sich nach so langer Zeit endlich in Bewegung setzte, um sich der Sache seiner kleinen Schwester anzunehmen, indem er überall herumfragte, ob sie niemand in irgendeinem Theater, für die kurzen und zweitrangigen Spielzeiten in Parma, in Mantua, in Vicenza oder auch in Mirandola oder Cento engagieren könnte. Es gelang ihm, ein Plätzchen während der Spielzeit in M*** für sie zu finden, die im Spätherbst mit höchstens zehn Aufführungen bestritten werden sollte.

Endlich war Felice etwas gelungen, und er strahlte vor Freude darüber. In Wahrheit hatte ihm der alte Graf Matricolo geholfen, der ihn, als er ihn eines Tages in der Nähe des Theaters traf, vor seniler Schwäche die Vorurteile der Schicklichkeit vergessend und sich der glorreichen Tage seiner Jugendzeit entsinnend, in der die Marconis eine geachtete Familie in der Stadt gewesen waren, in seine Arme schloß und ihn ahnungslos nach seinem alten Freund, dem Anwalt, Felices verstorbenem Vater, fragte. Felice traten die Tränen in die Augen, während der Graf dann zum Impresario, zum Präsidenten der Logeninhaber und zum Leiter des Chors und des Balletts ging, um die Aufnahme von Gina Marconi in das Corps de Ballet zu erwirken.

Man weiß nicht, warum Graf Matricolo, der zwei Monate später sterben sollte, sein Leben mit solch edlen Taten krönen wollte, die nie zu seiner Art gehört hatten. Felice wurde eines Tages zum Bürgermeister gerufen. Man bot ihm einen bescheidenen Posten in den Büros der Gemeindeverwaltung an. Mit welcher Freude konnte er sich einen Mietwagen bestellen, um seine Schwester vom Bahnhof abzuholen: das kleine Mädchen, das er auf gut Glück von zu Hause hatte wegziehen lassen, die Schöne, die jahrelang für seinen Lebensunterhalt gesorgt hatte! Die Geschwister hatten sich seit dem Tag, an dem sie auseinandergegangen waren, nie mehr gesehen. Sie hatten einandergeschrieben: Felice, um zu bitten, Gina, um zu geben. Aber sie fürchteten, Abscheu zu empfinden, sobald sie einander ansahen. Wie es zu geschehen pflegt, wenn man einander sehr lange Zeit nicht mehr gesehen hat und sich den geliebten Menschen so vorstellt, wie man ihn zum letztenmal gesehen hat: Felice ging, sein Schwesterchen zu sehen, die fidele, träumerische Siebzehnjährige; während Gina im alten Bahnhof, der ihr gar nicht verändert erschien, aus dem Zug stieg, um ihren unfreundlichen, gleichgültigen, eleganten Bruder zu treffen.

Aber als sie einander erblickten, erkannten sie, daß außer einem selbst auch die anderen altern. Im ersten Augenblick schien es, als wäre der Rest von Herz, den sie noch in der Brust hatten, unvermittelt verschwunden oder verstummt. Der Peitschenhieb, zu dem Gott ausgeholt hatte, war zu gewaltig gewesen. Sie wechselten kaum ein paar Worte, knapp »Wie geht's« und »Willkommen«, und hätten einander ja auch sonst nichts zu sagen gehabt. Am Tag nach ihrer Ankunft wurde Gina krank, so daß sie nicht als Tänzerin im Theater von M*** auftreten konnte. Aber nun verdiente ja Felice als Angestellter, und man brauchte für die Zukunft nichts zu fürchten. Auch wenn seine Schwester nicht erkrankt wäre, hätte Felice gewollt, daß sie zu Hause blieb, da es ihm leid getan hätte, Gina nun, da sie alt und verbraucht war, zum erstenmal in ihrer Vaterstadt tanzen zu sehen, wo sie den bösen Blicken und Worten derer, die sie erkannt hätten, ausgesetzt gewesen wäre. Die Spielzeit war zu Ende, und Ginas Krankheit ging vorüber.

Wie es in solchen Fällen zu geschehen pflegt, wenn nämlich eine menschliche Seele ihr Leben verliert oder verloren zu haben glaubt, so auch hier: Gina war eine eifrige Kirchgängerin geworden. Sie versäumte keine Messe, keine Predigt, keine Andacht. Obwohl sie soviel Buße wie möglich zu tun versuchte, konnte sie doch der Verlockung nicht widerstehen, sich ab und zu ein Stündchen Freiheit für einen kleinen Spaziergang zu genehmigen; gesenkten Blickes und leichten Schrittes, eine Rosenkranzperle zwischen den Fingern rollend, wagte sie einen Vorstoß unter den Portico del Collegio. Unwillkürlich und mit einer geheimen Freude im Herzen begegnete sie dem Blick irgendeines Menschen, dann wußte sie freilich nicht zu sagen, ob es ein Mann oder eine Frau gewesen war. Da fiel eines Tages ihr Blick auf einen Mann und sie geriet so sehr außer Fassung, daß sie sich eine Woche lang zu Hause einschloß, denn es handelte sich um einen bildschönen Jüngling. Sie begegnete ihm noch einmal und verliebte sich in ihn. Als sie ihn dann wiedersah, folgte sie ihm bis zu seinem Haus, denn nachts sagte sie in einem fort zu sich: »Ach Gott, wenn ich nur wüßte, wo er wohnt!« Und als sie dann erfahren hatte, wo er wohnte, wollte sie ihn wiedersehen, und zur Buße blieb sie zwei Stunden länger in der Kirche, wo sie so lange kniete, daß sie zuletzt ihre Beine nicht mehr spürte: Trotzdem fand sie stets Kraft genug, um zu gehen und ihren Liebsten wiederzusehen, er war nämlich die erste Liebe ihres Lebens. Es kam der Abend, an dem es ihr nicht gelang, ihn zu sehen. Vielleicht morgen, aber nein, dann noch einmal morgen, wieder nicht. Es vergeht ein Monat, es vergehen zwei, es vergehen drei, es vergehen vier, der Jüngling war endgültig verschwunden. So nahm ihn Gina in ihrem Herzen und in ihrem Sinn mit nach Hause: und dort behielt sie ihn für sich und verwandelte ihn.

Es war ihre erste Liebe; sie sah sich als junges Mädchen, und er machte ihr den Hof. Man wußte es nun allseits, daß der junge X sie heiraten wollte. Aber X war arm, und der Vater der kleinen Marconi, geachteter und glänzend verdienender Rechtsanwalt, wollte für seine Tochter einen reichen Mann, Adel kümmerte ihn nicht. Die Großmutter des jungen X, des armen kleinen Waisenkindes X, war jedoch eine Gräfin. Gina mochte ihren Papa gern und wäre nie ungehorsam geworden. X haßte seine Großmutter, er schrieb Gina, er würde keinen Augenblick zögern, die alte Gräfin zu vergiften, wenn es galt, ein Hindernis für ihre Liebe aus dem Weg zu räumen. Auch ihren Vater, den Rechtsanwalt, würde er umbringen. »Oh mein armer Papa!« schrie Gina auf. Es geschah, daß X seine Großmutter wirklich umbrachte. Der Papa der kleinen Marconi mußte, jäh vom Wahnsinn gepackt, in ein Irrenhaus eingeliefert werden, X kam ins Gefängnis. Gina besuchte X im Gefängnis und küßte ihn da zum ersten und zum letzten Mal. Es blieb ihr nun in ihrem Leben nichts anderes mehr übrig, als ins Kloster zu gehen. So wurde sie Nonne. Ein paar Jahre später entflieht X aus dem Gefängnis, dringt in das Kloster ein und entführt seine Gina, aber er kann sie nicht einmal küssen, denn schon entdeckt und ergreift ihn die Polizei.

Inzwischen starb Gina. Und der gute Felice mußte als Angestellter am Standesamt eigenhändig ihren Tod registrieren. Man bedenke, daß Felice Marconi sich viele Jahre vorher geschworen hatte, in diesem Totengräberbüro würde er niemals landen, er, Herr Carpendras, der Luftikus.

Tod eines Liebhabers

Evelina stand auf dem Treppenabsatz im dritten Stockwerk eines bescheidenen Hauses in der Via Canaletto. Sie keuchte und mitunter stöhnte sie: »Ach Gott, ich Arme!« Auf dem Boden lag die Stola, die sie sich auf der Fahrt vom Ball in San Faustino (Nationales Feierabendwerk »Fratellanza«) bis zur Wohnung ihres Vaters über die nackten Schultern und den nackten Rücken geworfen hatte. Sie war vom Ball weggelaufen, ohne daß ihre Freundinnen, die sich wegen des Unglücks um sie geschart hatten, sie hätten zurückhalten oder begleiten können, und war auf den fahrenden Omnibus gesprungen, wobei sie beinahe einen ihrer weißen Schuhe mit den hohen braunen Absätzen verloren hätte.

Teils mit Absicht, teils aus Leichtsinn hatten Evelinas neidische Freundinnen die Nachricht vom Tode Adelmo Marsellinis, ihres reichen Liebhabers, der sich mit dem Motorrad den Schädel zerschmettert hatte, von Mund zu Mund gehen lassen. »Ein Unglück«, so sagte man, und es war auch eines. »Daß nur Evelina nichts davon erfährt«, aber Evelina hatte sich der Nachricht im Nu bemächtigt. Sie hatte einen Schrei ausgestoßen und war zusammengebrochen, anschließend bekam sie einen hysterischen Anfall. Im Weglaufen hatte sie aus dem Mund einer ihrer Freundinnen folgenden Satz gehört: »Und wohin wird sie jetzt gehen, ohne das Geld von Adelmo?« worauf, wie ihr schien, die Mutter der häßlichen Marcella geantwortet hatte: »Auf den Strich.« Im Autobus hatte sie dann zu sich selbst gesagt: »Das soll Marcella machen. Ich nicht. Ich hab ja schließlich noch meinen Vater, heilige Muttergottes!«

Sie stand nämlich vor der Tür der Wohnung, aus der sie ihr Vater vor sechs Monaten, am Anfang ihrer Liebschaft mit Adelmo, hinausgeworfen hatte. Zehn Minuten hatte sie ununterbrochen geklingelt, hatte mit den Fingerknöcheln an die Tür geklopft, mit den Füßen dagegen gestoßen und geschrien: »Papa, verzeih mir, ich weiß nichts mehr von der ganzen Geschichte... Papa, Adelmo... ich kann doch nicht auf der Straße... nein... er ist tot.« Schließlich wurde ihr die Tür geöffnet, aber von der Frau ihres Bruders, die vordem am meisten darauf gedrungen hatte, daß Evelina hinausgeworfen wurde, und vielleicht zu Recht; denn sie war Mutter von acht Kindern, und ihr Onkel war der Pfarrer von San Dalmazio, ganz zu schweigen davon, daß ihr Mann, Facharbeiter bei Fiat, die Marsellinis noch nie hatte ausstehen können, denn nach seiner Meinung waren sie Kriegsgewinnler. (Sie hatten nämlich mit der systematischen Lumpensammlung in der ganzen Provinz von M*** Millionen angehäuft.)

Die unbeugsame Schwägerin hatte denn auch die Tür schimpfend sofort wieder zugeschlagen, es gehöre sich wohl doch nicht, um diese Zeit solchen Krach zu machen, sie und ihre Kinder müßten schließlich schlafen, der Vater sei bei der Arbeit, und auch wenn er da wäre, würde er sie nicht hineinlassen, und sie solle sich nun vom Marquis Cruppoli aushalten lassen, wenn Marsellini, der Waschlappen, gestorben sei. Derlei Dinge sagte sie zu ihr, weil sie ihre Rechte wahren wollte, wie es alle Frauen ihren ledigen Schwägerinnen gegenüber tun, insbesondere, wenn diese kein unbescholtenes Leben führen. Haß war es nicht, sondern ungeteilte Aufmerksamkeit für sich selbst und für ihre Kinder und vollkommene Teilnahmslosigkeit Evelina gegenüber; die Ärmste hatte nun, wie ihr schien, kein Leben mehr auf dieser Welt. Da jeglicher Sinn entschwunden war, glaubte sie, so weiß geworden zu sein, so weiß, wie sie gern einmal geworden wäre, wenn sie sich Adelmo zuliebe endlos Puder und weiße Schminke auflegte. »Jetzt muß ich aber schön sein«, entschlüpfte es ihr in Gedanken, und sie ließ sich, mit dem Rücken an die Tür gelehnt, zu Boden gleiten. Sie fühlte, wie die Kälte der Fliesen durch ihr leichtes Kleid in die Haut drang. Und es schien ihr unmöglich, daß der Marquis Cruppoli sich eine Frau zur Geliebten nehmen würde, deren Haut durch solche Kälte Schaden litt.

Nach und nach verfiel Evelinas Herz, als die Bangigkeit, die ihm die unerwarteten Stöße verursacht hatten, zum Normalzustand wurde, in eine Art unregelmäßigen Rhythmus mit bald langsamen, bald sich überstürzenden Schlägen, wie es geschieht, wenn man aus untröstlichem Schmerz an nichts mehr denken möchte und aus dem Gedächtnis alles entfernt, was einen an jenen Schmerz erinnern könnte, und etwa sagt: »Der Boden hier wird seit einer Woche nicht geputzt. Wenn diese Treppe aus Marmor wäre, würde mein Vater nicht in diesem Haus wohnen. Die Messingbeschläge habe ich immer glänzender poliert als meine Schwägerin, aber die Stäbe des Treppengeländers sind aus Eisen und lackiert, sie sehen aus wie Fragezeichen und wie runde Köpfe mit Löckchen, aber das Geländer rings um die Tanzfläche im Ballsaal ›Terpsichore‹ hat glatte Stäbe aus Holz. Als meine Mutter noch lebte, begleitete sie mich am Sonntag zum Tanzen, und ich lehnte an diesem Geländer, und der Miesmacher Storchi beobachtete mich, und wehe, wenn ich die Tanzfläche betreten hätte, wehe, wenn ich getanzt hätte. Tausend Tänze mußte ich ausschlagen... tausend Tänze je Abend, mit meinem schönen, weiten Rock wäre ich wirklich eine feine Tänzerin gewesen. Wenn ich die Staubkörnchen zählen würde, die in den Spalten zwischen zwei Fliesen sind, würde ich verrückt...« usw.

Trotzdem ging der Vorhang auf, und die Szene, auf die Evelinas weinende Augen blickten, war der Ballsaal »Terpsichore« von Sant'Agnese am Abend von Heilig-Drei-König.

In jenem Winter war sie noch nie tanzen gegangen. Sie arbeitete viel bei Bice in der Plätterei, und ihr Vater war besonders zärtlich zu ihr, nur so, um sie zu trösten, weil ihr Schatz nach Ostafrika gegangen war (und sie auch verlassen hatte, denn geschrieben hatte er nie). Ihrem Vater hatte dieses Verhältnis ziemlich gut gefallen, weil der junge Mann der Sohn des Schreinermeisters Calodi, seines alten Freundes und Rivalen beim Bocciaspielen, war. Evelina war jedoch nicht allzu niedergeschlagen, da sie im Grunde gar nicht in den jungen Mann verliebt war. Sie hatte auf einmal Lust bekommen, sich zu amüsieren, zu parfümieren, anzumalen, mit dem Auto herumzufahren und auch eine Liebschaft zu haben. Aber all das gestand sie sich nicht ein, und bei den jungen Männern spielte sie die Widerspenstige, ganz gleich welchen Standes sie waren. Sie hatte sich geschworen, nicht tanzen zu gehen, denn sie wollte für sich und für ihren Vater arbeiten, und deshalb hatte sie sich nicht einmal ein Kleid angeschafft. Sie hatte jedoch ein altes, das sie sorgfältig aufbewahrte. Es war ein Kleid, das auch für den Abend paßte. Dunkelblau mit einem weißen Spitzenkragen um den Hals; und dort, wo die anderen beinahe ihre Brüste sehen ließen, hatte sie es mit zwei Reihen roter Knöpfe geschlossen: Zwei Jahre vorher hatte sie so ein Kleid in einem Film gesehen. Genau wie der Schauspielerin damals gab das Kleid auch ihrem ernsten, samtenen Gesicht eine besondere Weichheit. Sie zog es an, als sie zum erstenmal mit ihrem Schatz tanzen ging, und sie kam sich vor, als hätte sie eine fatale Zärtlichkeit an sich, die sie befriedigte, ohne daß sie nach etwas anderem suchte oder verlangte. Evelina war eigentlich nicht schön zu nennen, aber sie war der »blasse« Typ, der hier bei uns so gut gefällt, und in ihren Augen lag eine verborgene Leidenschaft.

Sie hatte zugesagt, am Heilig-Drei-König-Abend in den Tanzsalon »Terpsichore« mitzukommen, weil ihre Freundinnen darauf bestanden hatten, weil ihr Vater mit eingestimmt und sie sogar dazu ermuntert hatte und schließlich auch wegen des bewußten Kleides. Ihre Lust, sich zu amüsieren, war so groß, daß sie aus Schrecken, sie könne wer weiß was anstellen, zu ihren Freundinnen gesagt hatte: »Ich komme, aber ich setze mich zu euren Müttern auf die Galerie, ich kann ja gar nicht mehr tanzen, und wehe, ihr kommt mir mit irgendeinem Mann. Verstanden?« Aber sie tanzte doch.

Als sie aufgefordert wurde, sagte sie, sie könne nicht tanzen, und machte es dann doch, weil ihre Freundinnen sie förmlich schoben. In einer Pause hatte sich ihr die alte Malvezzi genähert, der es mehr Spaß machte, besondere Beziehungen zu stiften, als Damenhütte zu garnieren. Hinter ihr stand Adelmo Marsellini. Eine Freundin stieß Evelina mit dem Ellbogen an: »Mensch, wenn ich den kriegen könnte, dann hätte ich ausgesorgt!« Bei diesem Satz wurde Evelina feuerrot, was wegen ihrer Blässe um so mehr auffiel. Die Malvezzi hatte indes den jungen Mann am Ärmel gezupft und ihm mit folgenden Worten Evelina vorgestellt: »Schauen Sie mal, was ich Ihnen da für ein schönes Mädchen vorstelle. Nun sagen Sie mir ja nicht mehr, mein Stern wäre untergegangen!«

Der junge Mann hatte gelächelt, den Mädchen, die um Evelina herumstanden, ein paar Komplimente gemacht und ihr, da das Orchester zu spielen anfing, seinen Arm um die Taille gelegt, darauf war er mit ihr, sie fest an sich drükkend, mit zwei Drehungen in der Mitte des Saales angelangt und dort hatte er, den Tanzschritt verlangsamend, zu ihr gesagt, wie lange er sie schon heimlich bewundere und wie gut sie ihm gefalle und wie sehr er sich wünsche, sie würde den ganzen Abend nur mit ihm tanzen, wobei er in seinen Taschen die nötigen Münzen für alle Tänze klingeln ließ. Sie war verwirrt. Und sie antwortete: »Ja. Nein. Zuviel der Ehre. Sie wollen mich foppen.« Dann lud er sie am Buffet zu einem Glas Sekt ein; und sofort drehte sich alles vor ihren Augen. Sie sagte: »Entschuldigen Sie, ich weiß nicht, was ich habe. Wissen Sie, wir Armen trinken nie solches Zeug.« »Das vergeht schon wieder«, sagte er, »trinken Sie noch einen Schluck. Wie schön Sie sind!« »Wer?« »Sie.« »Sie Witzbold.« »Doch, meine Liebe, du bist schön.« »Ach, mein Gott«, sie faßte sich an die Stirn.

Sie kam ja so spät nach Hause an dem Abend, und ihr Vater, der aufgewacht war, hatte gesagt: »Hätte ich's gewußt, ich hätte dich nicht gehen lassen. Aber amüsiert hast du dich sicher... Morgen früh schlaf ruhig, solange du willst. Bei Bice in der Plätterei gehe ich vorbei und entschuldige dich. Hast ja immer soviel gearbeitet...«

Auf dem Theaterball in Sassuolo trug sie eine Robe, die vor Gold und Silber nur so funkelte. In Carpi war sie sogar auf dem Ball des Adels. Adelmo hatte sie als eine adelige Dame aus Ravenna eingeführt. Aber es war herrlich, mit dem Automobil nach Casalecchio zu fahren, um dort im Freien zu tanzen, mit den vielen Bergen ringsum, wozu man sich ganz leise unterhielt, wie bei sehr bedeutenden Leuten. Vorgestern abend war sie zum letztenmal dort gewesen. Und jetzt...

»Wer weiß, vielleicht schicken sie mir morgen schon ein Sparbuch mit einem Hunderttausender. Bestimmt werde ich etwas bekommen«, sagte Evelina zu sich; »aber auch wenn sie mir etwas geben, was tue ich denn, wenn mich mein Vater nicht wieder zu sich nimmt? Nein. Auf keinen Fall. Das kommt für mich nicht in Frage. Aber was dann?« Und während sie allmählich einschlummerte, sie war nämlich sehr müde, schwirrte ihr im Kopf der Schlager herum, den sie auf dem Ball noch gehört hatte, bevor sie weggelaufen war: »Leben ohne Tränen – Leben im Wirbel der Welt.«

Der Verlobte

Der Sommer floß so träg dahin wie ein Fluß in der Ebene zwischen seinen Dämmen; über deren Rändern die zahllosen Kirchtürme der nahen Dörfer sichtbar werden. Teodoro Gondaro ließ die Peitsche knallen, damit sein Pferd nicht aus dem zügigen Trott kam, den es seit Beginn der Reise angeschlagen hatte, ohne je langsamer zu werden. Er war aufgebrochen aus dem gottverlassenen Dorf N. in der Gegend der Ebene, wo das Land brachlag und die man im eigentlichen Sinn das Tal nannte, um seine Braut aufzusuchen, die mehr als hundert Kilometer entfernt wohnte. Das schöne Mädchen, das die besten jungen Männer aus unseren Landen in Liebe hatte entflammen lassen, um sich dann von ihnen abzuwenden, lebte nun, auf die dreißig zugehend, allein und verwaist in einer der schönsten Villen in der Umgebung von M***. Sie war blond wie eine Göttin, hatte Himmelsaugen und hieß Maddalena Marfusa. Vor hundert Jahren sagte man von einer ihrer Großmütter: »Marfusa, Marfusa, bist viel zu schön, mußt die Madonna um Verzeihung bitten gehn.« Er schätzte, daß er die Entfernung, die zwischen ihm und Maddalena lag, in weniger als fünf Stunden zurücklegen würde. Als er zwei Tage vorher von ihr gegangen war, um sich auf seine Ländereien zu begeben und mit dem Podestà zu sprechen, da er die Geschichte mit seiner einstigen politischen Verbannung ins reine bringen wollte, hatte er zu ihr gesagt, er werde mit Pferd und Wagen wiederkommen. Jetzt sang er, und sein Singen wurde so laut, daß es seiner Kehle als Kreischen entstieg und wie eine Messerklinge in die vollkommen reglose Luft dieser ersten Julitage schnitt. Jedesmal, wenn ein Auto vorbeifuhr, scheute sein Pferd und beschleunigte den

Schritt. Die Worte von Teodoros Liedern hatten keinen Zusammenhang und keinen allgemein verständlichen Sinn, doch waren sie voll der schönsten Schwärmerei. Wer, vor einer Postwirtschaft sitzend, ein paar Worte auffing, begann verzückt zu lachen und vergaß dabei einen Augenblick lang die höllische Hitze des Tages. Hin und wieder kam ein Lied aus seinem Mund, das etwa so klang: »In mein Dorf kehr ich nie mehr zurück – denn einmal hat man mich verjagt – an einem Abend, als ich betrunken war. Ich war müde und weinte – und da sah ich die Frau und verliebte mich in sie – zwanzig Meilen weg von meinem alten Haus – dem Haus in meinem Dorf – in dem Dorf, das ich nie wiedersehen werde. Ich bin mutterseelenallein, ein Waisenkind – und nie wieder kehre ich zurück in mein Dorf – meine Liebste – sei du mein Haus und mein Schloß!«

Er empfand einen großen, ruhigen Schmerz, war aber vielleicht so glücklich wie noch nie. Er war froh, das alte Automobil verkauft zu haben, denn er hatte nie gewußt, ob es ihn an sein Ziel bringen oder mitten auf der Strecke lassen würde, wo er dann nachsehen mußte, was eigentlich los war. Froh auch, weil er seinen ganzen Kummer in den Anblick der schönen Sonnenuntergänge, der schönen Wolken und der schönen Kirchen legen und dort lassen konnte. Froh, weil er seiner Liebsten immer näher kam. Glücklich, weil er dem Ziel seines Erdendaseins, nach dem er schon als kleiner Junge strebte, nun immer näher zu kommen schien: Heiraten, eine Frau haben. Oh dieser schöne Satz »eine Frau haben«, wie oft hatte er ihn in den vergangenen Jahren insgeheim ausgesprochen! Wie oft hatte er gesagt: Jetzt heirate ich! Viele Mädchen hatte er sich ausgesucht, immer unvermittelt eine nach der anderen im Lauf der Zeit, aber jedesmal hatte er sich angewidert zurückgezogen: denn er bemerkte, daß es nur das Streben nach einer Familie war, und nicht die Liebe, das seine Wahl auf jede einigermaßen hübsche Frau fallen ließ, die ihm unter die Augen kam. Wenn er eine von denen geheiratet hätte: ... eine Familie wäre es wohl geworden, aber was für eine! Er wäre eines Tages vielleicht wirklich verrückt geworden. Die Kinder wären hochanständige Idioten, falsche Spießer geworden, Leute, bei deren Anblick er sich immer sagen mußte: »Komm, schöner Tod, komm zu mir, mein guter Freund!«

Teodoro Gondaro war über fünfunddreißig, und als er sagte: »Mit zwanzig werde ich verheiratet sein, nicht mehr an die Frauen denken und nur zusehen, wie die Sonne hinter dem Dach meines Hauses untergeht«, war er zehn. Und wenn ihm damals durch den Kopf ging, daß ihn das Glück vielleicht nicht so lenken würde, wie er sich wünschte, und daß er mit dreißig allein, erniedrigt, verfolgt, verworren, lasterhaft, ungläubig sein würde, dann tat er sich selbst so leid, daß er in Tränen ausbrach. Mit zehn Jahren weinte er Krokodilstränen, wenn er sich das unselige Mißgeschick, das jedem Sterblichen zustoßen kann, als das seine vorstellte. Und heute, wo die pessimistischen Mutmaßungen seiner Kindheit, was Alter wie schlimme Ereignisse anging, noch übertroffen waren, war er so glücklich wie ein Kind, da er nun zu einer Frau ging, die er liebte, das wußte er mit Sicherheit zum erstenmal in seinem Leben. Zu anderen Zeiten fragte er sich bei seinen kleineren Liebschaften immer: »Liebt mich dieses Mädchen oder nicht?« Aber jetzt bei Maddalena stellte er sich diese Frage keineswegs, sondern sagte: »Wie verliebt ich bin, du lieber Gott, welche Wonne, bei Maddalena zu sein. Ich bin so verliebt, daß sie auch hundert Liebhaber haben könnte, ich würde trotzdem unter ihrem Fenster hocken. Und zu ihr sagen: ›Meine Liebe, mach nur, was du willst, aber die Kinder, die mach nur für mich, denn ich bin dein Bräutigam. Und auch wenn du nicht machen kannst, was ich mir am innigsten auf der Welt wünsche, was kümmert's mich, wenn ich nur weiß, daß du lebst und ich dich sehen kann und in deinem Haus lauthals heilige und unheilige Lieder singen kann, was kümmert's mich, daß du mich nicht liebst, da du dich ja ansehen und anfassen läßt, wenn ich es will und es mir wünsche? Ich weiß deine Adresse und habe den Schlüssel zu deiner Tür in meiner Tasche. Oh Maddalena, jetzt möchte ich sterben, denn du wärest ohne mich immer glücklich, aber ich wäre ohne dich wie ein verlassener Dorftrottel.‹«

Er war seit mehr als drei Stunden unterwegs. Seit einer Weile befand er sich in dem tiefer gelegenen Teil der Ebene, der »Bassa«, wo alles üppig wächst und gedeiht, symmetrisch angelegte Felder, abgeteilt durch lange Reihen hoher Bäume, dazwischen die Weinreben, hier und dort verstreut hohe, schlanke Pappeln, und wo alles den Eindruck einer riesengroßen, unendlichen, herrschaftlichen Stadt erweckt, die nie erbaut und nie zerstört wurde und deren Gründung vor vielen tausend Jahren auf ein besseres Zeitalter und glücklichere Zeitläufte verschoben worden war. Seine kleine Kalesche rollte auf dem Streifen dahin, der das krummste Ding in der ganzen Ebene und gleichzeitig die Straße war. Wer weiß, welcher Barbar es sich in den Kopf gesetzt hatte, sie anzulegen. Er wußte, daß seine Familie zu den ältesten Familien dieses Landstrichs gehörte, und trotzdem besah er jedes einzelne Ding wie ein unerklärliches Geheimnis. Dabei sieht hier jeder Baum, jedes Feld, jede Kurve wie alle anderen aus: so daß eine lange Vertrautheit mit diesen Orten nötig ist, um zu wissen, wo und unter welchem Kirchturm man sich gerade befindet. Aber ihn bekümmerte das nicht. Ihm genügte es, wenn sein Pferd im rechten Augenblick von der Hauptstraße in jene Seitenstraße einbog, die ihn zu seinem Glück führen mußte. Der Sommernachmittag hatte die Stunde erreicht, zu der die Leute gerade von ihrem Schläfchen erwachen und zum Teil schon erwacht sind. Das große

Wirtshaus, wo sich die vielen Wege kreuzen, hatte er kaum hinter sich, da erschien ihm auf einmal in einem verschossenen rosa Kleidchen, das da und dort mit roten Flicken besetzt war, ein kleines blondes Mädchen, das wie wild auf die Einfahrt seines Hauses zurannte. Auf der ganzen Straße war bis zur fernen Biegung niemand unterwegs. Er erinnerte sich indes an die bewußte ewige Frau, zu der alle seine Gedanken gingen, und jetzt sah er sie in Gestalt eines siebenjährigen Mädchens. Er sah sie überall ausreißen, sich in der Hecke verstecken, mit dem Reifen in der Hand durch den Stadtpark laufen. Aber er war noch mehr ein Kind als sie, obwohl er schon zwölf war. Es war der Park, das trostloseste Ding in der ganzen Stadt, und er hegte gegen die gepflegten Wege, gegen die Damen, gegen die kleinen Mädchen einen so tiefen Groll, daß er sich mit Giffi und Giaffo herumtrieb; das waren die Kinder der Besitzerin des Kioskes »Barachina«, wo es Getränke und Eis zu kaufen gab. Mit diesen beiden Jungen warf er Steine, wie es gerade kam. Eines Tages sprach ihn die Frau Marfusa an, die in Gesellschaft eines kleinen Mädchens war. Sowohl die Dame wie auch das Mädchen schüchterten ihn ein, und er konnte es kaum erwarten, bis die Unterhaltung, an der er mit etlichen »ja« und »nein« und ein paar idiotischen Lachern teilnahm, endlich zu Ende war. Die Unterhaltung der Dame bestand in folgendem: »Wie geht's denn der Mama – Was machst du denn Schönes – Warum lassen sie dich hier allein herumlaufen und dumme Streiche spielen – Sei schön brav – Gehst du eigentlich zur Messe?« Das Mädchen aber befreite ihn mit den Worten: »Mama, mir ist langweilig.« Dann traf ein Stein genau den einen Flügel des großen Hutes, den die Dame aufhatte. Es wurde bemerkt, daß er, Teodorino, den Stein geworfen hatte, und eiligeren Schrittes und ein wenig verschreckt verschwanden Dame und Mädchen. Aber er hatte das kleine blonde Mädchen im rosa Kleid schon viel früher gesehen. An einem frühlingshaften Wintertag, als es ganz allein mit einem General in der Via del Muro spazierenging, wo kein Fahrzeug vorbeikam und nur die Klänge eines Klaviers in der Luft waren. Und dann kam die Zeit, in der er die Damen überhaupt nicht mehr grüßte, aus Angst vor ihren peinlichen Fragen.

Der Anblick des kleinen Mädchens, das schon wieder von der Straße verschwunden war, so daß diese verlassener denn je dalag, hatte ihn in eine solche Verlorenheit gestürzt, daß er es für gut hielt, sein Pferd zum Stehen zu bringen und auszusteigen. Er band das Tier an eine Eiche, welche die Vorsehung in einem Graben, zehn Meter von der Straße entfernt, auf dem Einfahrtsweg zu einem Bauernhaus, das weit hinten rings von Feldern eingeschlossen dalag, hatte wachsen lassen. Das Haus war hellgelb gestrichen und stand still und verschlafen im hellen Sonnenlicht. Er legte sich ins Gras und nahm den Kopf zwischen seine Arme, um die Sonne abzuschirmen. Sein Herz klopfte, denn diesmal war er zu weit zurückgegangen: bis in die Zeit, als seine Mutter in dem Haus am Meer einem Mädchen, das ein wenig größer war als er, durch das Metallnetz zwischen den zwei Gärten Komplimente machte. Das Mädchen hieß Cía und war die Tochter einer berühmten Tänzerin. Cía hatte braunes Haar, sonst wußte er nichts mehr von ihr, und das kümmerte ihn wenig, nur mußte genau damals Maddalena geboren sein. Sie kam akkurat in dem Sommer zur Welt, in dem er mit Monokel, Kreissäge, Pfeife, die Hände in den Hosentaschen, mit seinem Matrosenanzug photographiert worden war. In dem Jahr, als im Café Margherita jeden Tag eine österreichische Prinzessin war, in Gesellschaft des Grafen Cherveghina. Die Prinzessin sah ihn ständig an und eines Tages hatte sie ihn zu sich gerufen und zu ihm gesagt: »Du kriegst bestimmt einmal einen Schatz von einer Frau, so ein hübscher Junge wie du, vielleicht die schönste Frau der Welt.« Er war errötend davongelaufen und an dem Tag hatte er keinen Frieden mehr gefunden und auch an den folgenden nicht, da eine blonde Frau, bald dick bald schlank, bald groß, bald klein, verschwommen vor seinen Augen aufzutauchen begann. In jenem Jahr spielte er nur mit Widerwillen und spuckte den Passanten ins Gesicht, während er an der Hand seiner Mutter im Halbkreis um deren Röcke herumstrich; und vor dem Meer blieb er unvermittelt wie angewurzelt stehen, stets bereit aufzubegehren, falls es jemand wagen sollte, ihn ins Wasser mitzunehmen. In seiner Familie hatte sich damals die Legende vom trübsinnigen, grüblerischen kleinen Jungen gebildet.

Pappeln und Ulmen rauschten in einem leichten Wind, den man nur wahrnahm, wenn man ihre Blätter ansah. In dieser Festlandsluft, in diesen geräumigen, mit Bäumen bewachsenen Zimmern unter dem riesigen Dach des Himmels, den ein mittelmäßiger Maler ohne viel Federlesens bemalt hätte, waren ihm der Wind, der Regen und das Rollen des Donners immer als absolute Neuheiten erschienen, als hätte man sie vom Meer hierhergebracht. Aber da er aus diesem Landstrich stammte, gefiel ihm jener leichtfertige Maler besser als alle anderen. Wer verstand es schon, die Sonne hinter den Wurzeln der letzten Bäume an der blutroten Wand in der Ferne so untergehen zu lassen wie dieser Künstler, dessen Name ihm im Moment nicht einfiel und auch nicht, wer ihn einmal auf ihn aufmerksam gemacht hatte? Hinter den Ranken der jungen Weinstöcke konnte etwa ein blondes Mädchen mit einem leuchtend blauen Kleid hervortreten, das einen Arm zum Gruß erhob, im anderen einen Sonnenschirm hatte und ein rosa Tuch im Wind schwenkend zu verstehen gab, Teodoro solle näher treten und nicht länger selbstsüchtig allein im Schatten der Eiche bleiben. Und es war nichts als ein winziges Ding, das verloren in der Landschaft stand und sich so maßlos vergrößerte wie ein Herz, das zerspringen will. Sein Blick fiel auf eine kleine weiße Blume, die mitten in einer Wiese wuchs, und er pflückte sie in Gedanken, so daß sie ihn unter die Arkaden von M*** versetzte, wo er an einem Karfreitagmorgen achtzehnjährig mit einer Blume im Knopfloch stand. Am Gründonnerstag war er nach jahrelanger Abwesenheit in seine Heimatstadt zurückgekehrt. Er kam aus Belgien, wo er in der Stadt Y in dem strengen Internat von St. Dominique geweilt hatte. Zusammen mit anderen jungen Männern stand er vor der Vinzenzkirche, in die gottesfürchtige Männer und Frauen gingen, um den Heiligen Dorn zu küssen, und rauchte mit zur Schau gestellter Lässigkeit Zigaretten und gefiel sich, insgeheim lachend, in dieser Pose. Er sprach mit Gigi Carani über football und mit Valentino Macchi über Frauen, wobei er sich hütete, vor seinen Freunden seine religiöse Erziehung durchscheinen zu lassen. Er sagte, er sei über Monte Carlo gefahren und kenne sich nun in allen Glücksspielen ziemlich gut aus, doch bei diesen Worten hatte ihn die Scham übermannt, und er hätte sie gerne zurückgenommen; aber da er fürchtete, die anderen möchten ebenso über ihn urteilen, wie er selbst über sich geurteilt hatte, war er plötzlich verstimmt. Unterdessen kamen drei schöne Mädchen aus der Kirche, eine von ihnen fast noch ein Kind. Es waren Carlotta Valdrighi, Giannetta Pezzani und Maddalena Marfusa. Hinterdrein die Mütter: drei geschäftige und geschwätzige Damen. Einer seiner Freunde war in Carlotta verliebt; und nachdem er Teodoro umgehend in seine Gefühle eingeweiht hatte, bat er ihn, zu der täglichen Verfolgung des Mädchens mitzukommen. Die anderen blieben unbewegt stehen und warteten, bis wieder andere Frauen aus der Kirche kamen. Auch er sah Carlotta an, sie gefiel ihm sehr, und unterwegs beneidete er den Freund um diese Wahl. Wie oft hatte er sich im Internat ein solches Mädchen als ideale Frau vorgestellt! Dann war er außer Fassung geraten, denn er hatte in dem jüngsten und kleinsten Mädchen die Tochter jener Marfusa erkannt, die er, wie viele andere

Damen, nicht mehr grüßte, indem er so tat, als hätte er sie in all den Jahren, die er im Internat war, vergessen. Die kleine Marfusa war sehr niedlich, auf dem ganzen Weg hatte sie kein Wort gesagt, ihre Füße waren wohl ein wenig zu klein, und alles in allem, so sagte er sich, mußte die Tochter der Gräfin Marfusa ein ziemlich langweiliges Geschöpf sein. Später im Café hatte man ihm Maddalenas Vater, einen ehemaligen Minister, vorgestellt, der ein paar Jahre später im Gefängnis landen sollte, eines großen, reaktionären Komplotts angeklagt. Jenen Karfreitag und die zwei darauf folgenden Jahre verbrachte er in seiner Heimatstadt, wo er sich zunächst in eine gewisse Gianna Patenchi verliebte, und weitere zehn Tage in die Tochter des Scorzi, des vulgärsten und vielleicht reichsten Mannes von M***, ohne je einen Gedanken an Maddalena zu verschwenden, die in die Höhe zu schießen begann, während er sie noch so klein neben Carlotta gesehen hatte. Inzwischen fuhr er weg und kam auch wieder zurück. Er blieb jahrelang von zu Hause fort und wußte nicht, was er tun sollte in der Welt. In einem Jahr hatte er ein Haus in Comacchio gemietet und ging den lieben langen Tag Aale fischen, fest entschlossen, sich die Malaria zu holen. In den Zeitungen hatte er gelesen, daß sich Maddalena verlobt hatte, und da hatte er zum erstenmal zu sich gesagt: »Ein solches Mädchen hätten sie mir zur Frau gegeben, wenn ich meinen Vater und meine Mutter noch hätte und ein ordentlicher junger Mann wäre.« Einmal hatte ihn, da er aus M*** kam, eine Dame im Zug gefragt, ob er einen gewissen Marquis Costanti kenne, der sich mit der Marfusa verlobt habe. Er wußte nie, was er antworten sollte, und sagte, er kenne niemanden. Er achtete darauf, viel zu schlafen und die Blume fürs Knopfloch nicht zu vergessen. In Venedig hatte er einige Monate in Gesellschaft einer Deutschen verbracht und täglich Lust bekommen, sie in die Lagune zu werfen und zu ertränken. Hin und wieder betete er und küßte eine kleine Muttergottes. Als er an einem Fronleichnamstag nach Ferrara gekommen war, hatte er sich in die Prozession eingereiht und mit solcher Begeisterung mitgesungen, daß ihn die Klosterbrüder, die vor ihm hergingen, mit tiefem Wohlgefallen anblickten. Bis er schließlich nach M*** zurückkehrte und sich in die Politik stürzen wollte, um seiner selbst und seiner Karriere willen. Der Welt grollte er. Mit achtzehn Jahren hatte man ihn aus dem Internat geholt, er war mutterseelenallein, ohne Anweisung und Führung. Eine schöne Gemeinheit war das. Er wollte sich rächen. Wenn Gott ihm nicht wieder eine Familie herbeischaffte, würde er selbst dafür sorgen, sie für sich abzuschaffen, indem er sich selbst auf die Seite schaffte. Jetzt dachte er, es sei eine wahre Fügung gewesen, daß er in reaktionäre Kreise geraten war, als er sich für Politik interessierte, genau wie der Vater Maddalenas.

Unterdessen begannen sich an dem Bauernhaus in der Ferne die Fenster zu öffnen. Die Felder in der Sonne hatten ausgeschlafen, und Teodoro Gondaro spannte sein Pferd an und fuhr weg, aber der Gedanke an seine Braut ließ nicht von ihm ab und führte ihn nun zu dem Abend im Theater zurück. Wo war das gewesen? Und in welcher Stadt? Und doch hatte er Maddalena in einer Loge sitzen sehen. Er hatte sie den ganzen Abend bewundert und nie den Blick von ihr gewandt. Aber er wußte nicht, wer sie war, und von allen, die er fragte, konnte ihm niemand eine Antwort geben. »Eine schöne Frau«, antwortete man ihm nur, »wir sehen sie auch zum erstenmal.« Er hatte Maddalena selbst gefragt. Sie mußte es ja wissen, denn auch sie hatte ihn den ganzen Abend unablässig angeblickt. Aber auch Maddalena sagte, sie habe ihn erst an dem Tag bemerkt, als in der Reitschule der Mak P. 100 stattfand, weder vorher noch nachher. Und es waren viele Jahre vergangen, und obwohl er ihr den Hof gemacht hatte, hatte er die Leidenschaft, die ihm eine Frau so offen zeigte, auf die leichte Schulter genommen; und sie fügte hinzu, der Abend im Theater sei ein Traum gewesen, nichts als ein Traum, um die Jahre zu rechtfertigen, in denen er sie allein gelassen, um sich mit einem Dutzend unmöglicher Verlobter zu tummeln. Aber der Abend im Theater war trotzdem da, er war in die Geschichte ihrer Liebe eingegangen. Es war kein Traum; und einmal, als Maddalena allzusehr auf ihrer Meinung beharrte, hatte er das Tischtuch weggezogen und alles umgeworfen, was noch auf dem Tisch stand, und gedroht, seine Freundin zu verprügeln. Sie war hinausgelaufen und hatte mit einer Schleuder Steine in Richtung des Zimmers geschossen, wo sich seine Unruhe austobte, und schließlich hatten sie alles vergnügt beigelegt.

In der Ferne waren auf der Straße zwei Carabinieri zu sehen, die ihn anscheinend aufhalten wollten. Er zog die Zügel an und brachte das Pferd zum Stehen. Sie wollten seine Papiere sehen. Er hatte sie bei sich. Der eine war Unteroffizier und prüfte aufmerksam die Papiere, der andere ein einfacher Carabiniere, der die lokale Mundart sprach. Als alles wohl überprüft war, sagte der Unteroffizier, bevor er sich verabschiedete, zu ihm: »Geben Sie acht, Herr Gondaro. Wir wissen, daß Sie einmal ungeschoren davongekommen sind, wie es das zweite Mal geht, müssen wir erst noch sehen. Soll ich Ihnen einen Rat geben? Bleiben Sie auf Ihren Besitzungen, es fehlt Ihnen ja nicht daran, kümmern Sie sich darum, daß sie etwas tragen, anstatt herumzukutschieren und sich in gewissen Häusern herumzutreiben, die für immer ein Schandmal sind ...« Der hatte italienisch gesprochen, einen toskanischen Akzent versucht, aber Teodoro hatte in dem Unteroffizier den Sohn des Verwalters erkannt, der für seinen Großvater gearbeitet hatte. Der Verwalter lebte noch und wohnte jetzt in einem Dorf in der Nähe von Cremona, im Mantuanischen.

Teodoro war guten Mutes. Als ordentlicher Bürger, kurz

vor der Eheschließung, würde er sich in Zukunft um seine Ländereien kümmern und so viel Getreide reifen lassen, daß er schon vollbeladene Züge mit seinem Namen vor sich sah. Aber jetzt, nein, jetzt noch nicht. Es erwartete ihn Maddalena, die Familie, der Schatz, die Zukunft, und etwas verband ihn wirklich mit dieser geliebten Frau. Gemeinsam waren ihnen beiden, so empfand er es, die Vergeudung aller Kräfte in der Jugendzeit, die Enttäuschung bei allen Liebschaften, die Schwärmerei, die Freude, das Singen des Ewigen und Plötzlichen, das denen geschieht, die eine noble Seele, ein aufmerksames und empfindsames Herz und einen selbstvergessenen Sinn haben und an nichts Böses denken. Gemeinsam war ihnen, und stillschweigend genossen sie es, jene Bildung des Herzens, die nichts lehrt und nicht lehrbar ist, jene höchste Gabe, die dem Menschen mitunter die Freiheit läßt, sich Gott nahe zu fühlen.

Bemerkt hatte er das alles am Tag des Mak P. 100, beim großen Fest der Reitschule, das jeden Sommeranfang in den Gärten der ehemaligen herzoglichen Stallungen stattfindet. Er hatte Maddalena in ihrer ganzen strahlenden Schönheit gesehen, welche die Welt »voll erblüht« zu nennen pflegt, wobei sie böszüngig schon den Herbst herbeizitiert. »Aber für uns fallen die Blätter nie, und selbst, wenn sie fielen, du weißt, meine Liebste, daß hinter den kahlen Ästen die Farben aufflammen und die rote Scheibe der Sonne stärker erglüht.« So einsam wie noch nie war er an dem Gartentor angekommen, denn fast alle Freundschaften hatte er aus eigenem Willen aufgegeben, da er wohl nicht mehr imstande gewesen wäre, sich mit Leuten zu verstehen, die nicht mehr die seinen waren. Das Frühjahr hatte er in einem alten Haus verbracht, das er in der Voglia-della-Casta-Straße besaß, einer der wenigen geraden Straßen der Stadt, an deren Ende man die Bäume auf freiem Feld sah. Er hatte sehr viel gelesen und sein Herz drohte in Stücke zu reißen, reizbar selbst durch die winzigste Erregung. Von seinen Fenstern aus sah er auf eine andere gerade Straße, den Corso Cavour, dessen Ende, weißumrahmt und von einem Medusenhaupt überschattet, eines der Portale der Reitschule bildete. Wenn die Straße im Sommer nach Sonnenuntergang ganz einsam dalag, war es, als hätte Gott diesen Ort wirklich verlassen, während der Teufel noch nicht angekommen war. Es war nicht einmal das Fegefeuer, und Teodoro wußte wohl, was es bedeutete, zu bestimmten Zeiten dort die Fenster zu öffnen, denn ihm stockte jedesmal der Atem: er sah das Abbild seiner damaligen Welt, seiner verzweifelten Einsamkeit. Er war dreißig Jahre alt geworden und sah alle seine Jahre dort vorne ans Portal geschrieben: eins, zwei, drei, vier, fünf usw. Man hatte den Garten der Stallungen für das Springen der Reitschüler hergerichtet. Es waren sehr viele Leute eingeladen, vielleicht tausend, vielleicht auch mehr: Adelige, Geschäftsleute, kleines und mittleres Bürgertum. Es war alles da, was M*** zu bieten hatte, und außerdem, in absoluter Fremdheit, obschon sie sprach, lachte, sich bewegte, Maddalena Marfusa, die er nun endlich sah. Hinter sich hatte sie einen Schwanz junger Offiziere, Bürger, alter Herren, Spitzel und leichtsinniger Studenten. Bald stand sie bei den einen bald bei den anderen. Wenn er sie einen Augenblick aus den Augen verlor, starb er vor Verlangen, sie wiederzusehen. Sowie er sie bemerkt hatte, war die ganze Verlegenheit von ihm gewichen, die er zunächst empfunden hatte, als er sich allein unter so vielen Leuten befand, die er im Grunde alle haßte, denn er konnte nicht vergessen, daß sie ihn eines schönen Tages verraten hatten: diesen Tag gab es zwar nicht, aber er hatte sich trotzdem in seinem Gedächtnis festgesetzt, vielleicht schon vor seiner Geburt. Es kam der Augenblick, in dem sie hinter die Tribünen zur Theke ging, um in Gesellschaft eines sommersprossigen, großen, nach vorne gebeugten und verworren daherredenden Jünglings etwas zu trinken. Er war den Beleidigungen der Welt nun schon so wehrlos ausgesetzt, daß es ihm wegen des Getränks und der Gesellschaft des jungen Mannes vorkam, als werde er bis aufs Blut gepeitscht. Er war verrückt, allerdings, er hatte die Grenze überschritten. »Nein«, hatte er bei sich gesagt, »immer wieder die alte Geschichte. Sie ist genauso wie alle anderen ... vielleicht schlimmer ... wie sollte ich die unerträgliche Mutter dieses Mädchens vergessen ... wie dieses Bürgertum, diese Welt, diese Tragödie ... nie werde ich vergessen, daß etwas auf der Welt mich nicht gewollt hat ... mein Gott und Herr, gib mir etwas, das mir ein wenig Frieden ins Herz bringt ... Ja, ich bin verliebt, bin bis über die Ohren verliebt und nie werde ich mich ihr entdecken können ... du Sumpf von Ferrara, nimm mich nur wieder auf und laß mich sterben ... ich bin in sie verliebt, in dieses Mädchen, das allein auf der Welt ist, wie ich, und auch sie wechselt jede Saison ihren Verlobten, und doch fehlt mir die Zuversicht. Ich habe Angst, mit ihr als Frau ein schreckliches und dummes Leben zu führen. Als Frau? Wer gibt sie mir denn ›zur Frau‹? Weiß ich denn, was sie denkt? Ich werde ihr natürlich zuwider sein. Als dümmliches Überbleibsel einer verdorbenen und eitlen Welt wird sie nicht vergessen können, daß ich als Junge ihrer Mama einen Stein an den Kopf geworfen habe. Wenn sie mir vorgestellt werden sollte, was kaum möglich ist, da ich niemanden mehr kenne (meine und ihre Großväter und Urgroßväter allerdings zettelten für die Freiheit des Herzogtums gemeinsam eine Verschwörung an und hingen dann gemeinsam am Galgen), wird sie mir vielleicht zu verstehen geben, daß auch sie das geflügelte Wort kennt, das die Französischlehrerin in Umlauf gebracht hat: ich sei ein degenerierter und schwachsinniger Ignorant. Und kundtun wird sie mir das mit jenem vagen, blinden Gesichtsausdruck, der nicht vergibt, nicht verurteilt, keinen Kompromiß kennt und das

Herz austrocknen läßt. Und wenn ich ihr von niemand vorgestellt werde, könnte ich vor sie hintreten und sagen: ›Ich kenne dich, ich liebe dich.‹ Aber soviel Mut werde ich nie haben, und wenn ich ihn hätte, müßte ich ihn bereuen, weil die schöne Maddalena, die ich anblicke und nach der mich sosehr verlangt, mir erwidern würde: ›Beruhigen Sie sich, Sie armer Irrer!‹ Warum also muß ich immer wieder Enttäuschungen erleben, so viele, wie der Po Wasser faßt?« Er wußte aber, daß Maddalena die seine war, daß er keine andere finden konnte, daß sie nichts von alledem erwidern würde, was er sich jetzt vorstellte. Und nun stand sie mit dem jungen Sommersprossigen dort am Getränkestand, weil auch sie ihn gesehen hatte, denn schließlich war er der Mann und es war seine Jahrtausende alte Pflicht anzufangen. Auch sie sagte sich übrigens ihren Monolog her, und der war genauso pessimistisch wie der Teodoros. Und als sie ihn anblickte und, da die Zeit verging und es schon spät wurde, sich von jeglicher Gesellschaft getrennt hatte und, Interesse für die Sprünge der Reitschüler vortäuschend, allein um Teodoro herumstrich, hatte er sich in sich verkrochen, da er in einen Abgrund zu stürzen glaubte, und, Gebete stammelnd, bat er jenen Gott um Hilfe, den er sich niemals zu belästigen schämte. Aber diesmal hatte er um Hilfe gerufen wie ein armer Teufel, der wünscht, es möge ihm ein Zentner Gold auf den Kopf fallen. Er hatte sich jäh von Maddalena abgewandt und sie, betäubt, enttäuscht und verliebt, allein gelassen, um zum Getränkestand zu gehen, und hatte sich – ein Glas Whisky, Grappa, Cognac nach dem anderen – ungebührlich betrunken. Es war einer von den Schlägen, die klingen, als würde der Tod ins Leben hereinschlagen. Er stand kurz vor dem Delirium, beleidigte die Leute, die vorbeikamen, wobei er für jeden die Worte fand, die ihn am meisten aus der Fassung brachten. Einem höheren Offizier, der an ihm vorbeiging, hatte er einen Fußtritt in den Hintern versetzt.

Er war außergewöhnlich klar im Kopf. Eine Gruppe von Leuten hatte seinem Treiben Einhalt geboten, denn jedermann erkannte, daß er außerordentlich betrunken war, man hatte ihn daher in ein Zimmer ins Innere der Stallungen gebracht, wo man dafür sorgte, ihn mit kaltem Wasser und tüchtigen, von Reitknechten versetzten Hieben wieder zur Vernunft zu bringen. Er tat indes nur so und machte es so gut, daß nun jedermann glaubte, wieder mit einem Herrn von Welt zu sprechen. Sein Vorsatz, sich wieder ins Fest zu stürzen, stieß daher auf keinerlei Widerstand, zumal er sich bei dem höheren Offizier entschuldigen wollte. Maddalena, die inzwischen zur Tribüne zurückgekehrt war, lachte und weinte zugleich. Ihre Bewunderer sahen ihre Tränen und bildeten sich ein, sie so gut zu unterhalten, daß sie weinen mußte. »Ich bringe sie dermaßen zum Lachen, daß ihr die Tränen kommen«, sagte der Schwadronschef Martusio, wobei er mit seinem Absatz auf die Erde stampfte und sich über den blonden Schnurrbart strich. Teodoro wandte sich verzweifelt bald hierhin, bald dorthin und hatte beschlossen, von neuem anzufangen, weil die Frau von seinen Unternehmungen nichts bemerkt hatte. Man munkelte von der Anwesenheit eines gräßlichen Betrunkenen, aber sie hatte keine Ahnung davon, daß es sich um ihn handelte. Sie war nur blaß und schwach und blickte um sich, ob sie nicht eine Dame oder eine Klosterfrau fand, eine, die ihre Mutter hätte spielen und sie nach Hause bringen können und die sie nie mehr an so langweilige Orte geleiten würde. Teodoro sagte zu sich: »Ob sie die ist, die mir Gott zur Frau gegeben hat, ob sie mein Haus ist, ob sie mein Vater und meine Mutter ist, ob sie meine Kinder ist, das werden wir sehen. Ich brauche nur wieder anzufangen. Den höheren Offizieren Fußtritte geben. Unanständiges Zeug sagen. Die Leute anspringen und massakrieren. Wenn sie trotzdem wieder um mich herumstreicht wie zuvor, dann heißt das, ich werde bald eine Familie bekommen.« Es war ihm alles klar, und Punkt für Punkt führte er seinen Plan aus. Er war verrückt, aber auch das wußte er. Und was bedeutete das schon? Es stand etwas auf dem Spiel, um dessentwillen er der Welt ruhig sein geistiges Gleichgewicht, seine Ideen und sein Leben hinwerfen konnte. Wenn es schlecht ausging, dann hätte sich ohnehin niemand seiner angenommen. Deshalb hatte er die Karte ausgespielt und seinen Triumph genossen, als sie ihn mit Gewalt aus dem Garten hinausbeförderten, während er schrie: »Laßt mich los! Ich will frei sein! Hinter mir steckt eine Frau, eine blonde Frau, vielleicht die schönste Frau der Welt, wie mir die Kaiserin gesagt hat.« Maddalena, hinter der eine andere Gruppe von Leuten herrannte, die sagten: »Gnädiges Fräulein, bleiben Sie doch stehen, sind Sie denn wahnsinnig geworden?«, schrie ihrerseits im Laufen: »Was haben Sie ihm angetan: ihm, meinem Vater, meiner Mutter, meinem Mann und meinen Kindern?« und war schließlich bewußtlos zusammengebrochen. Teodoro, den vier Sanitäter umklammerten, mochte noch so oft sagen: »Jetzt bin ich gesund und spiele bestimmt nicht mehr den Betrunkenen, denn ich bin vollkommen nüchtern.« Niemand hörte auf ihn; und die vier bärenstarken Sanitäter umklammerten ihn nur noch fester. Da leistete er keinen Widerstand mehr und ließ seinen Tränen freien Lauf und er hatte die ganze Nacht zu Hause weitergeweint, wo man ihn wie einen wilden Verrückten an sein Bett gebunden hatte. Dann war er zwei Tage nicht aus dem Haus gegangen, bis man schließlich gekommen war, um ihn zu verhaften. Aber das hatte nichts mit seiner Betrunkenheit zu tun, sondern mit anderen Geschichten aus schlimmeren früheren Tagen.

Von Maddalena hatte er nichts mehr gehört. Er hatte viel Zeit verstreichen lassen, ohne zu schreiben, ohne sich für etwas zu interessieren, während er im hintersten Winkel der Vergangenheit eine Frau sah, die er liebte und die er nicht langweilen wollte. Er sah sie am Boden liegen, während sie mit lauter Stimme genau dieselben Sätze sagte, die er wenige Minuten vorher in seiner Trunkenheit zu sich selbst gesagt hatte. Auf der Insel, wohin man ihn verbannt hatte, stand er allein (obschon andere Frauen geschrieben hatten »Ich komme dich besuchen«) am Meer, weil er wußte, daß auch sie allein war. Der Pfarrer in meinem Dorf ist allein und liebt nur Gott. Ich bin allein, liebe Gott und Maddalena, und sie macht es genauso. In meiner Tasche ist kein Andenken an sie, aber mein Herz ist erfüllt von ihrem Namen. Sie sei gebenedeit unter den Weibern, die gesagt hat, ich sei ihr Vater, ihre Mutter, ihr Mann und ihre Kinder. Sie sei gebenedeit, die warten wird, bis ich zurückkomme. Und wenn sie wartet, dann heißt es, daß sie mich liebt, und meine Haut wird mir zu eng, so glücklich bin ich. Gebenedeit sei mein Gefängnis, gebenedeit seien meine Sünden, gebenedeit sei meine Unentschlossenheit und mein Trödeln, denn sie haben mir Maddalena gebracht, die Frau, die meine Braut sein wird. Gebenedeit sei die kleine Muttergottes, die ich am Hals trage, denn mein Lebtag, seit ich geboren bin, hat sie nach Maddalena gerufen und sie allmählich, ohne daß ich es merkte, zu mir gebracht. Es lebe das Meer, denn es läßt mir diese Jahre, damit ich allein an sie denken kann. Es lebe meine Ebene, meine Erde, denn sie wird mir Maddalena geben, erfaßt, umfangen und durchdrungen von meinem Delirium. Es leben die großen Worte, es lebe die Liebe, denn sie allein können von meinem Glück reden, den millionsten Teil davon sagen.« Er konnte sich noch sehr gut erinnern, wie er auf der Insel jeden Abend derlei Sätze vor sich hinsang und -betete.

Nach und nach kam Leben auf die Straße, während die Sonne, die noch hoch am Himmel stand, sich langsam in Richtung von Maddalenas Haus senkte. Automobile, Lastwagen, Fahrräder und Kaleschen kreuzten und überholten einander. An jedem Ding, an jedem Menschen gewahrte

Teodoro ein Glücksgefühl. »Wenn auch die anderen keine Braut haben, was soll's, da ich an ihrer aller Stelle eine habe? Sie mögen kommen oder gehen, tanzen oder beten, den Bräutigam von Maddalena Marfusa berührt das nicht. Die Gerechtigkeit, das Gesetz, die Quelle alles Guten und alles Bösen, die Karriere, der große Ruhm, das sind Dinge, die mich nicht mehr berühren, die mich nicht mehr erschrecken, die mich nicht mehr locken, die überhaupt nichts mit mir zu tun haben. Wenn ich bei ihr bin, werde ich böse und sage: ›Maddalena, sag mal, die Szene im Theater, ist die wirklich geschehen oder nicht?‹ Morgen früh, wenn der Pfarrer kommt, um uns in der kleinen Kapelle zu trauen, wo das Wunder abgebildet ist, das einer ihrer Großmütter im Alter von zwei Jahren das Leben rettete, frage ich sie: ›Maddalena, wie viele Steinchen würdest du deiner Mutter an den Kopf werfen, wenn wir miteinander im Stadtpark wären?‹ Wir werden ins Bett gehen und schlafen, denn wir brauchen Schlaf, ich schlafe schon seit fünfunddreißig Jahren nicht mehr. Sie seit dreißig. Und jedesmal, wenn wir einschlafen, werden wir sagen, daß wir in Ewigkeit nicht mehr aufwachen werden. Und wenn einmal Kinder da sind, werden sie dasselbe sagen wie wir. Oh liebe Maddalena, meine Liebeswüste, dein Boden ist bereit und der Samen ist ausgestreut, damit Millionen und Abermillionen Pflanzen wachsen können, und erst seit einem Monat kenne ich dich aus der Nähe, und vor so vielen Jahren habe ich dich schon gesehen, trotzdem ist mir zumute, als ginge ich zu einem Mädchen, das ich erst noch sehen muß, ich weiß nicht einmal, wo sie wohnt, beinahe als hätte ich sie nur flüchtig in meinen Gedanken gesehen. Als ich in die Stadt zurückkam, um dich wiederzusehen, wußte ich schon, wo du wohntest, wußte, du lebtest seit fünf Jahren auf dem Land und wartetest auf mich. Wenn du gütiger wärest, würdest du mir deine Liebe weniger zeigen, damit ich auf meine große Liebe zu dir stolz sein könnte.

Sicher ist nur, daß uns nichts auf der Welt wird trennen können. Was wir tun, ist das Älteste und Seltenste, was es auf der Erde gibt: wir lieben. Es gibt eine Gesellschaft, die dieses Wort lächerlich gemacht hat. Und wir sind glücklich darüber, denn unsere Liebe ist etwas Lächerliches, Bekanntes, Uraltes, Überholtes, aber Einmaliges, weil nur du und ich sie kennen ...«

So kam Teodoro Gondaro, während er aus seinen Erinnerungen noch alle Begegnungen hervorholte, die ihn an die Seite seiner Liebsten brachten, dem Haus immer näher, wo seine Braut auf ihn wartete und währenddessen ihren Erinnerungen und denselben Gedanken nachging wie er.

Der letzte Tag der Jugend

Zehn Jahre sind erst vergangen. Aber trotzdem, wie habe ich mich seitdem verändert. Heute weiß ich, daß ich alt bin, weil mich nichts mehr begeistert, und ich weiß nicht, wie ein Mensch ohne Begeisterung (irgendwelcher Art meine ich) weiterleben kann. Trotzdem lebe ich und wundere mich Tag für Tag über mein Leben, in dem es keinerlei Hoffnung mehr gibt und aus dem selbst der lebensspendende Groll der Enttäuschungen entschwunden ist. Ich sage nicht mehr: »Morgen vielleicht.«

Der Tag, an dem ich die letzte Illusion meiner Jugend erlebt habe, ist mir noch in Erinnerung. Es war vor zehn Jahren. Ich war vierzig, und man konnte nicht sagen, ich wäre noch ein Jüngling. Ich hatte schon viele weiße Haare, war aber noch nicht verheiratet. Zu Hause erwartete mich Mama zusammen mit meinem Bruder, dessen Frau und den drei Kindern. Ich war ein Mann ohne Rang und Stellung, und für die Gesellschaft von M*** gehörte ich schon in die Reihen der Verheirateten. Wohl hatte ich meinen Dr. jur., und wenn ich ins Café kam, begrüßte man mich mit: »Guten Abend, Herr Doktor.« Aber alles in allem war ich nichts und verdiente keinen roten Heller. Ich lebte auf Kosten meiner wohlsituierten Familie und, warum nicht, auch meiner Nichten und Neffen. Nicht einmal ein gutmütiger Provinzonkel war ich, der seine Tage zwischen geselligen Abendessen und kleineren Liebschaften hinbrachte. Ich war ein langweiliger, stets belehrender Moralapostel, ein Mann, den jegliche unschuldige Freude seines Nächsten verdrießlich machte. Ich wußte genau, daß ich so war, konnte aber nichts tun, um mich zu ändern. Wehe, ich versuchte mich darin, ich wurde nur noch schlimmer.

Lassen wir also auf sich beruhen, was ich damals war. Wenn ich tiefer nachdächte, kämen mir vielleicht doch noch Lebensgeister, und ich könnte mich noch jung nennen. Ich bedaure jedoch nichts, und mein Zustand rührt mich nicht im geringsten. Mir ist jegliches Gefühl abhanden gekommen, ich habe niemanden gern, hasse niemanden und denke nicht mehr daran, mich selbst zu lieben.

An dem Tag, der mir in Erinnerung geblieben ist (Erinnern ist für mich ein Zeitvertreib, Gefühle spielen dabei keine Rolle), war ich im Zug. Ich kam aus Rom zurück, wohin ich jedes Jahr in der zweiten Aprilhälfte für zehn Tage zu reisen pflegte. Meine Mutter gab mir im Einverständnis mit meinem Bruder täglich zwanzig Lire; und davon legte ich geduldig Tag für Tag etwas zurück, bis das Sümmchen zusammen war, von dem ich meine jährliche Reise bestritt. In Rom amüsierte ich mich überhaupt nicht; ich konnte es kaum erwarten, wieder nach Hause zu fahren, weshalb ich meine Rückreise immer um einen oder zwei Tage vorverlegte, stets zur großen Verwunderung meiner Angehörigen, die mich den März und April über sehnlich auf den Tag der Abreise hatten zuleben sehen. Obwohl ich in Rom einen Freund hatte, der mich bald dahin, bald dorthin begleitete (immer an dieselben Orte, wo ich dieselben Leute sah, die mich wiedererkannten und fragten, ob ich die Gräfin XY aus M*** kenne, die mir jedoch nie in meinem Gedächtnis vorgekommen war), wobei er versuchte, mich auf alle möglichen Arten zu zerstreuen, und mir helfen wollte, über weiß Gott welch schlimmes Erlebnis, das in seinem Kopf existierte, hinwegzukommen; mir war es nicht nur langweilig, sondern ich befand mich auch ständig in Verlegenheit. Ich glaubte zunächst, meine Verlegenheit komme von der Redeweise und dem Benehmen der Römer, die für mein in menschlichen Beziehungen schwer erträgliches Wesen nicht geeignet seien. In Wahrheit interessierten mich jedoch die Römer kaum; und als ich jung war, wurde mir alles, was mich nicht zu interessieren vermochte, zu einer unaushaltbaren Last.

Es gab aber noch etwas, das mich jedesmal früher aus Rom zurückrief, und das war die Liebe. Seit Jahren erlebte ich immer wieder dieselbe Geschichte: Ich reiste ab, um mich in ein Mädchen zu verlieben, das ich in meiner Heimatstadt zurückgelassen hatte. Nicht wenige Mädchen hatte ich so im Sinn gehabt und dann zugesehen, wie sie heirateten und Kinder bekamen ..., trotzdem verliebte ich mich hartnäckig jedes Jahr aufs neue und wollte ebenso hartnäckig endlich heiraten. Das hätte mich glücklich gemacht, auch deshalb, weil mir dann meine Nichten und Neffen nicht mehr so unsympathisch gewesen wären. Ich wollte meinem Bruder Nichten und Neffen schenken. Vielerlei Hindernisse standen jedoch meinen Absichten im Weg: die ausbleibende Zustimmung der erwählten Frau, meine Mutter wollte nicht, daß ich heiratete, mein Bruder wollte nicht, daß seine Kinder ärmer wurden, meine gesellschaftliche Stellung war absolut negativ usw. usw.

In Rom wurde ich von meinem Freund und einigen anderen Bekannten als ein Mann mysteriösen Wesens betrachtet. »Komisch, dieser Dirocchi«, sagten sie, »der ist wohl ...« Ich war aber nichts Außergewöhnliches: Ich war nur verliebt und daher überaus zerstreut, gleichsam in den Wolken. »Aber du hörst mir ja gar nicht zu«, sagte mein Freund Cardelli zu mir; ich hörte ihm tatsächlich nicht zu und dachte nur an den Augenblick, in dem ich wieder im Zug sitzen würde, um endlich nur an sie denken zu können.

An dem Tag war ich vierzig Jahre alt geworden, aber es war mir nicht in den Sinn gekommen, mich alt zu finden. Ich erinnere mich hingegen daran, daß es mir an meinem dreißigsten Geburtstag so vorkam, als sei es zu Ende mit mir, und ich dachte: »Oh weh, nun bin ich alt, und sie wird mich nicht wollen.«

Sie hieß Armenia. Sie war kein Mädchen aus dem Volk, sondern leider die Tochter wohlhabender Geschäftsleute. Und ich, ein armer Schlucker, hatte nur die zwanzig Lire, die mein Bruder mir gab ... Und dennoch erschien es mir an dem Tag, als spielte Geld keine Rolle und nur die Liebe zählte. Ich fühlte mich ungemein verführerisch. Ich gedachte sie in der Stadt auf der Straße anzusprechen: »Mein Fräulein ...« würde ich sagen. Oder ich würde sie mit ihrem Namen anreden: »Armenia ...« Das letzte Mal hatte ich sie am Bahnhof von Reggio Emilia gesehen. Ich weiß nicht, was sie in der Nachbarstadt zu tun hatte. Sie trug zwei Ohrringe (Perlen glaube ich), die aus ihrem dunklen Gesicht hervorstachen. Ich saß im Zug und fuhr nach Parma. Sie stieg aus. Es nieselte. Alles war grau, aber die Farben der Häuser und der Dörfer, die ich vom Zug aus sah, gaben dem Grundton des Tages in meinen Gedanken eine fröhliche Note. Wir sahen uns und ich dachte: »Jetzt ist es soweit. Vielleicht ist sie in mich verliebt.« Ich hatte sie außerdem nur einige Male gesehen. Beim Trabrennen, in der Halle der Provinzausstellung, im Theater, und zwar an dem Abend, als ein Stück von Ferrari gegeben wurde, das viele meiner alten Freunde, die die gute alte Zeit einmal wiedererleben wollten, ins Parkett getrieben hatte. Dann hatte ich sie noch ein paarmal unter den Arkaden promenieren sehen. Einer ihrer Großväter war ein Freund meines Vaters gewesen, und deshalb glaubte ich, das Mädchen kenne mich vom Sehen.

Ich erinnere mich schließlich, daß ich von Rom bis nach Hause nur an sie, nur daran dachte, wie ich mich ihr nähern, mit ihr sprechen, um ihre Hand anhalten und Kinder von ihr erbitten würde. Viele, viele Tage meiner Jugend habe ich nicht anders verlebt als diesen Tag.

Ich wußte alles über meine Liebste. Sie liebte mich und

erwartete nur ein Wort von mir. Sie wartete auf den Augenblick unserer Begegnung. Ich saß allein im Zugabteil, und die Landschaften flogen an meinen Augen vorbei, die ganz andere Orte sahen. Die Zeitung lag zusammengefaltet auf meinen Beinen, ich las sie nie. In meinem Kopf bildeten sich unversehens Sätze, die, im rechten Augenblick vor ihr ausgesprochen, alle Schwierigkeiten aus dem Weg räumen würden. »Glauben Sie nicht, mein Fräulein«, sagte ich, »daß ich ein wenig lächerlich bin? Ich hätte es Ihnen früher sagen sollen. Warum denn solche Geschichten machen? Warum denn vor der Liebe davonlaufen, ausreißen, fliehen? Meine Liebe sind Sie. Ich würde Sie gerne duzen, aber ich weiß, es ist nicht so einfach, Sie könnten es mir vielleicht übelnehmen. Vielleicht beobachtet uns jemand, aber haben Sie keine Furcht. Sie gehören zu mir. Schließlich bin ich doch nicht so unmöglich, wie mich die bösen Zungen vor Ihnen darstellen. Ein wenig besser bin ich doch, nicht wahr? Zumindest habe ich ein sanftes Wesen ... Lange habe ich darüber nachgedacht, wie ich Sie ansprechen soll. Ich glaubte, ich würde es besser machen, aber Sie müssen mir verzeihen, weil ich ehrlich bin, und wenn ich die zartfühlenden Worte nicht finde, die für Sie passen würden, dann ist, das sollen Sie wissen, die Aufregung schuld. Oh ja!, es kommt mir vor, als wäre ich nicht einmal auf der Welt, denn ich fühle, ich bin nicht mehr so, wie ich sein müßte, nicht mehr so, wie ich gedacht hatte, vor Ihnen stehen zu müssen. Für Sie hätte ich mich verwandeln wollen, Armenia, hätte nicht ›ich‹ sein wollen; denn ich habe Angst, Ihnen nicht zu gefallen, wenn ich so vor Sie trete, wie ich bin. Vielleicht ist es lächerlich, vielleicht werde ich Sie unglücklich machen, aber kommen Sie mit in mein Haus. Mein Haus ist nicht häßlich. So brutal sind meine Mutter, mein Bruder und meine Schwägerin auch wieder nicht. Tun Sie einen Schritt! Nur einen Schritt aus Liebe zu mir. Meine Stellung ... ja, ich verstehe, daß

Sie erst wissen wollen, was ich tue und wieviel ich verdiene. Das ist nicht mehr als recht und billig, das ist vernünftig. Ein Mädchen, das einen Hausstand gründen soll, hat das Recht, erst zu erfahren, in wessen Haus es geht und mit wem es geht. Nun gut, mein Fräulein, ich tue gar nichts. Bis jetzt habe ich meine Tage einfach so hingebracht, habe geschlafen, bin spazierengegangen, habe gegessen, gelesen, den Mond und die Sonne angeschaut. Aber jetzt, ich schwöre Ihnen, jetzt ist es damit vorbei. Ich werde arbeiten. Eine Anwaltskanzlei aufmachen; denn ich bin Dr. jur., noch jung und fähig, mit Ihrem Beistand eine Menge zu tun und zu verdienen. Aber doch, gestatten Sie, daß ich es Ihnen sage, eines Tages werden Sie stolz sein können auf Ihren Mann. Ich werde einer der wichtigsten Männer sein ..., und Sie eine der elegantesten und umschwärmtesten und schönsten Frauen der Stadt. Wenn Sie durch die Alleen spazierengehen, werden Sie die Leute flüstern hören: ›Das ist die Dirocchi, die Frau Dirocchi.‹«

Die ganze Bahnfahrt über führte ich solche Selbstgespräche. An jenem Tag erlebte ich meine Träume und meine Jugend so intensiv wie nie. Die anderen Male schämte ich mich ein wenig, denn ich wachte auf, kehrte in die Wirklichkeit zurück und begriff, daß ich nie, niemals etwas zu Wege bringen, niemals eine Liebe vollenden würde. An jenem Tag aber (und es war der letzte) war ich bis zu dem Augenblick, in dem ich mit meinem Koffer zu Hause anlangte, sicher, ich würde das Mädchen heiraten, das zwanzig Jahre jünger war als ich, das so schön war wie alle anderen und mich nicht als ihren Verehrer in Betracht zog (und nie als solchen in Betracht gezogen hatte). Für mich begann die Wirklichkeit mit vierzig ... aber zu spät, um wirklich zu heiraten und um die Anwaltskanzlei aufzumachen.

Ein Jahr danach

Als ich an der Buchhandlung Cavallini unter den Arkaden vorbeikam, erspähte ich im Ladeninneren das junge Mädchen mit den kleinen Händen, das – wie ich mich sofort entsann – ein Jahr vorher in einem Kino in Mailand an meiner Seite gesessen hatte. Damals war sie in Begleitung ihrer Mutter, einer dicken Dame mit Goldzähnen.

Sie war mir damals aufgefallen, weil sie halb auf ihrem Sitz lag, ohne deswegen abstoßend auszusehen, sich im Gegenteil so unbefangen benahm, daß es anmutig wirkte. Deswegen hatte sie mir gefallen. Übrigens war ihr zartes Köpfchen von blondem Haar eingefaßt und ihre Taille äußerst schlank. Sie hatte mich völlig kalt gelassen und, was bei mir höchst selten vorkommt, ich hatte nicht einmal daran gedacht, daß ich mich in sie verlieben könnte.

Diesmal aber war ich neugierig geworden und wollte wissen, wer sie war. Alle Frauen, die ich anderswo sehe und dann in M*** wiedersehe, werden außergewöhnlich interessant für mich. Deshalb war ich vor dem Schaufenster der Buchhandlung stehengeblieben. Ich wollte warten, bis sie wieder herauskam. Würde ich dann hinter ihr hergehen? Sie ansprechen?

Meine Phantasie galoppierte wie immer. Die junge Dame war ein anspruchsvolles, wohlhabendes, modernes Geschöpf mit Launen und Phantasie und wollte in den einsamen Straßen einer verlassenen Stadt umherstreifen. Ihr Automobil hatte sie in der nahen Via Donzi gelassen. Sie kam aus Mailand. Auf dem Corso Cavour würde sie spazierengehen: wo nie eine Menschenseele ist, wo einen nur die Maske am Portal der Herzoglichen Reitställe ansieht. Dort würde ich sie ansprechen und sie würde mich empfangen wie eine lange erwartete, lebendige Geistererscheinung. Sie würde bei mir bleiben. Ich würde mit ihr aufs Land fahren, in das nahe Sant'Antonio, wo ich ein kleines Haus und einen Garten mit sechs Bäumen voller Bauernäpfel habe. Später würden wir dann heiraten. Der Vater würde dem Mädchen dreißig Millionen als Mitgift geben, damit könnten wir dort, wo es nach Ferrara hinuntergeht und die Ebene eher zur Vorstellung von Liebesabenteuern und zur Schöpfung großer Filme anregt, ein großes Filmgelände anlegen.

Inzwischen gab eine Drehorgel, deren Klang aus einem Hinterhof der Via Campanoni zu mir drang, meinen Träumereien einen anderen Lauf. Mit einem Blick in die Buchhandlung hatte ich festgestellt, daß das Mädchen weg war. »Dreißig Millionen«, sagte ich mir, »alles andere als das ... Wenn es so weitergeht, werde ich nicht einmal erfahren, wer das Mädchen überhaupt ist.«

Der Gedanke an sie, an das Kino in Mailand, an mein phantastisches Vorhaben, vor allem aber der Geruch von Kaffee, Billard, Parfümerien und Bauernumhängen, der an jenem Markttag zwischen den Strahlen der winterlichen, aber schon warmen Sonne in der Luft unter den Arkaden lag und mich daran erinnerte, wie ich mir als Kind zu den Zeiten von Ines die Zeit vertrieb, stachelten mich förmlich an, mich für das Mädchen zu interessieren. Ich hatte mich nun umgedreht, blickte nach allen Seiten, ob ich sie irgendwo erspähen konnte. Weit konnte sie sich ja nicht entfernt haben. Es war nicht einmal eine Minute vergangen, seit ich vor der Buchhandlung stehengeblieben war. Mein Herz klopfte, ich empfand Angst vor der Welt im allgemeinen und mein Kopf war voll kleiner Sehnsüchte. Ich dachte an alle nie wiedergesehenen, nie kennengelernten Frauen meines Lebens, was mich, da die Erinnerung an sie so leicht heraufzubeschwören war, stets eine Zeitlang kleinmütig und melancholisch macht. Wenn ich in einen solchen Zustand verfalle, bin ich dabei, mich vergeblich zu verlieben: ich meine, im Traum; wenn ich nicht etwas unternehme, das heißt, das Mädchen kennenlerne und mich vielleicht ernstlich in sie verliebe.

Die Schüchternheit ist ein Übel, so kann ich nach meiner viele Jahre und viele Liebschaften langen Erfahrung sagen, das mit der Zeit immer größer wird statt kleiner. Zum Glück wächst im gleichen Maß auch die Fähigkeit, den Willen anzustrengen. Hinzu kommt, daß ich mich bei jeder Begegnung mit einer Frau fühle, als stünde ich unvermittelt mit verbundenen Augen vor einem Abgrund. Wenn ich der Angst unterliege, verharre ich reglos und lasse mich, in Erinnerungen verstrickt, am Rand des Abgrunds von langen Träumen wiegen. Wenn ich mich aber hinunterstürze, fest überzeugt, in die Leere zu springen und in die Hölle zu fallen, geschieht es (wenigstens bis jetzt) immer, daß ich eine kleine Stufe tiefer auf weichen Federn zu liegen komme. Das Gefühl, am Abgrund zu stehen, hält in mir jedoch unverändert an.

Diesmal aber war ich, um ehrlich zu sein, eher unschlüssig als schüchtern und ängstlich. Ich wußte wirklich nicht, was ich tun sollte. Das Mädchen war verschwunden, und ich wollte meiner Mustersammlung erträumter Frauen kein neues Bild einverleiben. Nachdem ich das Mädchen nirgends sehen konnte, wohin ich meinen Blick auch wandte; und nachdem ich dachte, sie müsse in ein anderes Geschäft in der Nähe, in einen Hutsalon, eine Parfümerie oder einen Bonbonladen gegangen sein, und ich sie kaum finden würde, wenn ich suchte; und nachdem die Gefahr bestand, sie könnte mir ganz entwischen, während ich sie in einem anderen Laden suchte, hatte ich beschlossen, an einen Pfeiler der Arkaden gelehnt, auf sie zu warten. Einige Minuten später war ich jedoch schon anderer Ansicht und hatte die Buchhandlung betreten; und, um die ungeheure Verlegenheit zu überwinden, in die mich dieser

Schritt brachte, den Buchhändler unumwunden gefragt: »Könnten Sie mir bitte sagen, wer die Dame war, die vor fünf Minuten Ihren Laden verlassen hat?« Der Buchhändler mußte erst sein Staunen überwinden und hatte dann, indem er mich ansah, als gehörte ich zu den zahlreichen komischen Käuzen, die unter den Arkaden von M*** unterwegs sind, geantwortet: »Frau Granfusardi? ... Wie kommen Sie denn darauf? Sie wollen doch nicht sagen, daß Sie die nie gesehen haben? Sie Glücklicher, immer zum Scherzen aufgelegt, der Herr Gandini!«

Bei diesen Worten war mir, als würde man mit unzähligen, feinen, harmlosen, aber unerträglichen Stecknadeln in meinen Kopf stechen. War ich also ein Dummkopf oder ein Verrückter? Ziemlich verwirrt hatte ich den Laden sofort verlassen, ohne noch ein Wort zu sagen, wünschte ich mir nur, bald zu Hause zu sein, um mich ins Bett zu legen und zu versuchen, durch einen guten, erholsamen Schlaf wieder Vernunft anzunehmen. Aber als ich beim zweiten Laden, dem der Modistin Malpelli, angekommen war, sah ich Elena Granfusardi herauskommen und lächelnd auf mich zugehen. »Wie geht's dir denn, Enrico?« sagte sie, »nun bist du schon länger als ein Jahr nicht mehr in M***. Vorhin in der Buchhandlung hättest du mich aber grüßen können. Du hast mich nur angeschaut und sonst nichts von dir gegeben, nicht einmal ein kleines Zeichen. Du verstehst doch, daß ich dich nicht zuerst grüßen wollte, nach dem Schlamassel letztes Jahr. Ich mag dich noch immer, aber laß dich ja nicht bei uns zu Hause sehen. Papa und Mama und mein Mann sagen, sie wollen dich auf keinen Fall mehr sehen, und schwören, die Welt könnte einstürzen, aber verzeihen würde sie dir nie. Du hast mir sehr gefehlt. Als du mich in Mailand gesehen hast (ich saß ja direkt neben dir), hätte ich dir gern einen Zettel gegeben, dir gern irgendwas gesagt, aber meine Mutter paßte ja auf jede Bewegung von mir auf. Trotzdem hab ich's geschafft, dir über die Hand zu streichen. Und von deiner Seite kam nichts ... nicht einmal versucht hast du's. Du hast mich in meiner Verzweiflung allein gelassen. Nicht einmal, wie es dir geht, hast du mich wissen lassen. Du liebst mich eben nicht mehr. Das weiß ich ...« »Nein, ich liebe dich, Elena, aber ...« und ich hätte ihr gern erzählt, was ich gerade erlebt hatte, daß ich nämlich alles vergessen hatte, sogar sie, und daß ich mich in sie verliebt hatte, als sähe ich sie zum erstenmal. Ich hatte jedoch so weitergesprochen: »Elena, du mußt mir verzeihen. Ich gebe zu, mein Benehmen war miserabel. Der Skandal im vorigen Jahr hat mich ziemlich tief erschüttert. Ich wollte dir deine Freiheit wiedergeben. Ich glaubte, du würdest mich nicht mehr lieben ... du würdest mich verachten, genau wie mich dein Mann verachtet. Aber heute, Elena, heute bin ich glücklich, fast zu glücklich. Und ich dürfte es dir gar nicht sagen, wenn ich daran denke, was du meinetwegen ausgestanden hast. Ich liebe dich, wie ich dich noch nie geliebt habe. Ich liebe dich vielleicht zum erstenmal!« »Ach, Enrico ... aber jetzt gehe ich. Wenn uns jemand sieht, geht es uns schlecht! Lebwohl, also, bis morgen. Um fünf Uhr, nicht wahr? Und immer noch in unserem Turm. Die Miete für dieses Jahr habe ich bezahlt. Ich wußte ja, du würdest wiederkommen. Lebwohl, du Lieber ...« »Lebwohl, Elena, bis morgen ... und wir gehen nie mehr auseinander.«

Ich blickte ihr nach. Sie war jetzt dreiundzwanzig und sah aus wie siebzehn, genauso wie damals, als ich sie zum erstenmal kennenlernte. In meinen Händen spürte ich noch die Wärme ihrer Hand. Morgen würde also ein großer Tag sein. An meine Verrücktheit dachte ich nicht mehr. Nein, wahnsinnig war ich nicht. Im Grunde war ich nur ein allzu empfindsamer Mensch, der womöglich Angst hatte vor der Gesellschaft und vor dem Leben. Was hatte ich eigentlich im vergangenen Jahr angestellt? Bei einer Abendgesellschaft im Hause Granfusardi hatte ich zuviel getrunken. Im volltrunkenen Zustand hatte ich mit Elenas Mama getanzt. Beim Tanzen die hysterische, alte, scheinheilige Dame gefragt, ob ihr was weiß ich für ein unflätiges Ding gefiele. Einige sagen, ich habe dies, andere sagen, ich habe jenes gesagt. Ich gebe ja zu, ich war im Unrecht. Aber mußte man gleich eine solche Tragödie daraus machen? Das Haus Granfusardi, mein Club und zum großen Teil auch die besten Häuser der Stadt blieben mir daraufhin verschlossen. Schließlich hatte ich dann noch das alberne Duell mit dem widerlichen Rechtsanwalt Granfusardi auszufechten, den ich nur aus Liebe zu Elena nicht umgebracht habe. Ja, ja, Elena hat ihren Mann wohl gern, aber indirekt, weil sie sosehr an ihren Eltern hängt. Aber all das konnte mich doch im Grunde nicht berühren? Morgen würde ich mit Elena zusammensein, das war alles. Und Gott sei Dank, dem Wahnsinn war ich auch entronnen. Mochten sie sich doch alle zum Teufel scheren, die schönen und mondänen alten Damen von M***.

Ein unauffindbares Buch

Auf dem kleineren Bahnhof von M***, dem Bahnhof der Provinzeisenbahn, erbaut im Jahr 1883 von der Firma Kraus & Co., auf Wunsch der fortschrittlichen Bürgerschaft der damaligen Zeit, waren zahlreiche Reisende versammelt, die auf die Abfahrt des Bähnchens nach Finale warteten: Die Farbe, die in der Kleidung vorherrschte, war das Graugrün der Uniformen, und es roch nach Kaserne. Männer in Zivil: Keine, wenn man von dem einen absah, der mit einer rotweißgrünen Armbinde von einer Tür des Bahnhofs zur anderen schritt, wobei er Befehle erteilte und zugleich versuchte, den Soldaten so wenig wie möglich aufzufallen. Nur eine schöne Dame stand da, elegant, aber noch beinahe sommerlich gekleidet – mit einem großen hellen Hut aus leichtem Tuch und einem weiten, mit Sternen bestickten, seidenen Rock, der unter dem Kaninchenpelz zur Hälfte hervorsah –, an der Hand einen schweigsamen kleinen Jungen mit einem teils mürrischen, teils nachdenklichen Gesicht, genau wußte man es nicht. Zwei alte Frauen aus dem Volk; die aussahen wie Schwestern, so im Gleichmaß stumm waren sie beide, aber doch weit entfernt voneinander und beide mit einem schwarzen Tuch um die Schultern, dem »Schleier« auf dem Kopf, dem Rosenkranz in der Hand, mit dem Rücken an die Mauer gelehnt; sie warteten, versunken in einen Zustand absoluter Geduld. Das Kind der Dame pfiff unvermittelt eine Soldatenweise:

Schatz, mein Schatz, reise nicht so weit von mir . . .

Und es blickte auch neugierig und erheitert auf die Soldaten – sobald seine Mutter ihren Schritt zu der Gruppe hinlenkte –, die lachten und sagten mit lauter Stimme unanständiges Zeug in der Nähe eines braunhaarigen Mädchens (der vierten und letzten Frau), das, an den Signalmast mit den Warntafeln vor dem spätherbstlichen Nebel gelehnt, die vom Träumen und den endlosen Märschen müden Männer herausfordernd ansah. Dieses Mädchen war die berühmte Armellina aus der Pfarrei von Sankt Anna in der Gemeinde C. Der Krieg hatte sie berühmt und einsam gemacht. Ihr Vater und ihr Bruder, beide Landarbeiter und ihre einzigen Angehörigen, waren schon seit 1915 an der Front. Einen Schatz oder einen zukünftigen Mann hatte sie nicht gehabt: und weil es so viele Soldaten gab, war sie ein Freudenmädchen geworden. Sie lebte jedoch noch immer in ihrem Dorf und schlief dort in einem Heuschuppen, wo auch die durchreisenden Soldaten zusammenkamen. Jetzt fuhr sie oft in die Stadt und kaufte sich Parfüm, Tücher, Broschen und anderen Firlefanz, um sich schön zu machen. Wenn – in der damaligen Zeit – Armellina am Bahnhof stand, um nach Hause zu fahren, dann war es für die Soldaten und auch für die Offiziere, die nun von allen gesellschaftlichen Attraktionen ausgeschlossen waren, als füllte sich die Luft insgeheim mit der Stimmung eines uralten Festes. Jedem klang ein Lied, eine Sonate, den meisten ein Walzer im Ohr, bei dem sie jede Drehung mit einem Klopfen des Fußes markierten. Dem Jungen wie der Dame kamen Giovanni und Antonio Carrieni in den Sinn, sie sahen Gebärden und Mienenspiel der zwei hübschen, schmalgesichtigen und helläugigen Jungen, Söhne eines Pächters, dessen Familie seit undenklichen Zeiten auf einem Landgut der Dame lebte. Diese beiden jungen Männer waren, noch nicht zwanzigjährig, seit einigen Monaten an der Front. Und jetzt sah der Junge, während er an sie dachte, seine Mutter wieder, wie sie ihm (vor einem Jahr), ein wenig überschwenglich und blühend wie ein junges Mädchen, entgegenlief und rief: »Liebling, mein Liebling, weißt du, was ich gemacht habe? Ich hab Giovanni und Antonio beim Traubenpflücken photographiert«, und, indem sie sich in die Wiese sinken ließ, ihn an sich zog und auf die Wangen küßte, hatte sie ihm noch zugewispert: »... die zwei Jungen sehen deinem Papa ähnlich, deinem Großpapa und dem Vater aller Väter.« Im Kopf des Jungen verschwammen jetzt die Bilder der Armellina (als sie noch ein anständiges Mädchen war und mit der Herbstgabe, dem frischgepreßten dicken Saft der Trauben, zu ihnen ins Haus gekommen war) und der Armelinda, einer Bauersfrau, die ihn in einer Zeit, an die er sich nicht erinnerte, in ihren Armen gewiegt hatte. Während vor der Dame viele unwahrscheinliche Bilder im Verein mit guten und schlimmen Gedanken auftauchten. Zumindest glaubte sie, es wären schlimme Gedanken, wenn sie sich zum Beispiel vorstellte, wie Giovanni und Antonio, die beiden Bauernsöhne, herrschaftlich gekleidet, ihr auf der Promenade der Badeanstalt von Rimini den Hof machten. Der armen Dame war der Ehemann gestorben, als das Kind kaum mehr als ein Jahr auf der Welt war. Geraume Zeit war seitdem vergangen, aber so schön, so anmutig und so reich sie auch war, geheiratet hatte sie nicht mehr. Es war weder ein Gelübde noch ein unvergleichlicher Akt der Treue oder der Tugend, noch Kälte dem Leben gegenüber, sondern einzig und allein eine vollkommene und immer noch lebendige Liebe zu dem Mann, der sie geheiratet hatte. Jedesmal, wenn sie anderen Männern begegnete, zog sie ihre Vergleiche und sagte: »O mein Gott, nie werde ich ohne ihn leben können!« Und da er nicht mehr auf Erden war, streichelte die junge Frau ihren Jungen und hielt es für das beste, fast für eine Gnade Gottes, daß man auch leben konnte, ohne in der »Welt« zu leben.

Das Bähnchen war abgefahren, und aus seiner kleinen, laut schnaufenden Lokomotive qualmte eine so große Rauchwolke hervor, daß die Reisenden eine Zeitlang den Nebel vergaßen und sich einbildeten, sie würden auf ihrer kurzen, wenngleich endlosen Reise später ein paar Bäume in der umliegenden Ebene stehen sehen. Ein junger Offizier war noch auf den Bahnhof gekommen, während der Zug schon in der Kurve war. Der junge Mann war verzweifelt die Schienen entlanggelaufen, lediglich dem Geratter und Geschnaufe und dem Gesang der Soldaten folgend, der sich mit dem Pfiff der Lokomotive in der Luft verlor. Ein Triumphschrei aus seinem Mund hatte bekundet, daß der Zug eingeholt war.

Der junge Offizier stand – groß, schmal, fein geschnittenes, leichenblasses Antlitz –; nachdem er sich durch das schier unüberwindliche Gedränge der Soldaten von Waggon zu Waggon durchgearbeitet hatte; nun in dem engen Gang der einzigen zwei Abteile erster Klasse. Es gab zwölf Sitzplätze und alle waren besetzt. Der Zug fuhr ruckweise und wurde ab und zu langsamer, wie um Kraft zu sammeln. Alle hundert Meter nahm er einen solchen mühsamen Anlauf, dessen Scheitern auf den blanken, dünnen Schienen sicher war; es waren Schmalspurschienen voller Abenteuer: Sie liefen, so stellte man sich vor, fein geschliffen, mit Intarsien geschmückt und wie Diamanten funkelnd auf dem schmalen Feldweg zwischen den roten Faltenwürfen der Reben ins Land. Aber durch die Fenster der Waggons sah man nichts. Sie waren beschlagen vom Rauch der dicken Zigarren einiger kräftiger und gesunder höherer Offiziere, die bequem auf ihren Sitzen saßen. Mitten aus dem Rauch kamen laute Stimmen hervor, die sich mit dem ohrenbetäubenden Lärm des fahrenden Zuges mischten, welcher sich im Kopf des Kindes vor einem oder zwei Jahren in ein vertrautes, uraltes Wesen umgewandelt hatte. Das Kind saß zur Hälfte auf der Armlehne des Sitzes seiner Mutter, ihr gegenüber ein alter Herr, der ein in den Städten der Ebene sehr bekannter Grundbesitzer war. Das Kind blickte den Offizier an, und er schien ihm so bleich und müde, daß es sich fragte, wie er sich überhaupt noch auf den Beinen hielt. Der Offizier fühlte sich tatsächlich sehr elend und nur die außergewöhnliche Anspannung seiner Nerven ließ ihn nicht ohnmächtig zu Boden fallen. Das bemerkte übrigens außer dem Kind niemand. Die Hand des Offiziers umklammerte verzweifelt das Gepäcknetz über dem Kopf der Dame. Er fürchtete, der endlose hilfreiche Zuspruch, den ihm seine müden Sinne vorspiegelten, könnte von den anderen Reisenden gehört werden. Schließlich hatte das Kind der Dame ins Ohr gesagt: »Mama, ich glaube, dem Jungen da ist schlecht.« Und sie hatte den Offizier angeblickt, die anderen Reisenden angeblickt. Zusammen mit dem Kind hatte sie sich erhoben, den Offizier beim Handgelenk gefaßt, genau da, wo er den Stern hatte, der seinen Rang bezeichnete, und den Körper des Mannes mit der Kraft einer von einem leichten Wind gelüfteten Feder auf den Sitz sinken lassen. Der alte Herr war aufgewacht, und nachdem er seinen Platz der Dame angeboten hatte, hatte er sich dem Offizier zugewandt, indem er ihm ein Fläschchen unter die Nase hielt. »Ich bin schon alt, sehr alt«, hatte der Herr gesagt, »aber noch ein Gentleman, wenn auch einer vom Lande.«

Mit diesem kleinen, boshaften Seitenhieb bedachte er die Mitreisenden, die sich nicht vom Fleck gerührt hatten und sich immer noch unterhielten, als wäre nichts geschehen. »Das bißchen Stehen ist nicht weiter schlimm für mich. Ich steige ja in Bomporto schon aus. Ich bin siebzig, aber meine Spaziergänge über die Felder mache ich noch immer und bin dabei, wenn die Trauben gewogen werden! Und überhaupt für eine Dame wie Sie ... und für den jungen Offizier hier ... Ich habe einen Enkel an der Front, der hat dasselbe Alter wie er, ja, ja, mein junger Leutnant. Sie müssen viel durchgemacht haben. Ihre Verwundungen dürften nicht bestens behandelt worden sein. Wie geht's denn jetzt? Besser, oder? ... Nein, nein, bleiben Sie nur sitzen, ich bitte Sie. Machen Sie keine Umstände. Als ich in

Sizilien, damals mit Garibaldi, verwundet wurde, war das erste, was ich sah, als ich die Augen wieder aufmachte, eine schöne, freundliche junge Frau genau wie diese Dame hier. Sie pflegte mich hingebungsvoll, und ich habe noch nicht vergessen, wie ich mich damals schämte. Was denn ..., dachte ich, ein starker junger Mann wie ich ... Drum regen Sie sich nicht auf und ruhen sich aus.«

So hatte der alte Herr gesprochen, kurz bevor er an der Bahnstation Bomporto ausgestiegen war. Er hatte sich mit überschwenglichen Gebärden und einem mehrmaligen, laut tönenden »Gute Reise« verabschiedet und dann vom Bahnsteig aus den Soldaten »Es lebe Italien!« zugerufen, während diese ihre Köpfe aus den Fenster streckten und sangen:

Es leb' die Schöne des Morgens
es leb' die Schöne der Nacht
wir wollen Armellina
die uns so geil gemacht.

Unsere Dame und der Offizier waren einander auf diese Weise während des europäischen Krieges begegnet und nicht viel länger als eine Stunde in dem ruckelnden Zug beieinander geblieben, während das Pfeifen des Zuges die Luft zerriß und so abenteuerliche Entfernungen auftat, wie sie sich eben in der Phantasie des Kindes bildeten. Es waren formlose Betrachtungen, erfüllt mit dem Schwung der abenteuerreichen Kindheit. Was war der junge Offizier für das Kind, wenn nicht etwas zugleich Wunderbares und Vertrautes? Wer war jener schlanke Junge mit den tiefen, nachdenklichen Augen, so schüchtern, so elegant und so leidend, soviel größer als er selbst und doch lange nicht so erfahren? Das Kind fühlte sich wie einer, der Bescheid wußte, angesichts soviel kindlicher Einfalt, wie sie sich hier in Gestalt eines Mannes und Soldaten zeigte. Mit seinem

Stolz und seiner Phantasie rannte das Kind weit voraus. Es sah sich selbst, wenn es einmal groß sein würde: mit vielen, viel mehr Sternen als der Offizier. »Ich werde einmal ein großer General«, dachte es, »und alles, was auf die Landkarten in meinem Atlas gezeichnet ist, werde ich erobern.« Und indem sich das Kind schlafend stellte, um sich in seine Zukunftspläne einzuspinnen, hatte es allmählich begonnen, mit wachem Kopf zu träumen, und sein Herz steuerte durch das endlose Meer der Schwärmerei.

Sobald dem Offizier sein Zustand zum Bewußtsein gekommen war, das heißt, ihm klar geworden war, daß eine sanfte Frau mit ruhigem, wenn auch traurigem und fernem Blick ihm ihren Platz überlassen hatte, hatte sein Gesicht die Farbe gewechselt. Es war rot geworden vor plötzlichem, jugendlichem Unbehagen. »Danke«, hatte er zu der Dame gesagt, aber mit leiser, kaum vernehmbarer Stimme, in deren Klang jedoch die Eigenliebe des Mannes mitschwang, der die Frau bittet, so zu tun, als wäre nichts geschehen, da das Ereignis an und für sich schon ausreicht, ihn fürchten zu lassen, er habe sich lächerlich gemacht. Die Dame hatte seinen Wunsch erraten und hatte ihn, indem sie von dem lästigen Nebel sprach, der Städte, Dörfer und das Land in einer einzigen Farbe ineinander laufen ließ, mit zerstreuter weiblicher Aufmerksamkeit angesehen, um das Gefühl verletzten Stolzes von ihm zu nehmen. Sie fragte ihn, ob ihm diese Dörfer gefielen, wo er wohnte, in einem Dorf oder in einer Villa. Sie erzählte ihm von ihrer Villa auf dem Lande, wo sie allein mit ihrem Sohn lebte, von den Bauernhäusern, die voller Soldaten waren, von den vier Offizieren, die bei ihr einquartiert waren, und von der Gefahr, noch wer weiß wie viele andere aufnehmen zu müssen. Sie hatte ihn gefragt, ob er verheiratet sei, ob er eine Braut, ob er Mutter und Geschwister habe.

»Eine Braut habe ich nie gehabt, gnädige Frau. Ich lasse überhaupt niemand zu Hause zurück. Ich habe nur meinen

Vater, und auch er ist wegen einer Verwundung auf Genesungsurlaub.«

Den Worten des jungen Mannes war ein langes Schweigen gefolgt. Die Dame hatte zum Fenster hinausgeblickt, in dem sich das Bild der Frau und des Mannes spiegelten. Sie schaute und dachte: »Der junge Mann muß immer ohne Frauen gelebt haben, vielleicht war er bei jeder neuen Begegnung enttäuscht; sein junges Leben muß in ständiger Sehnsucht nach wer weiß welchen versäumten Leidenschaften verlaufen sein; er hat eine sanfte Stirn und feine Gesichtszüge. Wenn ich anders veranlagt wäre, würde ich mich in ihn verlieben. Oh!, wie leuchten auf einmal jene Sonntage, an denen ich morgens an Papas und Mamas Arm in Carpi aus dem Dom kam und von einem fernen jungen Mann träumte, der immer an mich dachte, ohne je zu mir zu kommen! Wie kehren auf einmal jene Tage wieder, an denen ich, appetitlos zu Hause eingeschlossen, meiner Mama nicht gestehen wollte, daß ich einmal einen fremden jungen Mann gesehen hatte, der mich angeblickt und es gewagt hatte, die ganze lange Arkade des Marktplatzes hinter mir herzugehen, bis ich zu Hause war! Ich hatte ihn nicht genau gesehen, nur flüchtig angeblickt. Trotzdem war mir sein Gesicht als das schönste erschienen, das ich je gesehen hatte. Der junge Mann mußte dann in die Buchhandlung, die unter unserer Wohnung lag, gegangen sein. Vielleicht nur, weil er einen Vorwand brauchte, um in meiner Nähe zu bleiben.

»Haben Sie eine Bibliothek in Ihrer Villa?« hatte der Offizier dann gefragt, das Schweigen brechend, in welches die Dame mit ihren Erinnerungen versunken war.

»Ja, ich habe viele Bücher: die von meinem Vater, die von meinem Mann und auch meine eigenen. Ich könnte Ihnen nicht sagen, was für Bücher ich habe. Die, die ich lese, die ich so lese, um was zu lesen, werden Sie vielleicht nicht interessieren. Es sind lauter Romane ...«

»Aber doch, sie interessieren mich schon, ich habe seit jeher viele Romane gelesen. Aber seit einigen Monaten suche ich ein Buch. Und wenn ich das Glück habe, in eine Stadt zu kommen, suche ich in allen Buchhandlungen nach dem Buch, habe es aber bis jetzt nicht finden können.«

»Um welches Buch handelt es sich denn?« hatte die Dame gefragt.

»Es ist von einem deutschen Dichter«, hatte der Offizier noch gesagt. »... Sehen Sie, ich möchte nicht an die Front zurück, ohne dieses Buch gelesen zu haben. Ich habe so wenige Freuden gehabt in meinem Leben! Der Krieg hat mich überrumpelt... (und an dieser Stelle schien es, als finge der Offizier wieder an irrezureden, denn er war bleich geworden und die Kräfte schwanden ihm aufs neue). Ich hätte nicht in den Krieg ziehen wollen, ohne eine Familie daheim zu lassen. Wenn ich denke, nicht einmal ein Kind habe ich! Ich werde nie meinen Schulkameraden vergessen, der einmal zu mir sagte: ›Du wirst nie eigene Kinder bekommen. Was würdest du denn mit ihnen tun, wenn einer so ein Gesicht hat wie du... Du bist ja selbst nur ein großes Kind.‹ Aber bevor ich eingezogen wurde, hatte ich eine Frau im Sinn, ungefähr so eine wie Sie. Ich hatte den Mut aufgebracht, mit meinem Vater darüber zu sprechen, der zu mir sagte: ›Das Mädchen, das du im Sinn hast, ist die Tochter des Grafen B. Eine sehr hochgestellte Familie. Vielleicht bekommst du sie nicht zur Frau. Aber auf jeden Fall will ich versuchen, für dich um sie anzuhalten.‹ Dann brach der Krieg aus, und ich hatte weder eine Frau noch Kinder. Auch mein Vater mußte ins Feld, ohne etwas für mich unternommen zu haben. Und jetzt kann ich nicht einmal das Buch bekommen. Was ist eigentlich Schlimmes dabei, wenn man den Wunsch hat, ein Buch mit Gedichten zu lesen? Oh, wenn Sie es hätten, könnten Sie es mir dann ins Krankenhaus von F. schicken, wo ich noch einige Zeit werde bleiben müssen?«

»Dann brauchen Sie wohl noch ärztliche Behandlung?« hatte die Dame gefragt, der es nun nicht mehr gelang, ihre Anteilnahme und Sorge zu verbergen; während das Kind, aus seinen Tagträumen wieder erwacht, seine Mutter zart in den Arm zwickte, als wollte es ihr sagen, ob man denn gar nichts machen könnte, um den jungen Mann ein wenig aufzuheitern.

»Ja«, hatte der Offizier gesagt, »außer den Kugeln, die noch aus meiner Brust und meiner Schulter zu entfernen sind, muß ich auch noch wegen einer Nervenerkrankung behandelt werden. Es geht darum, daß mich während meiner ersten Rekonvaleszenz heftige Verzweiflungsanfälle heimsuchten. Es ist nicht der Krieg, der mir angst macht: es sind die Erinnerungen. Und schließlich soll ich, wie mir die Ärzte gesagt haben, völlig von Kräften gekommen sein. Das stimmt aber wohl nicht, denn vorhin habe ich sogar den fahrenden Zug noch eingeholt.«

»Von wem ist das Buch, das Sie suchen?« hatte die Frau noch gefragt.

»Es ist von ...« Der Offizier hatte den Namen eines großen Schriftstellers, aber eines wenig bekannten, wenig verbreiteten Werkes genannt, von dem die meisten wohl noch nie gehört hatten.

»Nein, dieses Buch haben wir nicht zu Hause«, hatte die Dame gesagt.

»Dann gibt es das Buch vielleicht nirgends auf der Welt«, hatte der Offizier gesagt, und es sah aus, als hätte er schon resigniert; denn er war verstummt und starrte vor sich hin, als ob um ihn niemand wäre und in seinem Kopf jegliche Möglichkeit eines Bildes entschwunden wäre.

Aber bald darauf war er zu sich gekommen und hatte, als er wieder zu sprechen angefangen hatte, noch andere Dinge von sich erzählt. Er hatte von seiner bedrückenden Schüchternheit und Unschlüssigkeit gesprochen. Von seiner Einsamkeit, die er verabscheute und gegen die er machtlos war. Von den Enttäuschungen, die er seinem Vater stets bereitet hatte. Von der Schwärmerei, die hin und wieder unvermittelt über ihn kam und ihm die Zukunft als etwas Leichtes und durchaus Vergnügliches erscheinen ließ, das man mit wenigen Strichen aufzeichnen konnte. Von den Zornesausbrüchen, die ihn packten: wenn er bisweilen bemerkte, daß die Zeit verging, denn die Wirklichkeit der Zeit erschien ihm unüberprüfbar, weit weniger klar und offenkundig als die Wirklichkeit der Zukunft und der Phantasie. Von wiederholten Versprechen, sich zu ändern und sich in die Reihe der anderen, der normalen Menschen einzufügen; Versprechen, die er sich selbst Tag für Tag gab. Von seinem besonderen Kummer an dem Tag, als der Krieg ausbrach, da er nun, wenn er einrücken mußte, zumindest seinem Vater nicht mehr beweisen konnte, daß er sich auf dem Weg der Einsicht und des guten Willens befand. Und schließlich hatte er gesagt, daß sich alle seine Wünsche in den einen Wunsch zu sterben verwandelt hätten, daß er den Tod gesucht habe, wie er nur konnte, und daß er bald wieder an die Front zurückkehren werde, nur um ihm wieder zu begegnen. »Gelebt hätte ich allerdings gern, ja, in einer Wüste meine Pfeife zu rauchen und frei zu sein von meinen Erinnerungen und meiner Zukunft, das hätte mir gefallen. Aber jetzt nicht mehr.« Und nach diesen Worten war er aufs neue verstummt, und dieselbe Starre wie vorhin war über ihn gekommen, und nach und nach hatte sich gezeigt, daß ihm Sinne und Kräfte wieder geschwunden waren, das heißt, daß er noch einmal ohnmächtig geworden war.

Dem Kind standen die Tränen in den Augen, die es aber dank seiner Zurückhaltung, die es irgendwann einmal weiß Gott wie gelernt hatte, sogleich wieder verbarg. Die Dame war aufgestanden und hatte Leute gerufen, denn das Abteil war von Station zu Station immer leerer geworden. Es war ein Oberst gekommen, ein alter Herr der Reserve, die vor kurzem eingezogen worden war. Mit einem Blick auf den ohnmächtigen Offizier hatte er gesagt: »Ich kenne diesen jungen Mann, gnädige Frau. Er soll sehr tüchtig und tapfer gewesen sein. Durch die letzten Verwundungen hat er sich eine Art Neurose zugezogen, mit der nicht zu spaßen ist. Ich verstehe nicht, wieso man ihn allein, ohne jegliche Begleitung, in das neue Krankenhaus geschickt hat.«

Etwa zehn Minuten waren so vergangen: Das Kind war vor Schrecken blaß und stumm geworden; die Dame war mit ihren Päckchen beschäftigt, die sie bald auf die eine, bald auf die andere Weise auf ihre Arme verteilte; der alte Oberst hatte nicht mehr gesprochen, sondern bei jedem Ruck des Zuges seine ausgedörrte Raucherkehle geräuspert; der junge Offizier schien nicht mehr zu sich zu kommen, und er hätte wie tot ausgesehen, wenn nicht die bittere Schürzung seiner Lippen und die elegante Haltung, mit der er dasaß, gezeigt hätten, daß ihn noch nicht alle Lebensgeister verlassen hatten.

Schließlich war man in C. angekommen. Die Dame war sofort ausgestiegen, und sie war völlig außer sich. Die Stimme, mit der sie den Kutscher Bissa rief, um sich im Nebel zu erkennen zu geben und dann von ihm nach Hause bringen zu lassen, klang, als hätte sie Sinn und Wärme verloren. Das Kind war zurückgeblieben und hatte gerade noch sehen können, wie der Offizier die Augen wieder öffnete. Es war nur ein Augenblick gewesen: der junge Mann hatte sein Armband mit dem Bild des heiligen Martin abgenommen und dem Kind in die Hände gelegt.

»Mama, warte auf mich.« Der Offizier hatte noch diese letzten Worte des Kindes gehört, dann war der Zug abgefahren. Vor ihm stand immer noch der alte Oberst, der in einem unverständlichen, den fahrenden Zug an Lästigkeit übertreffenden Jargon etwas brummte; indes schien jegliches Ding der Welt verschwunden, verloren selbst die Hoffnung, das Buch mit den Gedichten je zu bekommen.

Die Baskin

Es war ein sehr heißer August, fast niemand war in der Stadt geblieben. Er hatte das Gefühl, allein zu sein, und war es auch, wenn man von der Gegenwart zweier alter Kellner absah. Er saß im Stadtcafé und sah durch den Bogen einer Arkade in den merkwürdig glatten, kompakten Himmel, der ihm plötzlich wie ein Halbmond erschien, eingeschlossen, wie er war, zwischen der Arkade und dem Dach des Postgebäudes, das dem Café gegenüberlag.

Er stellte sich vor, jenseits der Arkade würde die Stadt verschwinden, so daß sich die unendliche Weite des Landes, da und dort von langen Reihen hoher, schlanker Bäume aufgefangen, vor seinen Augen ausdehnen würde; oder er hätte auch gerne weithin kleine Tümpel gesehen, wie es der sumpfigen Natur des Ortes, wo die Stadt lag, entsprochen hätte. Und der lange Portico del Collegio, die eleganteste Straße der Stadt, wäre mit all ihren Läden samt den goldenen Schildern zu einem magischen, auf den Horizont zulaufenden Erdwall geworden, verunstaltet durch Kloakengestank und den Geruch der fernhin um den alten Mauerring ausgebreiteten Heuhaufen. Über den Wasserspiegeln der Tümpel wären sodann riesige, klobige, schwarze Kähne aufgetaucht, für den Stadtverkehr der Bevölkerung bestimmt: ein verdammtes Venedig bedeutend, befreit aber von den engen Fesseln der Kunst, des Meeres und der Kultur. »Liegt nicht vielleicht jenseits der Heuhaufen«, so dachte er, »etwas Unerklärliches, etwas, dessen Geheimnis endlich allgemein, unauflöslich, absolut ist?«

Giacomo Disvetri war knapp über vierzig. Er hatte etwas Verträumtes an sich. versah jedoch tadellos seinen

Dienst als kleiner Bankangestellter. Seit zehn Jahren führte er immer dasselbe Leben, dem Posten entsprechend, den ihm damals mitleidige Freunde verschafft hatten, als er mit einem Schlag ohne Vermögen dastand und nicht gewußt hätte, wovon er hätte weiterleben sollen. Seit drei Tagen war er auf freiem Fuß, die Sommerferien hatten begonnen. Den ganzen Winter über hatte er sich überlegt, wohin er im Sommer fahren würde. Nach Cortina, an den Lido, ins Ausland, seit vielen Jahren gedachte er, nach Spanien zu reisen, aber dort war jetzt Bürgerkrieg, da fuhr man besser in die nahen Abetone-Berge oder nach Porretta oder sonstwohin, vielleicht nirgendwohin. Im Juli nämlich war eine grauenhafte Melancholie über ihn gekommen, und sein Herz war so schwer, als hätte er unendlich Trauriges erlebt oder wartete darauf, es erleben zu müssen. Inzwischen waren drei wertvolle Tage in trostlosester Untätigkeit verflogen. Er hatte sich für nichts entschieden, und seine Koffer standen noch immer im Speicher. Zwei- oder dreimal war er zum Bahnhof gegangen, um nach den Fahrtermäßigungen zu sehen und was für eine Route ihn vielleicht von seinem Gram ablenken könnte, aber jedesmal würgte es ihn in der Kehle, als wäre er von etwas zutiefst bewegt; er ging dann ins Café zurück, wo er sich hinsetzte und einen kleinen Spiegel aus seiner Jackentasche nahm, in dem er sich betrachtete: immer weniger Haare, immer blasser und entstellter, nur seine Augen hatten ihre einstige nachdenkliche Sanftheit unverändert behalten, und darin gefiel er sich ein wenig.

Er war unbeweibt. Seine Mutter lebte in Lerici in einer schönen Villa, die einst einem berühmten Dichter gehört hatte. Bis vor zehn Jahren hatte er den Sommer in ihrem Haus verbracht; nachdem er dann das ganze Erbe seines Vaters ausgegeben hatte und es auf keinen Fall akzeptieren wollte, sich von seiner Mutter aushalten zu lassen – die Beziehung zu ihr war aus unerfüllt gebliebenen Sehnsüchten über die Maßen schmerzlich geworden –, hatte er beschlossen, kläglich und allein in seiner alten Heimatstadt M*** zu leben, wo schon so viele Generationen der Familie Disvetri wohlhabend und beinahe unbemerkt gelebt hatten. Auch er hatte von allen unbeachtet dahingelebt, wenn man von einer gewissen Aufmerksamkeit absieht, die seinem Haus von ein paar neueren Familien in M*** entgegengebracht wurde: die einzigen, die empfänglich waren (und im Grunde waren sie es auch in ihrem Innersten) für die guten alten, vom ephemeren Geheimnis der Jahrhunderte verhüllten Namen. Eigentlich war er gar nicht arm (außer seiner Mama hatte er noch eine reiche Tante, die unverheiratet geblieben war), und, man kann ja nie wissen, vielleicht hängte man ihm früher oder später noch die ungeschlachte Tochter irgendeines biederen Kaufmanns auf, um eine Gräfin, Baronin, Edle von und zu oder einfach eine Signora Disvetri aus ihr zu machen. Merkwürdig, diese Familie! In jeder Generation war sie Gefahr gelaufen, auszusterben: Man heiratete sehr spät, hatte manchmal fünfzehn Kinder, von denen dann nur wieder einer, vielleicht mit fünfzig, heiratete und nur ein einziges Kind zeugte, das dann seinerseits ... usw. Diejenigen, die nicht heirateten, starben in hohem Alter, von ihren Träumen betäubt. Sie lebten dahin und wurden stets von der Öffentlichkeit mit einem seltsamen Leumund versehen. Im allgemeinen hieß es, die Disvetris interessierten sich nicht für Frauen, außer in dem Augenblick, in dem Gott ihnen ihr Ende anzeigte. Und das war die Wahrheit, aber nicht die richtige, denn die Disvetris interessierten sich in Wahrheit so sehr für die Frauen, daß sie am Ende gar nicht mehr schlau aus ihnen wurden.

Giacomo war immer ein apathischer Mann gewesen, der keine Sympathien erweckte. Ohne Studienabschluß und mit spärlichem Interesse für die Künste hatte er lediglich für die Musik eine instinktive Leidenschaft, die er nur aus Faulheit und zu geringem Selbstvertrauen nicht voll zu entfalten wußte. Seine Tante, die Schwester seiner Mutter, hatte ihn aus weiß Gott welcher altjüngferlichen Bosheit immer wieder erniedrigt, indem sie nichtexistente Mängel an ihm fand und ihm einredete, er sei körperlich wie geistig mittelmäßig, gefühlskalt und berechnend, feige und jähzornig, sogar ein Dieb und Ausbeuter, außerstande zu laufen, zu schwimmen und sich zu verlustieren wie seine Altersgenossen, störrisch und linkisch, ein wahres Monstrum von einem Menschen, selbst durch eine Gnade Gottes nicht zu retten. Da Giacomo empfindsamen Gemütes war, mußten sich derlei Dinge, die ihm in der zartesten Jugend von einer giftigen Natter angetan wurden, der er noch dazu, der Tradition und der Gewohnheit entsprechend, Ehrfurcht und Ergebenheit zu zollen hatte, auf seinen schon schlummernden Willen und seine Entwicklung zu einem leidenschaftlichen Mann verheerend auswirken. So war in Giacomo eine äußerst triste und phantasielose Vorstellung vom Leben herangewachsen. Frauen: nichts. Er war nie verliebt gewesen, und stets hatte er die Grüppchen wackerer Damen aus der Bourgeoisie gemieden, wie sie bisweilen in den Sommerfrischen zusammenzutreffen pflegen, um irgendeinen Sonderling mit einem – scheinheiligen – Mauerblümchen zu vermählen. Nachdem er – um die dreiunddreißig – die sogenannte Mitte seines Lebens überschritten hatte, war ihm jeglicher Lebensreiz dahingeschwunden, vorgaukeln lassen hatte er sich ohnehin nie etwas, denn der Strom der großen Hoffnungen oder der Abenteuer war nie durch ihn geflossen. Zum Angestellten abgesunken, war ihm, im Gegensatz zur Regel bei derlei Fällen, selbst die geringste Neigung zum Träumen abhanden gekommen. Obschon seine Vorfahren lauter Träumer gewesen waren, hatte er alle diese einsamen Jahre in der Erfüllung seiner Büropflichten verlebt. Manchmal wurde er seinen Zustand gewahr und eine kleine Weile schämte er sich dafür, daß er noch lebte. Kurz, sein Gefühlsleben war etwa seit seinem achtzehnten Lebensjahr abgestorben, seit der Zeit nämlich, in der die Herausforderungen seiner Tante allmählich die erwünschte höllische Wirkung bei ihm zeitigten. Vielleicht wußte er, ohne es sich selbst je eingestanden zu haben, daß er womöglich sogar schlechter gelebt hätte, wenn er sich von Erinnerung, Hoffnung, Liebe und Ehrgeiz hätte leiten lassen. Wußte, daß all das einen zu hohen Preis kostet; und seine Seele hatte man ja so kleinmütig gemacht, daß sie schlimmer dran war, als wenn sie von einer Zukunftsmaschine operiert worden wäre, welche die Seelen nach dem Willen des Operateurs umzuformen vermochte.

Aber am Tag des Erwachens? Was wird wohl einem Mann geschehen, wenn er eines schönen Tages, an dem etwas Außergewöhnliches, Reines in seinem Inneren erwacht, zu sich sagen muß: »Mir reicht es ... Meine Erinnerung soll wiederkommen, das einzige, was meinem Leben noch einen Grund gibt«? Vielleicht der Tod, als einzige Lösung.

Giacomo war unvermittelt erwacht, wie es in den meisten solcher Fälle zu geschehen pflegt. Als er – im selben Jahr – eines Abends sein Büro früher als gewöhnlich verlassen hatte: es war nur ein Augenblick. Es fiel ihm auf, daß er nicht mehr an die Bank dachte, nicht mehr an die Unterhaltungen im Café, an die üblichen schlechten Witze, über die man aufgrund eines krankhaften Mechanismus des Mundes lacht, nicht mehr an die Gemeinplätze, die Vorurteile, nicht mehr an das, was in der Zeitung stand, an die Ereignisse des täglichen Lebens, den Widerhall der großen und kleinen musikalischen Motive, nicht mehr ans Kino und den Rest. Ein Bild war vor ihm erstanden: Es sah aus wie ein junges Mädchen. Er hatte in seinem Inneren den Klang einer Stimme vernommen: Es war eine langsame und gleichzeitig lebhafte, helle, ruhige Stimme, in der die Gefühle mitschwangen, so unbeschreiblich wie Mondstrahlen vielleicht, wenn sie auf eine Wiese scheinen, wo sich eine Katze räkelt, die Töne höchster Zufriedenheit anstimmt und aus deren Augen wie aus einem Leuchtturm Signale blitzen.

Diese Stimme empfand er als etwas außerordentlich Vertrautes und Verlassenes. Nach und nach erwuchs aus der Stimme eine Gestalt: arglose, dunkle, ein wenig schmale, immer lachende, ruhige Augen; eine Nase; ein schmaler, jedoch wohlumrissener Mund mit feuchten Lippen wie bei einem guterzogenen, bonbonlutschenden Kind. Und dann dunkelbraunes Haar, glänzend, trocken und dünn, im Nacken zusammengefaßt. Die vollkommenen und verständigen Ohren mit den kleinen, vom Kopf abstehenden Ohrläppchen, die vielleicht das Schönste an dem ganzen Gesicht waren, das sich nun zu einer geometrischen Figur abgrenzte, die so oft Gegenstand ihrer langen kindlichen Gespräche gewesen war: Zu einem Dreieck, das sich am Kinn rund und fein verkürzte und an den Schläfen verbreiterte, ohne jedoch besondere Ecken aufzuweisen, so rund erschienen die Wangen. Der Kopf war klein, aber da sie selbst eine eher kleine Statur hatte, schien er beinahe eine Last zu sein für den zarten Hals, den man nicht dünn nennen konnte, denn er war gerade recht und voll Liebreiz. Sie hatte eine schneeweiße Haut; wenn sie auch nur ein wenig an der Sonne blieb – und damals versuchte man so wenig wie möglich in der Sonne zu bleiben –, überzog sie sich mit einem leichten gelblichen Braun. Tief im Verborgenen hatte Giacomos Denken einen Namen zusammenbuchstabiert: Isabella. Sie war die einzige Gefährtin seines Lebens gewesen. Die einzige Frau, um derentwillen er nächtelang geweint und in der Verzweiflung, die er in seiner Brust fühlte, die Kissenbezüge zerrissen hatte. Unvermittelt war sie von ihm gegangen, ohne irgendeine Spur zu hinterlassen. Er hatte seine Mutter angefleht, seine Tante beschworen, nachdem einige Zeit vergangen war und er den Mut gefunden hatte, seinen Schmerz zu gestehen, damit sie ihm wohlgesinnt würden und etwas unternähmen, um sie wiederzufinden, zu erfahren, wo sie wohnte, und vor allem zu erfahren, ob sie noch lebte, ob sie noch immer dasselbe Kleid hatte und ihren grauen Mantel mit dem Gürtel und den Knöpfen bis zum Hals. Die Erwachsenen hatten ihn angelächelt und ihn in ihrem Innersten verlacht.

Mama wie Tante hatten gesagt: »Mach dir keine Sorgen, wir bringen dir deine Isabella zurück, du Dummerchen.« Aber in Wirklichkeit hatte kein Mensch einen Finger gerührt, um nach ihr zu fahnden, ja nicht einmal daran gedacht, irgend etwas zu unternehmen. Er war schon groß genug, um zu verstehen, daß selbst die Mama in derlei Fällen nichts ausrichten kann (und auch nicht will), hatte sich in seine Verzweiflung eingeschlossen und sah zu, wie die Zeit verging und ihn mit einer langweiligen Zukunft vergiftete. Und so hatte sich jene schöne Tatsache eingestellt, aufgrund deren sich die großen Schmerzen zwar dämpfen und sogar vergessen lassen, aber durch nichts ersetzt werden können. So hatte er die Baskin vergessen und zugelassen, daß sich sein Herz für immer vor jedem anderen Reiz der Welt verschloß.

Er hätte nie gedacht, daß eines Tages die Erinnerung an sie so lebendig wiedererstehen sollte. Als er sich nicht mehr an sie erinnerte, war er noch jung gewesen. So viele Jahre hatten also verstreichen müssen, bis die Erinnerung an die Baskin wieder auftauchen konnte? Er fuhr nicht in die Sommerfrische, weil er keine Zeit hatte. Von dem Augenblick an, in dem sein Urlaub begonnen hatte, überschwemmte ihn der Fluß der Verzweiflung, der Hoffnung, des Willens zu besitzen und der Ohnmacht gegenüber dem Schicksal. Derselbe Mann, von dem die Gleichgültigkeit dermaßen Besitz ergriffen hatte, daß er gedanken- und erinnerungslos erschien, fing nun wieder an zu leben, als wäre er achtzehn, und war plötzlich von unerhörtem Feingefühl. Es war zum Aus-der-Haut-Fahren. Er begab sich in keine Sommerfrische, wollte auch nie mehr in die Bank zurückkehren. Er sah weder den Tod noch die Irrenanstalt, die ihn wohl noch im selben Jahr aufnehmen würden; er dachte nur noch, er wäre fünfzehn Jahre alt oder zwölf oder noch jünger und er sähe die Baskin, die zwei Jahre älter war als er, und er baute eine Zukunft auf. Wenn es ihm bisweilen in den Sinn kam, daß er ja alt war und alles verloren hatte, wimmerte er dumpf, als wollte er einen Anfall von Wahnsinn im Zaum halten.

Es waren die Jahre zwischen dem libyschen und dem europäischen Krieg, zwischen 1912 und 1914. Lerici füllte sich sommers mit Universitätsprofessoren und deren Familien. Es kamen viele ausländische Maler, viele Literaten. Als er eines Abends mit dem Rücken zum Meer an einem Mäuerchen lehnte, hatte er eine Kutsche vor dem Hotel halten und einen blassen, mageren Herrn mit einem winzigen, zweigeteilten, schwarzen Schnurrbärtchen aussteigen sehen.

Giacomo und die Jungen aus dem Dorf, die seine Spielgefährten waren, hatten zu laufen angefangen und die Kutsche mit dem Ruf »Hoch leben die Fremden!« überfallen. Danach war ein Mädchen ausgestiegen, das ihn sofort lächelnd angesehen hatte, während sie sich ihrem Vater zuwandte und dabei *entonces* und zwei andere unverständliche Wörter sagte. »Das sind Spanier«, hatte ein Junge aus dem Dorf bemerkt. Und da hatte Giacomo, weiß Gott warum, zu weinen angefangen, hatte sich umgedreht und war nach Hause gelaufen. Er hatte noch nie, aus keinem einzigen Grund, geweint, nicht einmal, als sein Hund gestorben war, an dem er mehr gehangen hatte als an seiner gesamten Familie. Was ihm jetzt zugestoßen war, wußte nur der liebe Gott allein. Auch der Vater des Mädchens hatte es bemerkt und war ihm neugierig mit dem Blick gefolgt, während er mit dem Hotelbesitzer verhandelte. Es war Professor De Aranzadi aus Guernica, ein berühmter baskischer Geologe, der an den Golf von La Spezia gekommen war, um bedeutende geologische Studien zu treiben. Seine Tochter (ein etwa siebzehnjähriges Mädchen) erkundigte sich inzwischen bei den Lausejungen, die um sie herumstanden, was der Junge dort zu weinen hätte. »Den hat's ein bißchen erwischt«, hatten sie ihr geantwortet und den Satz mit einer Geste begleitet, die besagte, er sei eben verrückt. Einer hatte aber gesagt: »Nein, Signorina, das macht er zum erstenmal. Er ist nicht verrückt... er ist verliebt!« Dann hatte er gelacht und war ebenfalls weggelaufen.

Am ersten Morgen – um den 15. Juli müßte es gewesen sein – war Isabella in die Badeanstalt gegangen, in die einzige, die es damals gab. Dort war eine dicke Bademeisterin, die Badeanzüge auslieh und die Kabinen zuwies. In der Badeanstalt waren lauter schöne, duftende Frauen. Über den Brüsten trugen sie schneeweiße Spitzen mit riesengroßen Rosen, und unerhört weich folgten ihre Hüte den leichten Bewegungen ihrer Köpfe. Die Meeresbrise, die Farben der sengenden Sonne, bequem vom Schatten aus betrachtet, die Blumen und Bänder, die Federn auf den Hüten, der Geruch der mit Salzwasser durchtränkten Badeanzüge verschmolzen miteinander zu einem einzigen großen Glücksgefühl. Es war ein so unerwartetes Glück wie das, das man in sich selbst besitzt. Alle waren ruhig, redeten langsam und ließen die Zeit die unausweichlichen Stunden erfüllen. Niemand versuchte, das Schicksal zu überholen, während die Kavaliere das Blau des Himmels und des Meeres mit großen Blumensträußen und Visitenkarten dekorierten. Manche trugen ein Monokel zur Schau, hinter dem der ganze Charme der Verführung hätte liegen sollen, andere lehnten mit der Brust am Geländer, stützten den Kopf in die Hände und warteten, aufs Meer hinaus blickend, daß irgendeine unbekannte Schöne auf sie aufmerksam würde. Einige Leute lagen stets abseits, außergewöhnlich mager und blaß, den Hals in einen weichen Schal gewickelt. Zu ihnen gehörte ein gewisser Fustri, ein Komödiendichter, an den sich die schönen Frauen wandten, um Rat einzuholen über die Bücher, die sie den Sommer über lesen sollten. Das taten sie aber nur, weil sie auf ihn neugierig waren, und nicht, weil sie Bücher lesen wollten, sie waren nämlich allesamt aus der Ferne ein wenig in ihn verliebt. In diesem Verliebtsein verbarg sich ein freundliches, verschwommenes, gemeinsames Denken und gelinde Qualen, die der milde Wind des Golfes oder die verwirrende Stimme des wirklichen Geliebten sofort heilte. Graf Frascanti war derjenige unter den Herren, dessen tiefe, abgerissene Stimme (als bestünde sie aus lauter Eisenkügelchen) am meisten Frieden und Tugend der Damen störte.

Giacomo wurde von seiner Mutter jeden Tag ans Meer geschickt. »Er muß an die frische Luft«, pflegte sie zu sagen, während sie, die schöne Signora, am späten Vormittag in Gesellschaft eines französischen Herrn zur Rotunde spazierte und manchmal auch in La Spezia eine Freundin besuchte, deren Haus wegen der außergewöhnlichen Gastlichkeit den Marineoffizieren gegenüber berühmt war. Ihre Freundin war übrigens die Ehefrau eines Kapitäns zur See. Giacomo war also gezwungen, seine Zeit in Gesellschaft der einheimischen Jungen zu verbringen, und das machte ihm viel Spaß. Nur bisweilen grüßte er artig die Damen, die ihn zu sich riefen und nach seiner Mutter fragten und dann noch wissen wollten, warum er die Gesellschaft der kleinen Mädchen seines Alters verschmähte. Schon seit etlichen Jahren stellten sie ihm diese Frage. »Und bald«, dachte er, »werden sie mich nicht mehr fragen, warum ich nicht mit den kleinen Mädchen gehe, sondern warum ich kein Mädchen habe. Eigentlich dachte ich noch vor ein paar Jahren, ich würde von selbst ein junger Mann werden, wenn ich einmal so alt wäre, wie ich heute bin. Gott im Himmel, bin ich denn so zurückgeblieben? Roberto Benni zum Beispiel geht schon tanzen, kleidet sich wie ein erwachsener Mann und ist sechs Monate jünger als ich. Was ist denn bei mir anders als bei den anderen? Irgendwas muß es ja sein: Ich bin nicht mit ihnen befreundet, rede nicht mit den Damen, kann nicht französisch, laufe mit den Dorfjungen herum, die alle jünger sind als ich.« Dann schloß Giacomo mit einem Seufzer: »Ich mache schließlich, was mir gefällt, und vielleicht machen es die anderen nur deshalb nicht so wie ich, weil es ihnen ihre Väter nicht erlauben.«

Giacomo war in aller Frühe aufgestanden, nachdem er die ganze Nacht nicht geschlafen hatte. Am Abend vorher hatte er unter den Augen seiner Mutter bei Tisch ein Glas zerschlagen, als eine von seinen Cousinen, die schon runde Formen hatte und eine Frau geworden war, von Liebe redete. »Schluß mit dem dummen Zeug, das ist ja nur für Dienstmädchen!«, hatte er gesagt, sich mit den Fäusten an den Kopf geschlagen und war dann auf sein Zimmer gegangen, um sich einzuschließen. Lange Zeit hatte er auf dem Bett gelegen, bald reglos und gedankenvoll zusammengerollt, bald sich wild wälzend und lauthals Worte überquellender Freude ausstoßend. Dann hatte er nach Mitternacht ganz leise das Haus verlassen; und als er unter den Fenstern des Hotels vorbeiging, wo Isabella schlief, hatte er angefangen, vor sich hinzupfeifen: »Dort, wo die schönen Hügel ragen, da hab ich dich gesehn' und nichts gesagt...« Der Mond schien wunderschön, rund und voll, das Meer war ruhig, zwei Schiffe im kleinen Hafen und ein Mann am Ende der Mole. Giacomo war nachsehen gegangen und hatte, sich unbemerkt zwischen den Klippen bewegend, in dem einsamen Herrn den Vater des Mädchens erkannt. Eine unerklärliche Befriedigung erfüllte ihn, und er rannte bis zum anderen Ende des Dorfes, bis vor das Haus seiner Spielgefährten, die er aufwecken wollte, um mit ihnen etwas Außergewöhnliches für den nächsten Tag auszumachen. Zum Beispiel: Fischen zu gehen. Er hatte sich vorgenommen, am nächsten Tag nicht in diese unsympathische Badeanstalt zu gehen, sondern sich zu vergnügen und weder den Herrn noch dessen Tochter wiederzusehen. Indem er aber »Tochter« dachte, hatte er sich in seinen Gefühlen und Vorsätzen verfangen: Sein Denken und seine Phantasie waren verstummt, und er war umgekehrt, um wieder nach Hause zu gehen. Vor der Haustür war er stehengeblieben, ohne etwas zu sich zu sagen, und er hatte in den Himmel geschaut, wie man in der Schule dem Lehrer ins Gesicht schaut: vollkommen abwesend von den Dingen dieser Welt. Später hatte er versucht, zum Schlafen unter die Decke zu kriechen, seinen Kopf zwischen die Arme zu legen wie als Kind, nachdem ihm an seinem fünften Geburtstag ein Dienstmädchen diese Position empfohlen hatte, um leicht und schnell einzuschlafen. Aber es nützte nichts, und am meisten ängstigte ihn sein leerer Kopf, er dachte an gar nichts und mußte wie unter dem Zwang einer geheimnisvollen Kraft einfach wachbleiben. Wenn ihm nur etwas in den Sinn gekommen wäre, das ihm die Zeit ein wenig vertrieben hätte! Aber nein … die ganze Zeit hatte er mit offenen Augen im Bett gelegen. Erst am Morgen, als er am Geländer der Meerespromenade lehnte, war ihm klargeworden, daß jenes Etwas, das so erdrückend hinter seinen Gedanken lag, nichts anderes sein konnte als die »Tochter«, die Tochter des einsamen Herrn von der Mole, die Fremde, die Spanierin. Jubelnden Herzens erinnerte er sich an sein unvermitteltes Weinen am Vortag, an seine Flucht, an das Gelächter seiner Freunde und an den fragenden und verwunderten Blick des Mädchens.

Während ihn das Wasser, das gegen die Felsen klatschte, wieder in die glückliche Wirklichkeit des Bades und der Boote zurückrief, hielt ihn der in der Sonne funkelnde Felsvorsprung von Porto Venere, dort unten am anderen Ende des Golfes von La Spezia, umfangen in seinem nunmehr einzigen Gedanken, der so klar und glühend geworden war wie die Sonne, die nun bald senkrecht über seinem Kopf stehen würde. Dort drüben in der Badeanstalt war Isabella, und er hatte nicht den Mut, hinzugehen. »Ich werde mich vielleicht nie mehr bewegen«, hatte er zu sich gesagt, und er spürte, wie ihm beinahe das Herz zersprang. Und der sonst launische und anspruchsvolle Junge hatte plötzlich gar keinen Wunsch mehr: Er sah, als er sich umdrehte und seine Augen dem Hoteleingang zuwandte, Damen und Herren, die stumm und verschwitzt hineingingen und ihm eine Angst einjagten, nicht unähnlich jener Leere, die der Mensch bei seinen ersten Begegnungen mit dem Leben empfindet, und vielleicht auch bei den letzten, bestimmt aber bei den bedeutendsten. Lange, beinahe unaufhörliche Augenblicke: die unmittelbar den ersten lebendigen Worten der Baskin vorausgingen, die sie in einem ruhigen, weichen Italienisch sprach mit einem leichten, aber extravaganten Akzent, der sich fast so anhörte, als könnte er wirklich nur vom Himmel kommen.

Vielleicht hatte sie in Wirklichkeit auch gar keine eigentlichen Worte gesagt, sondern ihn mit den Augen gebeten, noch einmal zu weinen, während sich auf ihren Lippen ein scherzhaft spöttisches Lächeln schüchtern nach vorne wagte. Er war so verwirrt, daß er zu sich selber sagte, er würde die Worte, die Isabella eben gesagt hatte, nie behalten können, ihren Namen wußte er aber und behielt ihn so natürlich im Kopf wie den seiner Mutter oder der vertrauten Gegenstände zu Hause. Dann war der Vater auf der Schwelle des Hotels erschienen. Isabella war verschwunden: zurückgelassen hatte sie ihm den Geruch des Golfes – stärker denn je – und die sachte Brise, die ihm Kindheitserinnerungen zuwehte; er mußte an seine Großeltern denken und sah sie wie einst in der endlos weiten Ebene mitten im Rauschen der hohen Bäume, sah das knarrende Kanapee unter den zwei geliebten Bildnissen. Die Großmutter sagte zu einer noch älteren Dame: »Ich würde meinen kleinen Engel gern mit einer Frau sehen, die so ist wie ich.« Die Dame lächelte, und der Großvater brummte vor sich hin: »Geschichten! Lauter Geschichten!« Unter dem unsichtbaren Schleier des Windes kam zur Stunde des Mittagessens und der Stille der lange, legendäre Zug aller Lieben vorbei, ließ Lächeln, Schwerter, Gifte und unendliche süße Tränen in der Luft erstehen, und die Bitternis all der Geschichten wurde noch angenehmer als der sommerliche Tau in einem olympischen Stadion. Inzwischen fielen Regentropfen, so groß wie im Juni gepflückte Erdbeeren; und Giacomo lehnte immer noch am Geländer der Meerespromenade und wartete darauf, die Baskin wiederzusehen; sie war schon einmal ans Fenster gekommen, um ihm durch Gesten zu bedeuten, er solle weggehen, sich vom Fleck bewegen; denn wenn er so im Unwetter stehenbliebe, könnte er sich ja etwas holen. Und seine Mutter war herausgekommen und hatte ihm zugerufen: »Giacomo, was stehst du denn im Regen?« Die Tante schien im fernen Fenster mit großen Gesten sagen zu wollen: »Laß ihn doch sterben, den komischen Kauz!« Ein fürchterliches Krachen hatte all die Stimmen und Gesten unterbrochen. Der Blitz hatte unweit des Schlosses, jenseits des Golfes von Lerici, eingeschlagen. Und weitere Blitze und Donnerschläge waren gefolgt, um die Familien in Verwirrung zu stürzen.

Giacomo war nach Hause gegangen und stopfte, bei Tisch sitzend, unter den wachsamen Blicken der Frauen Brocken eines nach nichts schmeckenden Omeletts in sich hinein. Wie hatte er davon geträumt, die Tischdecke wegzuziehen und schauerartig im Verein mit den Wolken alles auszuschütten! Wie hatte er an ein fernes, unantastbares

Weinen gedacht, das frei seinen Lauf nehmen konnte, ohne daß er sich vor den Blicken der Familie zu rechtfertigen hätte! Seiner Tante den Salat in den Rachen werfen können! Die Freiheit haben, einmal nicht zu Tisch zu gehen, wenn ein Gewitter losbricht und wenn Isabel, die süße Isabel, auf deren Anwesenheit in der Welt er nie gehofft hatte, in der Nähe ist und redet und Dinge erzählt, deren Sinn für die schönen Damen am Badestrand ohne Bedeutung wäre. Aber am liebsten hätte er geweint, hätte seine Tränen mit dem Meer zusammenfließen lassen, um mit seinem bitteren Gram die glühenden Felsen rund um seine Welt zu befeuchten, die nunmehr eingeschlossen lag in der Unendlichkeit jener Terrasse, jener Tür, jenes Fensters. Lange Spaziergänge entsprangen immer wieder aus dieser Umgebung, er und die Baskin im Sonnenschein und im Mondlicht, nackt, bekleidet, juwelengeschmückt, zu Pferd oder per Rad; und an den flammenden Abenden eines glühend heißen Augusts in dampfenden Zügen von einer roten Stadt in eine gelbe Stadt, an Bächen und unter Bäumen oder in überfüllten Theatern, wo »Bel pellegrino non sarai mai solo« (Nie sollst du schöner Wandrer einsam sein) gesungen wurde; einen eleganten Herrn vor sich auftauchen sehen, der ihm lächelnd zublinzelte, und ihm ins Gesicht spucken. Zum erstenmal entstand in seinem Inneren die Vorstellung einer erotischen Umarmung: er hielt Isabel umschlungen und drückte sie an sein Herz. Sie waren allein, keine Häuser waren um sie herum, und sie weinten solche Tränen, daß sie hofften, darin zu ertrinken. Die zahllosen Kräuselungen ihrer Lippen wurden Quellen, Flüsse, Sturzbäche. Es lachte weder Giacomo noch Isabel. Er flehte den Himmel an, ihnen etwas zu geben, das sie stärker umschlang, als er es vermochte. Eine Stimme hatte gesprochen, hatte aus dem Herzen oder aus dem Felsen, vom Meer oder von den Sternen kommend gesagt: »Wenn du sie verläßt, wirst du sie nie wieder finden. Stürzt euch hinunter in diese Schlucht. Was habt ihr davon, wenn ihr euch nicht hinunterstürzt? Du wirst elend enden, ein anderer wirst du sein und immer noch glauben, du seiest noch du selber, unter erbarmungslosen Qualen und inmitten der weißen, welken Blüten des Grams wirst du leben. Ihr seid noch Kinder. Wenn du sie verläßt, wird ihr Vater sie mit sich fortnehmen, und sie wird sterben. Was ihr noch zu leben bleibt, wird sie nicht als die Baskin, nicht als Isabel leben, sondern als eine ganz andere Person. Eure Liebe ist euer Leben. Weder der Professor Aranzadi noch Giacomos Mutter werden etwas von eurer Liebe merken. Es ist besser, wenn ihr sterbt, Kinder.« Aber sowohl er wie sie hatte nicht den Mut, auf den Felsen zu steigen und sich hinunterzustürzen, und sie vertrauten ihre Liebe ihren Tränen an und warteten, daß sie von ihren Tränen überflutet wurden, um in dem Meer zu sterben, das aus ihrer Liebe zusammengeflossen war.

So hatte Giacomo, als auch das Unwetter vorbei war, seine erste Liebesphantasie beendet. Eine Offenbarung für ihn: er kam sich nun verändert vor, fühlte sich nicht mehr als das Kind, das er noch gestern gewesen war. Deshalb hatte er Mama, Tante und Cousine sanft angeblickt, während die Baskin, die riesige Flocke in seinem Herzen, ihn wortlos aufstehen, zum Fenster gehen und mit einem großen Glücksgefühl den Regenbogen bewundern ließ, den das abziehende Gewitter an den Horizont zeichnete.

Wie viele Tage hatten sie wohl miteinander verbracht, er und die Baskin? Beim Baden, auf und ab durch das Dorf, einmal in Tellaro, oben auf dem Schloß, dann die Treppen zum Meer hinunter und wieder hinauf. Juli, August, September und die ersten milden Oktobertage. Wie hätte da je der Tag kommen sollen, an dem die Baskin verschwinden würde? War es überhaupt möglich, daran zu denken? Und welcher Tag sollte es gewesen sein? Der zweite Oktober;

der sechste? Der zwanzigste? Im Oktober war es auf jeden Fall, an einem heiteren und regnerischen Tag. An dem man pfeifend aus dem Haus geht, sich über die Langeweile der anderen freuend, die gar nicht wissen, wie schön ein grauer Tag sein kann, wenn er zwei Liebende im Hotel einschließt, die hinter den Fensterscheiben miteinander die Schönheit eines langweiligen Himmels genießen; während der Vater des Mädchens, der feinsinnige Professor, mit zwei, drei Steinen beschäftigt ist, die er an einem fernen Strand aufgelesen hat. Ja, sicherlich ein Tag im Oktober, der Tag, an dem eine Kellnerin zu ihm gesagt haben sollte: »Der Herr Professor und das gnädige Fräulein sind abgereist.« Warum sollte es überhaupt möglich sein, einen solchen Tag zu denken, wo doch eine Muttergottes über uns wacht, die uns hilft und der wir alle unsere Geheimnisse anvertrauen? Wo es einen lieben Gott und eine Muttergottes gibt, die der liebe Gott und die Muttergottes Giacomos und der Baskin sind? Man kann sich wohl einen schwarzen Tag vorstellen, einen Kataklysmus, ein Erdbeben, einen Krieg, die uns alle oder beinahe alle verschwinden lassen. Auch einen Unglücksfall kann man sich vorstellen: Giacomo und die Baskin stürzen sich in überquellender Freude vom Schloßturm hinunter ins Meer; oder etwas ähnliches. Aber niemals kann man denken, daß es möglich sein sollte, den Satz hören zu müssen: *Das gnädige Fräulein ist abgereist.* Abgereist? Verschwunden! ... Unter dem allgemeinen Gelächter der Welt, welche die Nachricht gleichgültig entgegennimmt. Jeder von uns fände diese Nachricht im höchsten Maße absurd, da geradezu undenkbar; eben monströs, auf außerirdische Weise unwahrscheinlich, wenn verkündet würde, die Baskin sei nicht nur für dreißig Tage, ein Jahr, zehn Jahre ..., sondern für immer verschwunden. Und was hätte denn der blutjunge Giacomo Disvetri, der eben zum erstenmal dem Leben begegnet war, antworten sollen, wenn ihm einer von der Möglichkeit gesprochen hätte, man könne das eventuelle und im übrigen absurde Eintreten solcher Ereignisse voraussehen? Nichts hätte er antworten können, weil er nichts verstanden hätte. Und wenngleich schon in seinen ersten Vorstellungen, seinem ersten Denken an die Baskin etwas so Schreckliches wie die Nachricht von ihrem Verschwinden enthalten war, so waren diese doch – und wie! – begleitet von den Schlägen eines lebendigen Herzens, und es lebt, dieses Herz, weil es weiß, es wird mit Isabel spazierengehen. Und wenn ein Herz wie das unseres Helden einmal an dieses Mädchen Isabel gedacht hat, dann kann dieses Herz doch nicht glauben, daß die – obschon tragischen und unwahrscheinlichen – Vorstellungen, die es ersinnt, eines Tages wahr werden: und so wirklich werden, daß sie dieses Herz selbst zerstören, das sie unter der Eingebung der brennendsten Liebesrührung gedacht hat. Und jeder von uns weiß, welchen Abscheu die Liebe vor manchen unserer Vorstellungen empfinden kann, die uns Gott weiß wie und warum in den Sinn kommen, uns vielleicht von der Angst eingeflößt werden, wir könnten verlieren, was unser Leben ist. Deshalb versuchen wohl unsere normalen Vorstellungen immer außer der Welt zu sein. Wehe, es würde eine unserer anormalen Vorstellungen, die noch innerhalb der Welt sind, Wirklichkeit werden. Unser Leben würde daran zerbrechen.

Wir wissen nichts von den Vorstellungen der Baskin an jenem Tag, als Giacomo (von ihrer Stimme verwandelt und erkannt, ein liebender Mann geworden) im Angesicht seiner Familie, während ein Mittagessen und ein Gewitter abliefen, die seinigen aufbaute. Wir müssen hoffen, daß es süße, feinfühlige, undenkbare Vorstellungen außer der Welt waren; denn, falls sie sich den Vorstellungen Giacomos auch nur ein wenig genähert hätten, dann könnten jene phantastischen Annahmen über das ewige Verschwinden Isabels für wirklichkeitsträchtig gehalten werden: so daß wir bei diesem Gedanken in eine tragische, verzweifelte, unheilbare Melancholie verfallen müßten. Wir würden bis zum letzten Tag unseres Lebens Flüsse austrocknen, Brunnen versiegen und die Berge weinen sehen. Wenn es so wäre, empfänden wir nur noch Bestürzung und Verzweiflung. Wir würden jeden, den wir lächeln oder sich seines Lebens freuen sähen, mißbilligen und mit unserem Groll verfolgen, der nie erlöschen würde. Und dieses »nie« würde so lange dauern wie das ewige Verschwinden der Baskin.

Es gibt nichts Schöneres auf der Welt und keinen glücklicheren Augenblick als den, wenn wir einen Menschen kennenlernen, bei dessen Anblick allein wir schon weinen müssen und der mit uns so unmittelbar, so ohne Rückhalt und ohne Angst redet, als würde er uns schon seit unserer Kindheit kennen. So hatte die Baskin mit unserem Jungen geredet und ihn von seiner Freiheit befreit. Indem sie von Türmen, Schlössern, Monden, von La Spezia und Bilbao redete, hatte sie ihm von ihrer Verliebtheit erzählt. Und er hatte ihr mit seinen Tränen und seinem unverhohlenen Glück von seiner Verliebtheit erzählt.

Nie hatte die Erde einen glücklicheren Sommer gesehen. Die ersten Stunden zweier Liebender, die einander nicht mit »amore« anreden und es auch nie tun werden; von Giacomo und Isabel, die einander etwas zuraunen von ihren Landschaften und ihren Gedanken, von dem was ihnen gefällt, und von ihren Verwegenheiten, ihren Ängsten und ihrer Verachtung. Die Tage zweier junger Leute, die ihre Zeit träumend zubringen. Die drei großen Monde, die über ihrer Geschichte scheinen, die drei großen bizarren, bösartigen Monde, die nichts von ihrer Zukunft sagen. Oh, wie gern hätte Giacomo von den drei Monden erfahren, welcher der vierte Mond sein würde.

Unwahrscheinlicher Mond, süßer, uralter Mond, verkleideter Mond, die Baskin nannte dich Großmutter: Warum hast du nicht wenigstens einmal deine Stimme hören lassen? Großmutter, denkst du nicht mehr an jene Abende auf dem Schloßturm?

»Auch wenn der Mond heute nacht herunterstiege, als schöne junge Frau verkleidet zu mir käme, die sagte, sie wolle mich in ihr Land mitnehmen«, sagte Giacomo zu Isabel, »ich würde ihr antworten, sie betrüge mich und sei ein ganz gewöhnliches Mädchen; denn der Mond ist schon zu mir gekommen und seit vielen Tagen bei mir. Ich glaube nicht an Märchen, würde ich zu ihr sagen, ich bin doch kein Kind, für das alle Monde gleich und gut sind. Daß ich groß geworden bin, würde ich zu ihr sagen, und erfahren in Dingen des Himmels, und man muß ja naiv sein, wenn man sich als Mond ausgibt vor einem, der als einziger Mann auf der ganzen Welt den Mond als Gefährtin hat. Isabel, ich würde diesen falschen Mond verjagen ... und würde dich um die Gnade bitten, oh Großmutter, mich mit dir fortzunehmen.«

»Ich weiß nicht warum«, sagte Isabel, »aber wenn ich dich anschaue und dich reden höre, kommt mir ein kleiner Christus in den Sinn. Wahrscheinlich ist es so, weil ich weinen muß, wenn ich als der Mond oder ein anderer geliebter Stern nach unten blicke und den seltsamsten Jungen sehe, den mir meine himmlische Phantasie vorzustellen erlaubt. Ich weine, wenn ich bedenke, wie traurig es für einen so seltsamen Jungen wie dich sein muß, in diese Welt geboren zu werden. Wenn ich dein Geschenk als mein kleiner Gott sehe, dann meine ich wirklich, ich bin die Großmutter, und ich singe, wie oft mir die Tränen in die Augen kommen, während ich den Rocken im Gürtel spinne. Du weißt schon, wie es in dem Lied heißt, ich hab dir neulich davon erzählt.«

Mond. Du erinnerst dich also nicht an jene märchenhaften Zeiten: Wer sollte – oh Mond! oh Großmutter! – sie denn sonst erinnern und durch Erinnerung retten, wenn nicht du, die du die einzige Zeugin warst? Zwar rettet Gott alles nach dem Tod der Helden, aber du müßtest trotzdem viel gerührter sein, viel mehr sehen und hören. Irgend etwas hättest du bei allem, was geschehen ist, doch auch tun müssen. Du siehst also nicht mehr, wie die Baskin und Giacomo ihre Landschaften austauschten?

»Ich habe deine Heimat in meinem Kopf«, sagte er, »und sehe dort nichts als eine umgefallene Öllampe auf einem Tisch. Wenn ich will, sehe ich auch andere Dinge: wildzerklüftete Berge, sanfte Hügel, Bauern, die mit uralten Werkzeugen arbeiten; große, blonde Frauen, ganz anders als du, die du klein und dunkelhaarig bist. Aber in deiner Heimat könnte ich – wenn ich einmal dort wäre – nur an dich denken, wie in jedem anderen Teil der Welt. Denn alle Frauen – alle menschlichen Wesen überhaupt – sind anders als du. Ich hab dein Land, weil ich dich sehe, und nichts mehr kann ich mir wünschen.«

»Und deine Heimat kommt mir immer seltsam vor. Ich glaube (sollte ich eines Tages hinkommen), dort zwischen zwei Reihen von Bäumen eine unendliche Weite zu sehen, wo hohes Gras und Getreide wachsen und an deren Ende eine große Sonne hängt, wie gemalt. Und um dieses Schauspiel zu genießen, eine Hütte wie die am Meer mit fünf Stufen und einer Terrasse. Aber ringsum kein Wasser. Das muß ein eigentümliches, schweres Leben sein: immer die rote Scheibe der Sonne sehen, wie sie aufgeht, wie sie untergeht; und im Heugeruch und im Schutz der geheimnisvollen Eichen im Liegestuhl liegen wie am Meer in San Sebastian. Ich sehe sie dort stehen, diese Badehütte vom Meer: wahnwitzig, mitten im hohen Junikorn, wo sich – das hast du mir gesagt – manchmal Banditen verstecken, ihren Krieg führen und schießen, wenn die Carabinieri nach ihnen suchen. Wenn ich deine Frau würde oder auf irgendeine Weise in deine Heimat käme, würdest du mich von den Carabinieri verjagen lassen, wenn ich mich im Korn versteckte?... Um Gottes willen, was hast du denn?... uns kommen zu leicht die Tränen. Wie sollen wir einmal all jene endlosen Tage verleben – die doch auch schön und vergnüglich wären –, wenn wir jetzt schon weinen, wo wir uns freuen müßten, denn wir sind ja beide in Gesellschaft Gottes und des Mondes? Ich weiß, mein Lieber, statt der Carabinieri würdest du dort ins Korn, wo du mich finden würdest, eine kleine Kirche hinstellen, die dem Christkönig geweiht ist, der Passion meiner Heimat und all den schönen großen, blonden Baskinnen, die du noch nicht kennst und in die du dich eines Tages aus Liebe zu mir verlieben wirst.«

Und nicht einmal an den Tag möchtest du dich erinnern, oh Mond, an dem die Baskin mit ihrem Vater aus La Spezia zurückkam und in ihrer aufgeblähten Manteltasche ein kleines Etui hatte, in dem ein Geschenk für Giacomo steckte?

»Ich habe dir eine Muttergottes mitgebracht«, hatte Isabel zu ihm gesagt, »du mußt sie immer am Hals tragen, sie ist ein Dank für das kleine Kreuz, das du mir neulich geschenkt hast. Ich hab gedacht, du hast mir das Kreuzchen zur Erinnerung an mein Land geschenkt; und ich hab dir diese Madonna mitgebracht, weil ich von euren Festen und eurer Liebe weiß; so mußt du an den Jahrmarktstagen zur Heiligen Maria vom Schnee, von denen du mir soviel erzählt hast, auch an mich denken, wenn du wieder daheim bist.«

»Das soll mich nicht an dich erinnern, sondern mir Glück bringen, damit du immer bei mir bleibst: so daß ich mich nie an Isabella erinnern muß, nicht denken muß, wie sieht sie aus, wie redet sie und aus welchem Land ist sie... wenn wir wirklich eines Tages mit unserem Geschluchze aufhören und endlich einen Anlauf nehmen und beisammen bleiben, als wäre es die natürlichste Sache der Welt.

Immer wenn ich in diesen Monaten allein geblieben bin, hab ich um dies eine gefleht und gebetet: Lieber Herrgott, mach, daß der Tag kommt, an dem ich mich nicht mehr an Isabella erinnern werde. Ich möchte sie so nahe bei mir haben, daß jegliche, selbst eine erzwungene Erinnerung mir nicht einmal ihr Bild bringen kann.«

Wenn wir die Gabe hätten, das Weinen und den Groll, die Verzweiflung und die beharrliche Hoffnung, die Vorahnung bitteren Grames und den unmöglichen Verzicht auf eine Liebe mitten in den Unbilden der Welt und im unerbittlichen Vergehen der Zeit oder des Menschen, gleichviel, zu besingen; dann würden wir – felsenfest überzeugt, den innersten Sinn der Geschichte wiederzugeben – gerne sagen, wie der Horizont der Erinnerung selbst bis in seine unabgrenzbaren, verschwimmenden Umrisse aussah, wie die Baskin im Denken und in den Sehnsuchtsrissen Giacomo Disvetris zwanzig Jahre nach dieser seiner einzigen Begegnung mit dem Leben wiedererstand.

Wenn wir der Mond persönlich wären, wie es die Baskin in seinen Gedanken (und jetzt auch in unsren) war und immer noch ist, würden wir mit einzigartiger Klarheit die seltsamste und grenzenloseste Geschichte erzählen, die sich ein normaler Menschengeist vorstellen kann.

Wenn wir die Sterne wären, die in jenen Nächten am Himmel standen und doch zugleich unseren Herzen so nahe waren, wüßten wir Millionen Geschichten zu erzählen von Blumen und Bergen, abbröckelnden, verschollenen weißen Häusern und von kleinsten, unbestimmten Vergehen, die der schändlichsten Unschuld schuldig sind.

Wenn wir schließlich die Sonne, die große Zuschauerin jenes schlaflosen Morgens, wären, würden wir mit einem Hauch all unsere Ängste entfachen, damit sie bis in die entferntesten Winkel des Universums zerstieben. Und wenn die Sonne wirklich in unserem Geist erglühte, würden wir die Herzen aller anzünden, damit in jedem einzelnen die Erinnerung an sie lebendig würde.

Aber wenn wir auch Mond, Sonne und Sterne wären, könnten wir doch nichts sagen, was etwas zu besagen hätte. Dieses Etwas, das alle im Munde führen und das in unserem Mund in untröstlicher Verzweiflung erlischt.

Aber da wir eben sind, was wir sind, was bleibt uns da anderes übrig als der – abschließende – Stoßseufzer, jener Sturz in den Abgrund, durch den allein sich in unserem Inneren die nicht wiedergutzumachende Tragödie dieser Erinnerung umschreiben läßt?

Denn wäre der Glaube noch in Giacomo Disvetri lebendig, so könnten wir mit ihm (wie an jenem Abend, als das Dorf leer war, ohne die Baskin) mit zorniger und zuversichtlicher Zärtlichkeit murmeln:

»Vielleicht kommt sie nie mehr – vielleicht wird sie umgebracht – aber mein Herz ist schon umgebracht – bevor sie entführt wird. – Was soll ich anderes tun – als warten? – Als auf den Tod warten, – der mich zwingen wird, ihr untreu zu werden. – Wenn ich nicht so sicher wüßte, – daß ich sie auf irgendeine Weise – früher oder später – schon in ein paar Stunden wiederfinde, – mein Herz wäre ruhig.«

Also will ich in Schweigen verharren, um dich, meinen geliebten, meinen anmutigen Stern, zu sehen. Und sollte je ein Singen aus meiner Brust aufsteigen, dann schlafe ruhig: denn selbst wenn meine Stimme keine Töne hervorzubringen vermöchte, so wollte doch mein Herz, es wäre ein Singen, ein nächtlicher Traum für dich, ein Traum, der nie zu Ende geht, weil ich immer am Fenster stehe, um dich anzuschauen.

Ene izar maitea
ene charmagarria
ichilik zure ikhustera
yten nitzaitu leihora;

koblatzen dudalarik
zande lokharturik:
gabazko ametsa bezala
ene kantua zaïtzula.

Der 10. Juni 1918

Einige Tage vor dem Staatsfeiertag hatte ich ein graugrün lackiertes Fahrrad bekommen; ein Fabrikat, das statt des üblichen »Bianchi« oder »Maino« oder »Legnano« die Aufschrift »Boyscouts« trug. Hingerissen war ich weder von der Schnelligkeit, die ich mit meinem Fahrrad erreichen würde, noch von den Kunststücken, die ich hoch zu Rad würde vollbringen können. Über die Maßen entzückte mich hingegen der Geruch des Neuen nach Lack und Leder und dazu der Duft der Feuchtigkeit in unserem Hinterhof; wohin es bisweilen die feineren Düfte von den Obstständen wehte, die seit Jahren – seitdem der Krieg ausgebrochen war – auf dem Corso Umberto gegenüber der Kirche standen, um ihre Waren den Soldaten feilzubieten. Viele von ihnen, denen die Militärkost nicht schmeckte, brachten diese noch warm zu einem der Obsthändler, der ihnen dafür eine Tüte Kirschen, japanische Mispeln, Aprikosen oder »marusticani« gab. Um die Ausgangszeit kamen viele Soldaten aus der Militärschule (auf der Gartenseite), aus der Reitschule und (unserer Wohnung beinahe gegenüber) aus der Vinzenz-Schule und gingen auf den Corso Umberto. An jenem Tag hatte ich nur eine einzige Erinnerung, die mit dieser Schule zusammenhing: Ich sah meinen Großvater, von entfernten und nahen Verwandten umringt, wie er am Wahltag, vor dem Eingang ins Wahllokal stehend, sagte, für wen und wie man wählen müsse und wer gewählt würde. Ich konnte mich nicht erinnern, je gesehen zu haben, daß diese Schule von Schülern besucht wurde. Mir kam es vor, als hätte ich sie schon immer so gesehen: mit dem Wachposten davor, als Kaserne, in die neue Soldaten strömten, während zur Abendstunde der

Himmel seine Farbe wechselte. Und wenn ich sie einmal ohne Soldaten gesehen hatte, dann war es eben bei den letzten Parlamentswahlen gewesen; daher erinnere ich mich an Gruppen laut redender, schwarz gekleideter Männer mit großen Hüten und an eine weiche ferne Stille, die aus dem Stadtpark und vom Ende der menschenleeren Straße herkam; wenn man jedoch die Straße hinaufschaute, in Richtung der zentralen Via Emilia, deren Verkehr man von unseren Fenstern aus so gut überblickte, bemerkte man – ich erinnere mich genau – eine noch dumpfere und unvorstellbarere Stille; denn da fuhren die Pferdebahnen vorbei. Viele Jahre waren seit dem Tag vergangen, an dem ich das alles beobachtet hatte, viele Jahre, bevor sich die Straße mit Kirschenduft, mit der Farbe Graugrün, dem Lärm der Lastwagen und der von Mulis gezogenen Karren füllte!

Am 10. Juni 1918 hatte ich stundenlang überdrüssig zu Hause gesessen und am Abend um sechs Uhr war ich noch nicht einmal mit meinem Fahrrad draußen gewesen. Es war mein Geburtstag, und ich war zu Hause geblieben, um mich feiern zu lassen. Der Himmel war bis zu einer bestimmten Stunde wolkig geblieben. Die letzten Minuten in der Wohnung hatte ich, ordnungsgemäß, mit Mama am Fenster zugebracht, denn wir sahen um diese Stunde immer nach, welche Soldaten neu angekommen waren und welche wir schon kannten. Auf einmal drang die Sonne durch die Wolken und bald, wie es im Sommer zu geschehen pflegt, beschien sie mächtig die ganze Straße, die Statuen der Vinzenzkirche und das verblichene Gelb des Agz-Palastes. Da sagte ich, ich wolle weggehen. Meine Mutter sagte: »Nein, du bleibst da.« Ich entgegnete: »Ich geh nur zu den Großeltern, die wollen mir doch gratulieren.« »Zu denen gehen wir später miteinander«, sagte meine Mutter. »Ich komme ja gleich wieder«, sagte ich und ging. Hinter meinem Rücken hörte ich, wie meine Mutter laut, gekränkt und fassungslos sagte: »Oh, jetzt ist er wirklich gegangen … wo er doch nicht sollte!«

In der letzten Zeit hatte ich in bedrückender Einsamkeit gelebt. Das Fahrrad, das mir meine Mutter zwar selbst, aber widerwillig gekauft hatte (der Charme meiner Großmutter hatte schließlich über den Widerwillen meiner Mutter gesiegt), war mein Gefährte geworden. Seit einiger Zeit hatte ich niemanden mehr, bei dem meine schwierige Vertrauensseligkeit ein Ohr gefunden hätte. In früheren Zeiten hatte ich meine intimsten Geheimnisse unserer Köchin anvertraut, aber diese hatte sich im Herbst 1917 mit einem Gendarm verlobt und mich somit verlassen. Als ich das Rad bekam, hatte ich mir vorgenommen, mir neue und rechte Freunde zu suchen; denn die alten, mit denen ich im Stadtpark und auf dem baumbestandenen Stück der Stadtmauern zwischen der Porta Saragozza und dem Bollwerk von San Pietro immer gespielt hatte, hatten mich, gleich der Köchin, verlassen. Besser gesagt, ich war gezwungen, sie zu verlassen, wie es einem Offizier passieren kann, der seine Spielschulden nicht bezahlt. Um soviel Schande, um etwas so Großes, daß es eine Trennung vom Leben hätte bewirken können, ging es bei mir nicht: es war etwas anderes, etwas, das meine Begeisterung, Freundschaften zu schließen, beeinträchtigte. Kurz gesagt: man hatte mich als einen altmodischen Menschen betrachtet! Ich war nicht nur ein miserabler Fußballspieler; hatte nicht nur eines Tages gegen Sonnenuntergang die Gesellschaft meiner Freunde einfach abgelehnt, sondern ich war auch und vor allem schlecht, lächerlich und unelegant gekleidet: Ich trug Matrosenanzüge, deren Hosen zu lang waren, um richtige kurze zu sein, und zu kurz, um richtige lange zu sein: der Gipfel der Lächerlichkeit waren meine Strümpfe, die bis über die Knie gingen. Häufig fühlte ich mich so ungelenk, daß ich die Schultern hochzog und meinen Kopf dazwischen versteckte, so daß ich wie geschrumpft, bucklig oder verwachsen aussah. Kurze Zeit, bevor ich das Fahrrad geschenkt bekam, war ich ziemlich schlecht dran gewesen. Ich zog beim Gehen ein Bein nach, streckte zitternd die Hände nach vorne und tat so (war aber überzeugt, es ernstlich zu sein), als wäre ich halb gelähmt: Ich verzog meinen Mund und blickte stets auf den Boden. Ich hatte die Absicht, so winzig klein zu werden, daß ich jedermanns Aufmerksamkeit entging. Groß war ich ohnedies nicht, der kleinste von allen Jungen in meinem Alter: Da ich nicht größer werden konnte, als ich war, wollte ich völlig zusammenschrumpfen, um der Schande des Kleinseins zu entgehen. Eines Tages empörte ich mich unvermittelt gegen meinen eigenen Schrumpfwillen. Ich sah einen Zwerg, der mir mit einer gelben Tüte fröhlich entgegenkam, richtete mich zu meiner ganzen Größe auf und machte: »Uh bumbu uh uh!« Die Reaktion des Zwerges war fürchterlich: so daß mein Kopf sofort wieder tiefer hing und ich zu laufen anfing. Er lief schreiend hinter mir her: »Sie sind ein widerlicher Herr, wirklich ein widerlicher Herr!«

Dazu die Geschichte mit der Frisur. Die Jungen aus gutem (oder sogenanntem gutem) Hause trugen das Haar entweder à la Umberto geschnitten oder auch lang, aber stark mit Pomade eingeschmiert. Ich, der ich gegen die Ponyfransen (den schlimmsten Schandfleck meines Äußeren) aufbegehrt hatte, trug nun langes, zerzaustes Haar: es stand mir in großen, dichten Strähnen vom Kopf, ein Teil fiel auf Stirn und Augen, so daß es mir vorkam, als sähe ich die Welt wie ein Pudelhund. Die Eleganten trugen schon Herrenjacketts und Krawatten und so kurze Hosen, daß ein Stück Schenkel und die nackten Knie zu sehen waren, sowie enganliegende Kniestrümpfe mit Gummizug. Manche trugen wie Depertinictis (der Sohn eines Justizbeamten) sogar ein Gilet nach englischer Art. Ich war noch nicht so alt, daß ich zu den Anhängern Mellonis, eines Fünfzehnjährigen mit Kreissäge hätte gehören können, der der Anführer der sogenannten Mellonari war; diese kämpften gegen die Plebejer und Katholiken, die alle Anhänger von Corticapi waren und, je nachdem, ob sie aus der Via della Cerca oder der Via del Taglia stammten, Cerchiati oder Tagliati genannt wurden. Ein Verwandter von Corticapi (seinerseits der Neffe eines Monsignore) hatte mich aufgefordert, dieser Gruppe beizutreten, aber ich hatte entschieden abgelehnt; denn es hätte mir keineswegs Spaß gemacht, mich von meiner Mama (falls sie mir begegnet wäre) inmitten einer Bande von Rowdies blicken zu lassen, die außer von Corticapi (der etwa sechzehn Jahre alt sein mochte) von einem alten, schlampigen Pfaffen angeführt wurde, der beim Zusammenprall mit dem Feind befahl: »Eins, zwei, drei, gegen Melloni und die Freimaurerei!«, worauf alle einen möglichst lautstarken Mundfurz von sich gaben. Ich gestehe, daß mich ein eventueller Zusammenstoß mit der Bande Tagliati entsetzlich einschüchterte und ich versuchte, ihm um jeden Preis zu entgehen; besonders, wenn der Pfaffe der Anführer war, der einmal, als er mich sah (ich wußte nicht, daß er mich kannte) laut gesagt hatte: »Das ist der Delfini, der da hinten. Der hat's mit dem Melloni, dem werde ich's zeigen!« Aber ich hatte bereits mein Fahrrad, machte kehrt und trat mit der Geschwindigkeit eines Rennfahrers in die Pedale. Ich war also kein moderner Mensch und deswegen hatte man mich allein gelassen. Boni, De Mallese, Chiricotti usw., die waren modern. De Mallese sah ich immer, wenn ich am Restaurant und Café Boninsegna vorbeiging. Er hatte vor Pomade glänzendes Haar und saß bei seinen Schwestern, sehr schönen achtzehnjährigen Blondinen; die wiederum saßen inmitten von Schwärmen junger Offiziere. De Mallese sprach wie ein jovialer, reifer Mann. Was er sagte, verstand ich zwar nicht vollkommen, mußte aber immer sehr lachen, wenn er etwas zu mir sagte. De Mallese war mir übrigens sympathisch, er war der einzige, der mich nicht an Körpergröße überragte: vielleicht war er einen Millimeter kleiner als ich und nur wenige Monate älter. Ein Teil der Pomadeknaben (deren höchster Vertreter De Mallese war) und ein Teil der Mellonari hatten, so hieß es, einen Geheimzirkel, den sogenannten Club der drei »S«, gegründet. Von diesem Verein hatte mir eines Tages Chiricotti berichtet. Er hatte gesagt: »Du bist natürlich noch zu klein und zu dumm, um diesem Verein beizutreten, aber du tätest gut daran, dich ab und zu in der Gegend der Bar »Turin« aufzuhalten, wo der Club seine Treffen abhält. Du wirst stets etwas lernen, und wenn du dich wie ein Mann kleidest, kann ich später mal ein gutes Wort für dich einlegen ... ES, ES, ES!« So hatte er sich verabschiedet.

Im Jahr zuvor, als ich zu den Pfadfindern gegangen war, hatte ich einen Freund gehabt. Meine Mitgliedschaft hatte jedoch eine rein theoretische Bedeutung, da meine Mutter mir nie erlaubte, an den Ausflügen der Pfadfinder teilzunehmen; außer einmal, als wir auf dem Viale Margherita im Laufschritt und in Zweier- und Viererreihen eins-zwei-drei-marsch und eins-zwei-drei-kehrt usw. machten. Mein Freund hieß Pietrino Cavoletti. Mit ihm konnte man nur über Krieg sprechen. Meine Familie nannte ihn den Gelbling. Er hatte die Absicht, an die Front zu gehen, und war kaum zwölf Jahre alt. Ich hatte dem Gelbling versprochen, ich wäre ihm nachgefolgt und auf jeden Fall auch Soldat geworden, sobald ich einen Männeranzug bekommen würde. Der Gelbling erzählte mir immer von einem berühmten vierzehnjährigen Hauptmann, den die Gebirgsjäger in ihre Reihen aufgenommen hatten. Er sagte: »Wir Jungen werden nicht eingezogen. Wenn wir Soldaten werden wollen, müssen wir direkt an die Front gehen, ohne jemandem ein Wort zu sagen. Wir müssen die wachsamen

Carabinieri hinters Licht führen.« Der Gelbling war ein richtiger Nationalist, weit mehr als ich und meine Familie, selbst mehr als mein Großvater. Wir waren lediglich Patrioten. Die Niederlage von 1917 war uns allen sehr nahe gegangen. Wir wollten Triest und Trient, sonst nichts. Der Gelbling sagte jedoch, der Krieg würde so lange dauern, bis wir das ganze österreichisch-ungarische Kaiserreich erobert hätten. Der Gelbling war eine Halbwaise, sein Vater war 1916 gefallen. Auch ich war Halbwaise, aber mein Vater war so bald gestorben, daß es mir nie gelungen war, *ihn zu sehen*, so weit ich auch in der Zeit zurückschreiten mochte. Meine Mutter wollte nicht, daß ich mit dem Gelbling verkehrte, aber er war monatelang jeden Morgen um sieben Uhr unter meinem Fenster erschienen, um mir zuzurufen: »Wach auf! Unser Kommandant ruft uns!« Da wachte meine Mutter jedesmal auf und ließ mich nicht hinaus. Deshalb wurde unsere Freundschaft immer lauer, und am 10. Juni 1918 hatte mich der Gelbling, der einzige ernstliche Freund, den ich je gehabt habe, ohne es zu wollen, schon geraume Zeit verlassen. Meine Mutter hatte noch ein paar Tage vorher zu mir gesagt: »Es freut mich, daß du nicht mehr mit dem Gelbling gehst.« Und ich hatte, ohne zu antworten, ein langes Gesicht gemacht, als wollte ich sagen: »Nicht ich gehe nicht mehr mit dem Gelbling, sondern er kommt nicht mehr zu mir.« Selbst die Straße, in der der Gelbling wohnte und in die ich mehr als einmal gegangen war, verursachte mir jetzt ein Schuldgefühl. Jemand hatte bei mir zu Hause *hinterbracht*, daß ich verrufene Straßen aufzusuchen pflegte. Aber zu mir hatten sie gesagt: »Wir glauben aber nicht, daß es stimmt. Die alten Leute (der *Hinterbringer* war nämlich ein alter Herr gewesen) sind Nörgler und oftmals irren sie sich.« Es war jedoch wahr, daß ich in verrufene Straßen kam, ich wußte nur nicht, daß manche Straßen so offiziell verrufen waren, daß selbst ein Kind verrufen wurde, wenn man es durch solch eine Straße gehen sah. Wenn ich nämlich den Gelbling besuchen ging, machte ich einen langen Umweg und kam durch eine Straße, in der es damals von Soldaten wimmelte, die in langen Reihen darauf warteten, in einem der bunten Häuser mit den seltsamen Klingeln an der Haustür empfangen zu werden. In den Häusern hörte man Türen schlagen, Soldatenstiefel, die über geisterhafte Treppen stolperten und das Geschrei und Gefluche einer Frau. Außerdem waren auf der Straße zwei alte Weiber in Pantoffeln zu sehen, die erregt auf die gereizten Soldatengruppen einredeten, die mir wiederum bedrohlich und gebieterisch erschienen.

Die Frauen sprachen Dialekt, aber ihr Akzent war so merkwürdig wie bei einem Ausländer. Viele Soldaten lachten, andere sangen; und manch junger Offizier stand verloren unter ihnen, mit langem Gesicht und wie leblos, bleich und als versteckte er sich vor sich selbst. Mit meinem Fahrrad fuhr ich schnell durch die Straße, versuchte jedoch sehr gut aufzupassen, um so viele Eindrücke wie möglich zu sammeln. Aber wenn ich zu Fuß war (vor allem die zwei ersten Male), klopfte mir das Herz vor Angst und, in der Mitte der Straße angekommen, hörte ich hinter mir, einem Peitschenhieb gleich, das Geschrei der Hexen in Pantoffeln: »Weg mit dem Kind!« Ich fing an zu laufen und bog in meine Straße, den Corso Umberto, ein. Ich entfloh aus der verrufenen Straße, aus der entsetzlichen Straße mit dem kirchlichen Namen, wie einer, der bei einem Unglück noch einmal davongekommen ist... dann ging ich durch kurze Straßen und Gäßchen und stand bald vor dem Haus des Gelblings, dem ich nie etwas von meinen Streifzügen durch die bewegte Straße des Katechumenen erzählte. Ich dachte, es sei nicht patriotisch, ihm derlei Dinge zu erzählen. Übrigens habe ich nie jemandem etwas über meine Erfahrungen (wenn man so sagen darf) im Elendsviertel erzählt. Nur einmal in jeder Jahreszeit begab ich mich in meine verrufene Straße, um nachzusehen, wie die Dinge dort stünden. Und, um die Wahrheit zu sagen, wenn mir in den Sinn kam, was mir mein Freund Francesco Matesillani, der Wissenschaftler, vor zwei Jahren da so über Männer und Frauen erzählt hatte (geglaubt hatte ich ihm ja gar nichts – denn er hatte mir meine alten Vorstellungen nicht aus dem Herzen reißen können), dann spürte ich das Bedürfnis, in die bewußte Straße gehen zu müssen, um mir die zahllosen, dreist dreinblickenden Männer ohne Begleitung anzusehen, die dort herumstanden. Nach meinen Streifzügen dorthin überkamen mich stets Panik und Überdruß, so daß ich sowohl die Straße wie die grausamen, früheren Ausführungen des Matesillani sofort vergaß, deren wissenschaftliche Wahrhaftigkeit ich ohnehin leugnete – und immer geleugnet hatte. Etwas hatte ich indes nie verstanden: Wieso verknüpfte ich die Enthüllungen Matesillanis mit meinen Gängen durch die bewußte Straße? Nie hatte ich jemanden gebeten, mich darüber aufzuklären. Ich hatte mich darauf beschränkt, selbst Matesillani nur ein einziges Mal um Bestätigung seiner Enthüllungen zu bitten. Meine Mutter, an die ich mich sofort gewandt hatte, um Näheres zu erfahren, hatte mir gewissermaßen verboten, je wieder auf dieses Thema zurückzukommen. Für wahrscheinlich hielt ich selbstverständlich den *Unterschied*, den ich auch schon gekannt oder zumindest erraten hatte, bevor Matesillani mit mir geredet hatte; den Unterschied zwischen Mann und Frau; was ich aber nicht glauben konnte und was mich auch kränkte, war die Frage, wie sich Mann und Frau vereinigten, nach dem, was mir mein Freund damals dargelegt hatte. Aber auch wenn er es schlecht erklärt hätte, es wäre in Wirklichkeit einfach zu lächerlich gewesen: So was machte doch kein Mann! Davon überzeugten mich übrigens auch meine Besuche in der verrufenen Straße immer mehr. Im übrigen versuchte ich über dieses heikle Thema alles allein zu ergründen.

Selbst unsere Köchin hatte ich nie gefragt: nicht, weil ich mich nicht getraut hätte, mit ihr darüber zu sprechen, sondern, weil ich fürchtete, sie würde dann ihre Achtung vor mir verlieren oder mich auslachen. Deshalb hatte ich beabsichtigt, eine »Partei der reinen Ungläubigen« zu gründen: Diese sollten, so oft sie jemandem begegneten, der die Geschichte von der falschen Liebe erzählte, unsere Lehre darlegen, nach der Mann und Frau sich mit den Nasen berührten, einander aber dann freiwillig fernblieben bis zu dem Augenblick, in dem, während sie beide gleichzeitig den Mond betrachteten, ein Schwarm Brieftauben auffliege. Das sei dann der richtige Augenblick für die Liebeserklärung, die jedoch nur bei Erwachsenen über achtzehn zu einem gesetzlich geregelten Ausgang führen könne.

Am 10. Juni 1918 hätte ich zu meinen Großeltern gehen sollen, um mich von ihnen feiern zu lassen. Aber dazu kam es nicht. Es war schon nach sechs Uhr abend. Die Sonne war wieder herausgekommen und unter ihren Strahlen kochte, dampfte und trocknete die feuchte Luft, die sich unter den Arkaden des Corso Umberto in Richtung Theater angesammelt hatte, wo es stark nach Schimmel roch. Denselben Duft hatten die Via San Vincenzo und die Via Santa Margherita, und derselbe aufdringliche und unvergeßliche Geruch erfüllte den Corso zwischen dem Theater und dem Haus des Ciro Menotti und dem Depot für landwirtschaftliche Maschinen des Taddeo Giusti. Es war der Geruch, der aus den (im Rückgebäude des Stadttheaters gelegenen) Sälen des nun nicht mehr adligen »Clubs« (wie mein Großvater, der Radikaler war, mit einem so besonderen Geschmack an dieser Bosheit, wie ihn nur ein Garibaldiner haben konnte, zu behaupten pflegte) strömte. Ich aber glaubte, dieser Geruch, eigentlich roch es nach Billardsaal, alten Zigarrenrauchern und dem noch verbliebenen Parfum der Damen vom großen Faschingsball, ich glaubte, er komme aus den Fenstern des Hauses von Ciro Menotti: Deshalb und noch aus anderen Gründen war er für mich zum *Geruch des Risorgimento* geworden. Sobald ich ihn in die Nase bekam, durchpulste mich patriotischer Irredentismus, und laut rief ich *»Es leben Trento und Trieste!«*, während ich unvermittelt kräftiger in die Pedale trat. Nach dem Gedenkstein in der Mauer des Hauses Menotti, der in großen Lettern an den Verrat des Herzogs und die Gefangennahme der Verschwörer im Februar 1831 gemahnte, kam das Depot des Taddeo Giusti und das Fürsorgewerk für die Söhne des Volkes (ein Internat, das nach meinem Dafürhalten nur Söhne und Enkel von Garibaldinern und Verschwörern aufnahm) und weiter vorne dann noch der Turnverein »Panaro«, wo es nach mit den Füßen zerquetschten Trauben roch und dazu noch nach Schule und Museum. Denn all das (an einer Flanke des Theaters befand sich auch ein Gedenkstein für Carlo Goldoni, auf dem es hieß, er habe dort das Licht der Welt erblickt – und ich wußte kaum, wer dieser Carlo Goldoni eigentlich war, und wenn ich glaubte, er sei überhaupt etwas gewesen, so nur deshalb, weil ich ihn bisher für eine von Herrn Paolo Ferrari erfundene Figur gehalten hatte) krönte, auch aufgrund von Bildungsirrtümern (von Giusti beispielsweise hatte ich schon ein paar Gedichte gelesen, glaubte nun, er heiße mit Vornamen Taddeo und man habe das Depot ihm zu Ehren so benannt) meinen geheimen Ehrgeiz, als ein Nachkomme von Verschwörern und Garibaldinern etwas entschieden Aristokratisches und Bedeutendes zu sein. Die Kreuzung mit dem Corso Umberto (früher einmal hieß diese Straße Canalgrande), dem Haus Menottis und der Via Fonte Raso war für mich nicht nur der obligate Treffpunkt der Familie meiner Großeltern, meiner eigenen und anderer Verwandter, die ein paar Schritte weiter in einem großen Haus wohnten, das früher einmal die *Auberge* der Postkutschen gewesen war; sondern auch ein historischer

Wendepunkt, der *Carrobbio des Risorgimento.* Jedesmal, wenn ich mich auf diesem Platz befand, kam ein Gesang aus meiner Kehle, den ich gewissermaßen selbst erfunden hatte (das wußte ich aber nicht): ein großer, trauriger, klagender und martialischer Hymnus auf das Vaterland. In den frühen Nachmittagsstunden probte die Kapelle des Fürsorgewerks, Klarinetten, Kornetts und Trompeten sangen und schmetterten: Ihre Noten, gleichsam der warmen, feuchten Luft der finsteren, geschlossenen Gassen entrissen, hatten nicht wenig zu meinem selbst erdichteten Repertoire an Hymnen und Liedern beigetragen, das tagtäglich mit denselben wenigen monotonen Motiven aufgefrischt wurde. Immer wenn ich im Frühling in der Wohnung meiner Großmutter aus dem Hoffenster blickte, lauschte ich aufmerksam dem Üben der Trompeter. Die Weisen und der Sinn der Noten, die ich in der Wohnung an der Piazza Roma vernahm; in den endlos langen Augenblicken, in denen meine Mutter und meine Großmutter einander unwahrscheinlich leichte und unterhaltsame, fast sinnlose Geschichten erzählten, wozu mein Großvater finster schwieg und desgleichen meine blonde Schwester mit ihren vielen Löckchen auf den Schultern; diese Weisen waren eine ferne, unerreichbare und unsichtbare Vision, Gedanken, Bäume, Türme vor den Mauern meiner Heimatstadt: In jenen Momenten konnten keine vaterländischen Hymnen aus ihnen entspringen, denn es waren so ferne Gedanken, Bäume und Türme, daß sie den Krieg und die Kanonen, die Soldaten und die Bulletins von General Diaz weit hinter sich ließen. Ich lag allein im Fenster, das auf die Via Santa Margherita ging, und konnte, glaube ich, in die Küche des Schulwerks sehen: Da legte ich mein ganzes Herz in den dünnen, bebenden Widerhall des Trompetenklanges und versuchte, indem ich heftig blasend einen längeren, dumpfen Schall hervorbrachte, jenen fernen Gedanken, Bäumen und Türmen meine Botschaft zu senden. Sobald ich aber den Carrobbio des Risorgimento überquerte, verschwanden diese zerstreuten, verschwommenen, unbegreiflichen Bilder, um einzig und allein der militärischen Lage, dem Krieg und dem Vaterland Platz zu machen.

An jenem Spätnachmittag hatte ich in ein paar Augenblikken, kaum daß ich mich aufs Rad geschwungen hatte, den Carrobbio des Risorgimento erreicht. Ich war nicht durch die Via Fonte Raso, welche die finstersten Arkaden der ganzen Stadt hatte, sondern war bis zu den Herzoglichen Reitställen gefahren, auf der einen Seite am Haus meiner Verwandten und auf der anderen am Fürsorgewerk vorbei. Ich war versucht gewesen, mein Rad in den etwa dreihundert Meter vor mir liegenden Stadtpark zu lenken, dessen breiter Kiesweg mit den in Reih und Glied bepflanzten, in tausend Farben leuchtenden Beeten zu beiden Seiten mich lockte: sowohl wegen der Spiele und der Gesellschaft, die man dort finden konnte, als auch wegen der mächtigen (so mächtig, daß sie zu funkelndem Golde wurde), duftenden Farbe des märchenhaften Treibhauses aus dem siebzehnten Jahrhundert, Treibhaus des Königs Philipp genannt; und vor allem zog es mich dorthin, weil ich mich dann so gelangweilt hätte, daß ich schließlich nur kurz geblieben wäre und meiner Pflicht hätte nachkommen können, wie ich es Mama versprochen hatte: nämlich zu den Großeltern zu gehen, um meinen Geburtstag mit ihnen zu feiern. Ich fuhr dann doch nicht in den Stadtpark: schwenkte sofort in den Corso Reale ein, eine Parallelstraße der Via Fonte Raso, die auf die Piazza Roma, direkt vor das Haus meiner Großeltern führte. Ich weiß noch, daß ich beinahe wie der Blitz auf den Platz geschossen kam, direkt hinter eine Abteilung Soldaten unter dem Kommando eines Oberfeldwebels. Weiter vorne standen noch viele andere Abteilungen: Sie warteten wohl darauf, daß jemand oder etwas die Parade abnahm. Es war immer noch meine Absicht, der ich aber dann nicht treu bleiben sollte (was mir oft passierte), zu meinen Großeltern zu gehen. Ich hob den Kopf hoch und sah sie im dritten Stock des Hauses Nr. 11 am Fenster stehen. Mein Großvater war sichtlich erschöpft und schien nicht zu schauen, während ihm meine Großmutter sicherlich von den Soldaten auf dem Platz erzählte. Ich grüßte zu ihnen hinauf, aber sie sahen mich nicht. Das Haus meiner Großeltern: Es war, wie mir alle bestätigt hatten, auch das Haus, in dem ich zur Welt gekommen war; ein großes, nicht unschönes Haus vom Ende des achtzehnten Jahrhunderts, dessen graurosa Anstrich in der Erinnerung bläulich wirkte. Es hatte geräumige Zimmer: auf der einen Seite des Hofes sah man das Nachbarhaus, eine weißgetünchte, fensterlose Mauer; die andere Seite wurde von einer sehr hohen Mauer abgeschlossen, hinter der die Via Santa Margherita verlief. Das Haustor (das ich in dem Augenblick mit dem Gedanken – *geh ich rein – geh ich nicht rein* – betrachtet hatte) war schwarz, bogenförmig und sehr breit, lag aber nicht in der Mitte des Palastes, sondern seitlich: gleich neben dem Haus gewisser Gnochirignocchi. Dieser Name fiel mir immer ein, wenn ich auf dem Platz stand und zum Haus meiner Großeltern schaute. An den langen Winterabenden nämlich, wenn ich neben meinem stets schweigenden Großvater saß und ihm uferlose Geschichten von ganzen Kaiserreichen und Landkarten erzählte, deren Held ich selber war, hörte ich in den seltenen Augenblicken, in denen mein Großvater über den Größenwahn meiner Geschichten lachte und ich endlich still war, meine Großmutter, mit den anderen Familienangehörigen plaudernd, den Namen Gnochirignocchi nennen. Der Rechtsanwalt Gnochirignocchi, der General Gnochirignocchi, der Notar, der Doktor Gnochirignocchi und andere unzählige Gnochirignocchis: jeder hatte seinen Beruf, jeder sein Geschäft. Und alle diese Gnochirignocchis wohnten im Haus nebenan, und ich hatte weder je einen Gnochirignocchi gesehen noch den Namen nennen hören, außer von meiner Großmutter. So daß ich jedesmal, wenn ich am Haus der Gnochirignocchis vorbeikam, schon im voraus die Überraschung auskostete, einem von ihnen zu begegnen, der gerade aus dem Haus kam, und so einen sichtbaren Beweis ihres Daseins zu erhalten. Lange hatte ich hartnäckig meine Kreise vor dem Haus gezogen, um einen Gnochirignocchi hineingehen oder herauskommen zu sehen. Immer vergeblich. Auch an den Fenstern hatte ich nie einen erblickt. Und ausgerechnet an jenem Abend, am Abend meines Geburtstages, hatte ich mitten unter dem militärischen Geschmetter des »*Stillgestanden*« und »*Gewehr bei Fuß*«, als aus dem großen Portal des Palazzo Reale der kleine, dicke, feldgraugrün gekleidete General mit den aus weißem Stoff gemachten, silbernen Rangabzeichen herauskam, an sie gedacht, an die Gnochirignocchis, jene Gnochirignocchis, die es nicht gab und die, so glaubte ich nunmehr, nur in der Phantasie meiner Großmutter lebten. Aber Geschmetter folgte auf Geschmetter; auf die lauten Kommandorufe der Hauptleute, die von den Feldwebeln wiederholt wurden und sich in den Mützen der Gefreiten widerspiegelten und sich in die Arme und Schuhe der Soldaten fortpflanzten, folgten wieder neue Kommandorufe; der wiederholte Vorbeimarsch der Obersten wurde abgelöst von den Kopf- und Schulterbewegungen des Generals und dem Getuschel seines Stabes: als schließlich auf dem ganzen Platz Ruhe herrschte, und die Gesichter meiner Großeltern, unbeirrbar am Fenster, die Rückansicht des Ciro Menotti betrachteten (den ich jetzt von vorne sah), wurden von den Türmen und aus den Taubenschlägen der Piazza San Domenico und von den entfernteren San Francesco und San Pietro die Brieftauben losgelassen. Da herrschte Schweigen, ein großes Schweigen über dem ganzen Platz und ein dumpfer, tiefer Lärm in den Gemütern. Jeder ging an die Front, jeder von uns. Das sagte auch die

Stimme des Generals, aber niemand hörte sie: denn jeder von uns wußte es schon vorher, wußte es seit eh und je, daß man wegmußte an die Front. Denn schließlich blieb ich allein zurück, blieb allein, weil ich ein Kind war; meine Großeltern standen indes noch am Fenster, und ich versuchte vergeblich, ihre Aufmerksamkeit durch heftiges Winken auf mich zu lenken.

Die Soldaten mit ihrem Obersten und der Regimentsfahne an der Spitze waren schon weit weg; die Fanfare hatte beinahe schon den Bahnhof erreicht. Sie waren die Straße-des-3. Februar und den Corso Cavour entlang um den Palast herumgegangen, um dann über den breiten, beschotterten Weg, nichts anderes war damals der Corso Vittorio Emanuele, den Bahnhof zu erreichen: wo schon der Zug auf sie wartete, der sie mitnehmen sollte, für immer.

Ein Kanonenschuß; das Weinrot jenes Sommerabends, der bewölkte Himmel und die leuchtende Sonne; das Schwarz, das unversehens aus der Hauptgeschäftsstraße der Stadt heraufkam und mit dem Orange des Himmels und mit den Goldtönen spielte, die aus dem Rot und Gelb verschiedener Kirchen auf dem Platz zusammenströmten; die riesige Trikolore, feierlich mitten auf der Straße einherkommend; das feuchte, stumpfe Violett, das die Haustüren, die Bars, die Stoffgeschäfte und die Juwelierläden unter den Arkaden aussandten; der düster widerhallende, mahnende, feierliche Klang der Schulwerklerkapelle; ein Schwarm watteweicher, rosaroter Wölkchen; das plötzliche Erscheinen des Priesters samt dem Mesner vor dem Portal der Georgskirche und dann auf dem kleinen Platz davor und dann in der Via Farini, etwa in Höhe der Delikatessenhandlung Giusti; der unüberbrückbare Abstand zwischen den Soldaten, die an die Front gingen, und den letzten Patrioten, die zum Friedhof gingen, beide erst wieder vereint in einem ferneren, unerreichbaren Horizont, vereint im Tod, der die Zeit und den Raum aufzehrt.

Noch einmal hatte ich zu meinen Großeltern am Fenster hinaufgeblickt, noch einmal zu dem marmorweißen Ciro Menotti mit seinem Lockenkopf, der, mit einem feierlichen Umhang angetan und mit der Trikolore bewaffnet, sicheren Schrittes auf die Wohnstätte des Herzogs von Modena (des Verräters, der alle und vor allen anderen sich selbst verraten hatte) zuging. Ich hatte mich aufs Rad geschwungen, um noch einmal um den Platz herumzufahren und dann vielleicht noch ein zweites Mal; als ich den Priester aus der Georgskirche kommen sah und hinter ihm den Mesner und zugleich die Klänge der Schulwerkskapelle vernahm. Sofort war ich in der Mitte des Vorplatzes von Sankt Georg und hinter dem Priester, der sagte: »Bewahre uns vor dem bösen Feind.« Ich sah, wie hinter der Kapelle die enge, mächtige, duftende Via Farini eine riesenhafte Trikolore heraufkam, die von einem alten Mann im roten Hemd getragen wurde. Dahinter kam ein schlichter Leichenwagen, nur mit einem roten Tuch bedeckt und von schwarzen Pferden gezogen. Die Schulwerkler trugen dunkelgraue Anzüge und auf ihren beinahe runden Mützen mit dem Lederschild einen großen silbernen Stern. Der Priester zog sich inzwischen aus der Via Farini zurück und stellte sich vor den herannahenden Leichenzug des Garibaldiners. Er schleuderte seine Arme gen Himmel und ging rückwärts weiter (der Mesner spritzte, wie mir schien, Wasser aus einem Eimer, den er in der Hand hatte), wobei er ab einer gewissen Stelle der Kirche den Rücken zuwandte. Als er und der Mesner nur noch ein paar Meter vom Eingang entfernt waren, wandten sie sich plötzlich zur Kirche hin und schlossen sich blitzschnell darin ein, fast sah es aus, als würden sie auch noch den Riegel vorschieben. Kurz darauf sollte der Leichenzug an der Kirche vorbeikommen, die sich gerade in funkelndes Gold hüllte, denn so wollte es die Sonne, die in dem Augenblick voll und frei aus dem tiefen, violetten Gewölk am Himmel hervortrat. Ich war, das Fahrrad schiebend, in die Via Farini eingebogen und beinahe schon auf der Höhe des Hotels Commercio angelangt; hatte die Trikolore mit dem rotbehemdeten Alten vorbeigelassen, die Kapelle der Schulwerkler bewundert, die, vor mir angekommen, einen neuen Marsch angestimmt hatte: eine außergewöhnliche Hymne, die ich noch nie gehört hatte und auch nie wieder hören sollte. Es war eine hohe, lang gehaltene Note, die sich durch den Raum hinzog, indem sie zum Himmel hochstieg und senkrecht in einem rigorosen, unwiderruflichen, exakten Tamtam wieder auf die Erde fiel. Ich hatte die schwarzen Pferde und den Leichenwagen mit der in rote Tücher gehüllten Bahre vorbeiziehen lassen und mich dann in den Zug eingereiht, neben einen Herrn mit einem riesigen weißen Schnurrbart und Teufelsblick. Er hatte mir zugelächelt und den Zeigefinger auf den Mund gelegt, um mir zu bedeuten, daß ich still zu sein hatte. Hinter mir gingen die alten Garibaldiner. Ich drehte mich um, und alle lächelten mir zu. Neben mir war auch noch ein anderer Herr, einer mit Spitzbart. Er blickte mich streng an: Er war der Meister einer Freimaurerloge in einer fernen Region. Er hatte etwas auf französisch gesagt, was ich nicht verstehen konnte. Aber ich lauschte ja der Musik und betrachtete die wechselnden Farben am Himmel, auf den Straßen und an den Palästen.

Wir kamen noch einmal auf die Piazza Roma und zogen am Standbild des Ciro Menotti vorbei. Ich blickte aufwärts und sah, daß nur noch mein Großvater am Fenster stand. Der Zug näherte sich der Dominikuskirche. Hier spielte sich wieder dieselbe Szene mit dem Priester ab wie vor der Georgskirche. Der große Herr mit dem langen weißen Schnurrbart und dem martialischen Aussehen lächelte eine ganze Weile in abgrundtiefer Boshaftigkeit. Die Fenster der Paläste schlossen sich, und die Straßen entvölkerten sich auf geheimnisvolle Weise. Vor uns entstand ein leerer

Raum, und die Farben wechselten ständig, entflammten in einem friedvollen, tiefen, funkelnden Licht. Ich sang (oder es kam mir wenigstens so vor) frei erfundene Wörter und folgte mit meinem Gesang der geschmetterten Hymne der Schulwerkler: »Sciaradub galaverna cocziustisciarabud navelarga marazki – novacciuti copiccin novellaro – Untrebían codellar morizchino?« Wir gingen, vom Schweigen der geschlossenen Fenster und Haustüren begleitet, durch die Via Ganaceto. Bis der Leichenzug in die volkstümlichere Via della Cerca einbog, wo die Handwerker aus ihren Werkstätten traten, um zu schauen, die geschlossenen Fenster sich öffneten und die offenen offen blieben; die Kinder, die um die bunten Kärtchen der kleinen Streichholzschachteln gegen die Hausmauern spielten, ließen ihren Zeitvertreib sein und schlossen sich dem Zug an. Die Schulwerklerkapelle hatte die Garibaldi-Hymne angestimmt: »Es öffnen sich die Gräber – die Toten stehen auf.« Ich dachte zutiefst an diese Worte und betrachtete das rote Tuch auf der Bahre des Garibaldiners; während in meinen Ohren das falsche Singen der Leute aus dem Volk dröhnte, die sich, von patriotischer Begeisterung ergriffen, zu beiden Seiten dem Zug angeschlossen hatten, und so jedermann, der uns mit der Absicht weiterzugehen entgegenkam, die Straße versperrten. Dann hob ich meinen Kopf zum Himmel und gewahrte, daß die Sonnenstrahlen, so schwach sie wegen der Wolken und des hereinbrechenden Abends auch schon sein mochten, noch so leuchtend hell in die Dunkelheit der engen, belebten Straßen sickerten, daß sie ohne weiteres das rote Tuch auf der Bahre hätten entzünden und daß der Garibaldino wirklich hätte auferstehen können. Vor solchen Bildern und derlei Eindrükken hätte ich eigentlich Angst haben müssen; denn ich habe immer Angst gehabt, wenn ich mir vorstellte, ein Toter könnte auferstehen. Aber diesmal war es die Wirklichkeit, keine Gespenster. Der Leichenwagen entzündete sich an den fast erloschenen, roten Strahlen der Sonne! Wir gingen nun schon auf die Piazza Sant'Agostino zu, die sich auf der Via Emilia am äußersten Rand der Stadt befindet. Ich sang nun nicht mehr, sondern brüllte: »Das Feuer, das Feuer, das Feuer des Himmels – auf das schöne Italien, das immer im Krieg ist – es ersteht Garibaldi, der die Erde beerdigt« und wurde aufmerksam von dem großen Herrn mit dem weißen langen Schnurrbart und dem martialischen Aussehen betrachtet. Er lächelte weiter in tiefster Boshaftigkeit. Als auch ich ihn einen Augenblick aufmerksam und furchtsam anschaute, fragte er mich unvermittelt: »Wie geht es deinem Großvater?« »Der Großvater geht nie aus dem Haus«, sagte ich zu ihm. »Weißt du, daß er Garibaldiner gewesen ist?« »Natürlich, das weiß ich wohl«, antwortete ich, »aber mein Großvater kann nie sterben.« Da sagte der Herr nichts mehr zu mir, drehte sich zur Bahre hin und schien über mich verärgert. Tränenströme liefen mir über das Gesicht und ließen alles anders aussehen: die Straße, die Trompeten, die Leute, die Fahne, alles, den Leichenzug, der in diesem Moment in die Via Emilia einbog, wo er von einer schweigenden, ehrerbietigen Menge empfangen wurde.

Auf der Piazza Sant'Agostino, in die der Leichenzug des Garibaldiners einmündete, steht außer einer ziemlich düsteren Kirche und dem noch düsteren Museumsgebäude auf der anderen Seite auch das Krankenhaus. Hier ist die Stadt zu Ende: Es kommt nur noch der Exerzierplatz. Damals herrschte auf dem Platz ein lebhaftes Treiben, Kommen und Gehen von Soldaten, die Ausgang hatten; und die Angehörigen der Kranken, die im Krankenhaus lagen, vermischten sich mit dem Graugrün der Uniformen und den Grüppchen verliebter Frauen, die um den Moritatensänger herumstanden. Bei einem solchen Grüppchen blieb ich stehen, nachdem ich mehrere wirbelnde Runden um den Platz und die Via Sant'Agostino (die lange, graue vornehme Straße mit der Kaserne, dem Altersheim und der Taubstummenanstalt) gedreht hatte. Da stand einer mit einem zerfetzten Zylinder auf dem Kopf, mit ausgefranstem Gehrock und rotgestreiften Hosen, der sang Geschichten vom kleinen König Vittorio Emanuele, vom Verräter Cadorna und der Königin Elena, die sich einen *Knöchel* gebrochen hatte, und er fragte sich dann, ob der junge *Badoglio* nicht der Anfang eines *imbroglio* (eines Betruges) wäre. Die verliebten Frauen lauschten andächtig mit offenen Mündern. Die Angehörigen der Kranken taten so, als würden sie lachen, aber ohne zu wissen, daß sie nur so taten, und vielleicht ohne zu wissen, daß sie lachten: denn die Bewegungen ihrer Münder, ihrer Nasenlöcher und ihrer Wangen wurden von der Kunst des Moritatensängers gelenkt, dessen schwarze Augen blau lächelten und die Zuhörerschaft offensichtlich hypnotisieren wollten. Bei den verliebten Frauen stand eine, die Maria, meiner Köchin, ähnlich sah. Sie war sehr häßlich, und ihre Nase war so lang, daß sie sich am Ende, wenn man schon versucht war, sie zu packen und aufzuhalten, unvermittelt nach oben drehte und ihren Bewunderer in zwei offene, längliche, sehr lebhafte Löcher blicken ließ, die außer auf Gerüche auch auf den Klang der Dinge und den Sinn der Wörter empfindsam reagierten. Meine Köchin hörte nicht besonders gut: Schrill und mächtig schallte ihre Stimme durch unser Haus, wenn sie vom Einkaufen zurückkam oder ihr eine Speise angebrannt war. Wenn ich ihr Geschrei, ihre Verzweiflungsausbrüche, ihr Gezeter und ihr falsches Singen vernahm, blieb ich eine geraume Zeit in ihren Bann versunken, als hätte ich an einer kurzweiligen, vulgären, verbotenen Lustbarkeit teilgenommen. Mama sagte nämlich, Marias Benehmen sei allzu vulgär, um jedoch gleich hinzuzufügen, als Köchin sei sie intelligent und sympathisch; und sie ließ sich von ihr beim

Kämmen ihres langen braunen Haares helfen. Sie war geistreich und erzählte viele tausend Geschichten über alle Damen in der Stadt, so daß Mama nichts tat als nur lachen, während sie dann vor uns wieder bereute, ihr Gehör geschenkt zu haben. Mama hatte mir nie etwas von den Leuten erzählt. Die Köchin Maria aber erzählte mir alles und noch viel mehr, als sie Mama erzählte. Durch sie erfuhr ich die Namen der Liebhaber aller schönen Damen; die Geliebten und Liebschaften, die großen und kleinen Passionen aller Herren in der Stadt.

Viele, viele Jahre früher verbrachte ich den größten Teil des Tages vor dem großen Kamin in der Küche in Gesellschaft der Köchin Maria. Ich mußte bei ihr die traurigsten und vulgärsten Lieder auswendig lernen; sobald ich ein Lied gut gelernt hatte und es mit übertriebener Begeisterung sang, wollte sie mich umarmen und küssen; aber ich ging in Deckung, denn die einzige körperliche Berührung, die mir erlaubt war (oder die ich mir selbst erlaubte), war die mit meiner Mama. Ich küßte keinen Menschen. Nur die Tiere küßte ich: die Hunde, die Katzen und manchmal die Hühner. Für die Köchin Maria hatte ich stets eine wirkliche Zuneigung empfunden, und das Weihnachts- und das Osterfest waren für mich große Ereignisse: denn zu diesen Gelegenheiten kamen ihre Schwestern, mit denen man über die Gesellschaft von Vignola plauderte. Diese Schwestern, schöner aber nicht so sympathisch wie Maria, brachten seltsame Kastanienkuchen mit, auf die ich sehr scharf war. Da sie keine Geschichten von Liebhabern und schönen Damen erzählten, sondern in sanfter Gelassenheit von ihrem Dorf berichteten, taten sie vor meinen Blicken neue Welten auf, von deren Dasein ich zwar schon geträumt hatte, von denen mir aber, da ich sie nicht in Wirklichkeit kannte, nach ihren Erzählungen so etwas zurückblieb wie das Gefühl eines Märchens, das den Kindern keine Angst macht. Bevor der Krieg ausbrach (und damals war ich wirklich noch klein) wollte mich Maria einmal um jeden Preis küssen, aber sie küßte nicht so, wie man nach meinem Dafürhalten zu küssen hatte: Sie leckte mein Gesicht, mein ganzes Gesicht, mein Kinn, meinen Mund, meine Nase, meine Augen und meine Stirn; sie leckte mir auch Hals und Ohren. Ich war entsetzt, und der Schock, mit dem ich davonkam, war so groß, daß ich ein paar Tage lang beinahe nichts essen wollte, weder zu Mittag noch zu Abend. Später (ein oder zwei Jahre später, genau weiß ich es nicht mehr), als wir in Viareggio ein Haus gemietet hatten (eine niedrige Villa mit zwei Stockwerken und vielen Zimmern und Kämmerchen ... es war schon Krieg, vielleicht war es im Sommer 1916 ... und ich war außer mir vor Freude, wahrscheinlich weil wir Görz erobert hatten) stieg ich in der heißesten Stunde des Nachmittags, in der alle schlafen, ganz leise die Treppen hoch, bebenden Herzens, aber fest entschlossen, mich auf Marias Körper zu werfen, sie festzuhalten und mit den Knien, dem Kopf oder den Händen in sie einzudringen. Ich hatte jedoch nicht die geringste Ahnung, an welcher Stelle ich in sie eindringen würde. Kaum hatte ich die Schwelle ihres Zimmers überschritten, da sagte sie, die mit offenen Augen träumend dalag, zu mir: »Ja, wer kommt denn da ...« und streckte mir ihre Arme geöffnet entgegen. Ich warf mich wie ein Pfeil auf ihren Körper und versuchte, während ich ihr Gesicht mit Händen, Mund und Nase berührte, mit einem Knie in ihren Körper hineinzukommen. Unvermittelt aber, während sie noch ganz gerührt lachte, lief ich, von Scham und Entsetzen gepackt, davon. Ich hatte das Gefühl, ein Ungeheuer zu sein. Dann blieb ich lange mutterseelenallein auf der ersten Stufe im Erdgeschoß sitzen. Tagelang ging ich jedem Blick aus dem Weg, der meinen Blick suchte. In der darauffolgenden Zeit lief ich (in dem Haus, von dem ich noch den Namen des Besitzers weiß: es war der Marquis Borgobiliani) jedesmal, wenn die Köchin Maria in meine

Nähe kam oder mich rief, davon wie ein wilder roter Kater. Als wir schließlich in die Stadt zurückkehrten, war die alte Freundschaft nicht nur wiederhergestellt, sondern sie vertiefte sich sogar noch durch eine vertrauliche menschliche Mitteilung, die mich besonders rührte, weil . . .

Aber bei dem Moritatensänger auf der Piazza Sant'Agostino blickte ich die an, die Maria ähnlich sah (und es war wirklich Maria) und erinnerte mich nicht an die Gründe für die innige Freundschaft, die uns in den Jahren 1916 und 1917 verbunden und bis zu dem Tag gedauert hatte, an dem sie sich offiziell mit Archimede Frodite, einem Unteroffizier der Sicherheitspolizei, verlobte. An jenem Abend (die Sonne war schon untergegangen und der Himmel leuchtete, nun fast ohne Wolken, in heftigen Farben) hatte ich wieder die einstige Zärtlichkeit und das Zutrauen empfunden, die der Grund dafür gewesen waren, daß ich der Köchin Maria Dinge erzählen konnte, die ich sonst niemandem erzählt hätte. Und selbst wenn ich sie den anderen hätte erzählen wollen, es hätte sie doch niemand begreifen können oder gelten lassen. Vielleicht verstand oder begriff die Köchin Maria meine Dinge gar nicht, aber sie ließ sie gelten und versuchte auf jeden Fall eine Teilnahme: ohne dem alten, schon vorhandenen Schmerz noch einen neuen aufzubürden (so wie es die anderen Leute mit denen machen, die sie angeblich gerne mögen), versah sie das Amt der Trösterin (ein vielleicht auf dieser Erde unmögliches Amt), indem sie es nicht antastete, das heißt ihm sein Geheimnis und sein Erbarmen ließ. Maria war von kleiner Statur, hatte schmale Hüften und breite runde Schultern, die für ihre Verehrer das Anziehendste an ihrem Körper sein mußten. Vor dem Unteroffizier der Sicherheitspolizei hatte sie einen anderen gehabt, der sie dann verlassen hatte: Es war ein Carabiniere aus ihrem Dorf, der, glaube ich, Cecchino hieß. Es war furchtbar für sie. Der Beweis dafür ist, daß wir einen Monat lang nicht einmal ein anständiges Essen bekamen. Bis der Schmerz sie niederstreckte und sie sich zu Bett legen mußte. Am Herd ersetzte sie das Zimmermädchen, das wir in jenem Jahr im Hause hatten. Obschon Maria kaum schreiben konnte, las sie doch sehr gut. Sie ging leidenschaftlich gern in die Oper. Als sie vor Liebe krank geworden war, besuchte ich sie die ganze Zeit über kein einziges Mal. Ich weiß noch, daß ich lange stehenblieb und Maria anschaute, während sie versunken dem Moritatensänger lauschte. Es ging mir durch den Kopf, ich könnte ihre Aufmerksamkeit erregen. Aber einerseits schüchterte mich der äußerst freundliche Herr Frodite (an ihrer Seite) ein, andrerseits hätte ich sie zwar etwas zu fragen gehabt, hätte aber nicht gewußt, wie ich sie fragen sollte, und vor allem hätte ich es nicht fertiggebracht, das, was ich zu sagen gehabt hätte, in einen ausdrückbaren Gedanken zu fassen; ich verzichtete also darauf, mit Maria zu sprechen, und schwang mich wieder aufs Rad in Richtung Exerzierplatz.

Es war mir an jenem Abend des 10. Juni 1918 nach dem Begräbnis des Garibaldiners, nach der Abfahrt der Soldaten an die Front, es war mir, als hätte ich etwas Großes, etwas überaus Großes in meinem Herzen. Es war aber nicht der Garibaldiner, nicht mein Großvater, nicht die Soldaten, es war weder der Krieg noch Italien. Es war nicht mein Freund Gelbling, der nicht mehr zu mir kam. Es war etwas Außergewöhnliches, Neues und Altes zugleich; es war der rote, aufgerissene Himmel über meinem Kopf und vor meiner Stirn in Richtung Exerzierplatz; es war die Glut im Herd, über der Maria Luft fächelte; es war die Erinnerung an die Plaudereien mit ihr, die mir enthüllte, daß ich etwas verloren hatte, etwas, das, hätte ich es wiedergefunden (aber es war nicht wiederfindbar), einen anderen Menschen aus mir gemacht hätte. Es war vielleicht das, was manche Erwachsene das *Bleigewicht des Frühlings* nannten und was wieder andere Erwachsene als das Heraufdämmen des Daseins bezeichneten.

Zu meiner Zeit standen zum Teil noch die Stadtmauern: aber das Augustin-Tor, das Tor, das man in Modena zu Ehren von Franz IV. wiedererbaut hatte, nachdem er Ciro Menotti an den Galgen hatte hängen lassen, dieses schändliche, niederdrückende, unendlich jesuitische Tor hatte man eingerissen. Meine feigen, ängstlichen, scheinheiligen regierenden Mitbürger hatten es eingerissen, mit der Ausrede, es müsse Luft in die Stadt hereinkommen. Diese Ausrede hatten sie erfunden, um zwanzig austrophilen, kleinen Adeligen nicht zu nahe zu treten. Aber in Wirklichkeit war es höchste Zeit, daß die nicht allzu beherzten Anhänger des Risorgimento in meiner Heimatstadt dafür sorgten, daß dieses schändliche Denkmal für Franz IV. entfernt wurde. Und das Schandmal wurde entfernt. Als ich zur Welt kam, war es schon seit vielen Jahren nicht mehr da. Wenn wir bei unseren winterlichen Spaziergängen auf den Stadtmauern bis zur Piazza Sant'Agostino gelangten – und das geschah selten –, erzählte mir Mama von einem Stadttor, das sie als kleines Mädchen noch gesehen, dessen Aussehen sie aber nicht mehr genau im Kopf hatte. »Es schloß den Platz so ab, daß er wie ein großes Zimmer aussah«, erzählte sie mir. Aber dann stockte ihre Erzählung. Oftmals hatte ich versucht, mir vorzustellen, wie wohl der Platz mit dem geschlossenen Tor ausgesehen haben mochte, dessen furchterregende Wappen triumphierend das Erhängen des Ciro Menotti genossen. Aber sogleich stieg mir das Blut zu Kopf und von wahrer Empörung übermannt, konnte ich mir gar nichts mehr vorstellen. Ich fuhr um die Zitadelle herum, fuhr und fuhr und hätte bis zum Morgengrauen fahren mögen, bis zu der Stunde, in der Ciro Menotti aufgehängt wurde; während seine schöne Frau im Vertrauen auf die Gnade des Herzogs Ciros letzten, wunderbaren, nachgiebigen und empfindsamen Brief las. Wie oft hatte ich, wenn ich die Geschichte der Unruhen von 1831 las, die ich in verschiedenen Versionen – lauter Geschenke meines Großvaters – zu Hause hatte, wie oft hatte ich mir gedankenverloren die schöne Frau Moreali, die Gemahlin Ciro Menottis, vorgestellt! Ich wollte, sie wäre wie Mama gewesen, aber nachdem ich mir die Moreali stundenlang vorgestellt hatte, bemerkte ich, daß sie anders war als Mama. Dann wollte ich, sie wäre wie Frau Adele, die Schwester meiner Großmutter gewesen, die ich kennengelernt hatte, als ich noch keine fünf Jahre alt war, und ich wollte, sie wäre ... aber sie war anders. Frau Adele war gestorben, und so konnte ich gar keine Vergleiche anstellen zwischen ihr und dem Bild, das ich mir von der Moreali gemacht hatte. Hätte ich vielleicht gewollt, die Frau Moreali wäre wie ich? Eines Abends hatte ich meine Studien über Frau Moreali der Köchin Maria anvertraut. Sie, die intelligenteste Frau meines Lebens, hatte mir zugehört und sich für meine Nachforschungen interessiert; sie, die gerade noch wußte, daß Ciro Menotti vom Herzog aufgehängt worden war, aber warum schon nicht mehr!

Sicherlich dachte ich am Abend des 10. Juni 1918 auch wieder an meine Unterhaltungen mit der Köchin Maria, welche die Moreali betrafen. Während ich auf den Exerzierplatz zuradelte, hatte ich einen Augenblick lang das Gefühl, ich hätte entdeckt, was dieses Außergewöhnliche, dieses zugleich Alte und Neue war, das ich erstickt in mir trug, ohne es ein wenig herausziehen und vor mir ausbreiten zu können. Ich hatte geglaubt, es wäre die Signora Moreali ... aber es war etwas anderes, denn zu der Zeit, als ich mit der Köchin Maria über meine Liebe zum Risorgimento redete, ich, der ich erst seit kurzem lesen gelernt hatte (und trotzdem viel las, beinahe heimlich und ohne wirklich lesen zu können), da war ich noch ein Kind und noch zu träumerisch. Nein, das Große, der riesenhafte

Klumpen in meinem Herzen war keine Frucht der Phantasie: es war eine Frucht der Wahrheit, einer Wirklichkeit, die mir reichlicher Tränen in die Augen trieb, als mir vorhin gekommen waren, während ich neben dem großen Herrn mit dem Schnurrbart hinter der Bahre des Garibaldiners herging. Es war etwas, das mein ganzes Leben gewesen war. Ich hatte, da ich mein Leben nicht mehr wiederfand, gefürchtet, ein Nichts geworden zu sein: einer, der mit Recht keine Freunde hatte, weil er, abgesehen davon, daß er nicht modern war, in der Ferne am Leben vorbeiging. Inzwischen trat ich zorniger in die Pedale. Ich ließ mein Fahrrad so schnell laufen, daß es mir vorkam, als würde ich ein Flugzeug hochschleudern, um im Nu über die Zitadelle zu fliegen und Bomben auf sie abzuwerfen. Nachdem die Sonne verschwunden war, schien sich das gedämpfte Tageslicht noch einmal neu zu entzünden. Deshalb hatte ich nach zwei Runden um die Zitadelle am Rande des Exerzierplatzes haltgemacht; wo sich armselige Wiesen ausdehnten, auf denen die Mannschaften des freien italienischen Fußballverbands an den Feiertagen ihre Meisterschaftsspiele austrugen.

Um die Pferderennbahn herum (und das heißt so viel wie um den Exerzierplatz) war so viel Raum, daß an dessen Rändern sonntags oft drei oder vier Fußballspiele ausgetragen wurden. Die Spielfelder wurden mit Kreidestaub, der aus einer kleinen Tüte mit einem Loch auf die Erde gestreut wurde, gekennzeichnet und abgegrenzt. Um jedes Spielfeld verteilte sich stehend ein korrektes und passioniertes Publikum: manchmal – aber selten – wurde es hitzig. So wurde zwischen der Zitadelle, der Via Emilia und der Pferderennbahn gespielt. An ihrem Ende und den fernen Wiesen gegenüber begann, von der Linie ausgehend, welche die Stadtmauern mit den Gärten der Paläste Canfori und Morivoglio bildeten, der Corso Cavour: an dessen Ende das Tor der alten Herzoglichen Reitställe den Beginn meiner Straße anzeigte, von der ich noch gar nicht so lange weggefahren war, um, ohne es zu wollen, durch eine Kette von Gemütsbewegungen (die mir um so tiefer gegangen waren, da ich sie so unvermittelt und so stark empfunden hatte) den verschlungenen und leidenschaftlich glühenden Roman meines damaligen Lebens in Bewegung zu bringen. Obschon ich mir zu jener Stunde und an jenem Tag gar nicht vorstellen konnte: was später in meiner Erinnerung und in meinem Herzen geschehen sollte, was die Wirklichkeit der Vergangenheit an den Tag bringen sollte in einem Leben, das sich nicht mehr aufspüren ließ, weil es ihm an aufgeschriebenen Tagen und Ereignissen fehlte.

Der Exerzierplatz, in dessen innere Fläche die Reitbahn für Trabrennen eingezeichnet war, hatte auch in seinem weiten Umkreis eine Eingrenzung: hohe, schlanke Pappeln, die sich in langen Reihen aufs Land hinaus und bis zum Friedhof zogen; die Eisenbahn; ein wenig näher das letzte Bollwerk der Stadt, der breite, langgestreckte Bau des Foro Boario, der eine ganze Flanke des Platzes einnahm. Der mittlere Teil dieses Baus, unter dem sich drei große Bögen für den Verkehr der Fußgänger und der Fahrzeuge auftaten, war höher als der Rest: es hatte den Anschein, als wollte er mit seiner riesengroßen, schwarz bezifferten Uhr ein Turm sein. Er war aber zu niedrig und zu breit, um tatsächlich als Turm gelten zu können! Das ganze Foro Boario war rot gestrichen; in einem düsteren Rot, das nach der Absicht des Architekten an Ochsenblut erinnern sollte. Einen völlig anderen Eindruck bekam man jedoch, wenn man in der Mitte des Platzes stand. Der perlgraue Rauch der Eisenbahn; das Elfenbeinweiß der Ghirlandina, des Turmes, der allein und mächtig wie ein Liebespfeil aus der roten Masse des Foro Boario in den Himmel ragte; das Grün dahinter und jenseits der Eisenbahn ein noch ferneres Grün; das Pfeifen der Züge, der Lärm der Eisenbahnwaggons und das Fauchen der Lokomotiven (davon ein Geruch in der Luft, der sich über den Dächern der Stadt in einen grünblau-violetten Vorhang verwandelte); die Schönheit des gelblich getönten Grases, das Liebespaare, Soldaten und die Pferde der Reitbahn zertraten; der Staub der Rennbahn, schmutziges altes Silber; die Stimmen schließlich, nahe und ferne Stimmen von Frauen, Kindern, Händlern, Soldaten, Pferden, Eseln, Hunden, Vögeln, die Stimmen des Bocciaspiels und die Stimme des Fußballs ... Das trockene Aufprallen der Schüsse aus den Maschinengewehren in der Zitadelle antwortete auf den Widerhall der Gewehrschüsse vom Schießplatz; die alte, schwarzverschleierte Dame, die auf dem Bürgersteig vor dem Foro Boario vorbeiging, antwortete auf das vollkommene Bild der Erscheinung der dicken Obstfrau, die mit den Händen in den Hüften vor ihrem bunten Karren am Eingang der Piazza Sant'Agostino stand. Aber das Vorbeifahren der ersten Leichenwagen, die der sterbende Tag noch zum Vorschein brachte, konnte nicht verbergen, daß die Pest über die Stadt hereinbrach: so wie der Abend, der an jenem 10. Juni 1918 so lange gezögert hatte hereinzubrechen, sich nun nicht mehr verbergen konnte.

Man stand wenige Tage vor dem Beginn der großen österreichischen Offensive am Piave. Es lag in der Luft, daß etwas Ungeheures geschehen würde. Rekruten kamen an und wurden im Lauf einer Woche schon zu Soldaten. Soldaten reisten ab, aus denen innerhalb weniger Tage Helden, Feldwebel, Offiziere, Tote oder nur unbeerdigte Leichen werden sollten. Viele Leute starben auch in ihren Betten zu Hause oder im Krankenhaus. Das alles, so hieß es, wäre ganz natürlich. Nur starben jetzt allmählich zu viele, denn die sogenannte *spanische Pest* war ausgebrochen. Man ging mit Fieber ins Bett, bekam Nasenbluten und empfing dann den Priester. Tags darauf lag man im Leichenwagen wie der Garibaldiner, den ich vor ein paar

Stunden mit solcher Rührung zur letzten Ruhe begleitet hatte. Aber all das sah für mich nicht nach Tod aus. Ich fand alles äußerst... interessant. Ich dachte, die Pest und der Krieg würden nie vergehen, und ich würde es auch noch schaffen, Soldat zu werden, an die Front zu gehen, heimzukehren, die spanische Pest zu bekommen, wieder gesund zu werden, wieder an die Front zurückzukehren, um eine Kugel in die Brust zu bekommen. Hier öffneten sich meinem »Blick in die Zukunft« zwei Wege: 1. der Tod; 2. das Feldlazarett und eine Dame als freiwillige Rotkreuzschwester, deren Nase mich unsagbar bewegte: denn es war eine schöne Nase, nicht wie die Nase der Köchin Maria, die beinahe schon zu spaßig war, sondern wie die Nase meiner Mutter und all der schönen Damen aus ihrer Gesellschaft. Die Rotkreuzdame schüttelte mich, gab mir Klapse auf die Wangen, massierte mich, tat mir schrecklich weh, weil sie auf die offenen Wunden drückte. »Mein lieber, lieber Leutnant, ich mache dich gesund, aber du mußt mir etwas versprechen«, sagte sie zu mir. »Was denn?« fragte ich sie. »Du mußt mir versprechen, daß du Flieger wirst.« Da erhob sich mein Arm wie zu einem Schwur, und ich sagte: »Ich verspreche dir, meine liebe Rotkreuzdame, Flieger zu werden, für dich und für Italien, der beste und kühnste Flieger der Welt.«

Ich lag im Gras, fast genau gegenüber der Stelle, wo der Corso Cavour in den Platz einmündete. Wie ich dorthin gekommen war, konnte ich mir nicht erklären. Der Abend war in die Nacht übergegangen. In anderen Zeiten wäre es bei so nächtlicher Färbung an einem Juniabend wohl neun Uhr gewesen. Jetzt aber, wo wir Krieg und die Sommerzeit hatten, war es mindestens zehn. Ich dachte sofort an mein versäumtes Abendessen, an meine Mama, die zu Hause auf mich wartete und sicherlich schon zu den Großeltern geschickt und dort erfahren hatte, daß ich nie bei ihnen erschienen war, und die nun sicher einen großen Schrecken bekommen hatte. Da packte mich auch eine unglaubliche Angst, weil es mir vorkam, als hätte eine Stimme etwas zu mir gesagt, das wörtlich so lautete: »Paß auf, Kind, es wird nicht mehr Tag werden.« Ich versuchte mich zu bewegen, aber der physische Schmerz der Wunde, die ich auf meinem Kopf entdeckt hatte, hielt mich von derlei Anstrengungen ab. Auf der Stirn und hinten im Nacken schien ich von getrocknetem Schlamm bedeckt zu sein und im Kopf spürte ich einen stechenden Schmerz. Meine Arme und meine Beine waren wie eingeschlafen. Ich blickte um mich und konnte nirgends mein Fahrrad sehen. Aber es war ja alles so finster... obschon der Himmel über dem Exerzierplatz voller Sterne stand. Nach und nach rekonstruierte ich meinen Weg und was mir zugestoßen war. Ja, natürlich, ich war stehengeblieben und hatte einigen Jungen beim Fußballspielen zugeschaut. Andere Zuschauer waren nicht dabeigewesen. Ich war todmüde und hatte mich in der Nähe der Grenzlinie auf den Boden gesetzt. Mein Fahrrad... ja, mein Fahrrad hatte ich jenseits der Linie auf die Erde gelegt. Ich war auf einmal sehr zerstreut gewesen, nachdem ich auf der Piazza Sant'Agostino an die Köchin Maria gedacht hatte und an jenes Etwas, das in meinem Inneren aufgetaucht war, ... jenes Etwas, das ich noch nicht hatte erkennen können. Dann war es mir übel ergangen. Einer von den Fußballspielern war über mein Fahrrad gestolpert: als er dann wütend wieder auf seinen zwei Beinen stand, blutete er im Gesicht. Da fiel er über mich her, schlug mich mit der Faust und gab mir auch Fußtritte. Während sich die anderen gerade auf mich stürzen wollten, war es mir gelungen, mich von dem ersten Fußballspieler loszumachen, und ich hatte zu laufen begonnen und lief... und lief, bis ich von einem Hieb in den Nacken getroffen wurde und zu Boden stürzte: Ich konnte gerade noch das Foro Boario sehen, ganz in Rot getaucht, und das endgültig erlöschende Licht des Tages, dann spürte ich, wie mir die Sinne schwanden ... genau in dem Moment hatte ich jenes ungeheure Etwas zu erkennen geglaubt, das in meinem Herzen saß: es war eine Frau, eine Frau, die viel, viel größer war als ich. Man hatte mir einen spitzen Stein nachgeworfen, der sich beinahe in meinen Nacken gebohrt hätte. Ich war ohnmächtig geworden. Die Fußballer hatten Reißaus genommen. Bald war ich wieder zu mir gekommen. Ich erinnerte mich genau: als ich die Augen wieder geöffnet hatte, war noch der letzte Widerschein des Tageslichtes am Himmel und lag auf der nun beinahe schwarzen Masse der vielfarbenen Gebäude. Unter entsetzlichen Schmerzen, deren Ursprung mir nicht klar wurde, war ich aufgestanden. Bei den ersten Schritten hatte ich geglaubt, ich sei mein Fahrrad. Mit äußerster Anstrengung (so ist das Leben im Schützengraben, sagte ich mir) hatte ich mich bis zu meinem Fahrrad geschleppt, das mit gerissener Kette unweit von mir lag: die Fußballspieler hatten es mir in den Rücken geschleudert. Als ich es aufhob, war es mir vorgekommen, als würde ich mich selbst aufheben. Ich und das Fahrrad, das Fahrrad und ich, wir hatten uns dann über den ganzen Exerzierplatz geschleppt, bis zum Corso Cavour: dann waren wir noch einmal gestürzt, beide gebrochen, zerschlagen, am Ende. Das Rot des Foro Boario mußte auf meinem Gesicht kleben geblieben sein. Es war aber Blut: Blut aus einer Wunde auf meiner Stirn, Blut, das mir aus der Nase floß (ich hatte schon geglaubt, ich hätte die spanische Pest), Blut aus dem Hals, das zwischen dem Matrosenkragen und meiner Haut geronnen war. Ich hatte nachgesehen, ob auch mein Fahrrad blutete, es hatte aber nur ein paar Fetzen Haut verloren. Meinem neuen Fahrrad fehlte nur an einigen Stellen der Lack, und das bekümmerte mich sehr, denn nun war mein Fahrrad nicht mehr neu.

Und während wir, mein Fahrrad und ich, nun so verwundet und krank über den Exerzierplatz gingen, wie viele

Leute sahen uns da zu, ohne uns zu Hilfe zu eilen! Auch eine alte Frau hatte uns angesehen, dabei waren mir die Geschichten der Köchin Maria und die Hexen eingefallen. »Da geht eine Hexe«, hatte ich unbeirrbar und belustigt gedacht, »eine Hexe, die mich ansieht, als wäre ich mein kleiner Hund, der im Winter gestorben ist.« Und während ich bis zu diesem Augenblick gedacht hatte, ich hätte die spanische Pest aufgefangen, so kam es mir nun vor, als wäre ich mein kleiner Hund, der arme kranke Bastard, den ich den ganzen Winter gepflegt hatte. Ich ging genauso wie er in seinen letzten Lebenstagen, hatte wie er Schaum vor dem Mund und wie er stieß ich unbewußt kleine, Mitleid heischende Laute aus, bat aber niemanden um Mitleid, schon gleich gar nicht die Hexen, die mir über den Weg liefen. Im Oktober war es gewesen (als Mama das erstemal nach dem Tod Papas wieder aufs Land gegangen war), da hatte ich den kleinen Hund aufgelesen, er war zwei Monate alt, schwarz und kurzhaarig. Sofort traute er mir und vertraute sich mir vollkommen an. Wie ich (der ich damals soviel Zuneigung verloren hatte, aber nicht mehr wußte, welche) hatte auch mein kleiner Hund, dem ich den Namen *Traumir* gegeben hatte, ein grenzenloses Bedürfnis nach Zuneigung: und die schenkten wir einander. Aber er wurde krank, und der Tierarzt sagte, er habe Staupe: Da pflegte ich ihn in der Meinung, dies sei wirklich seine Krankheit. Er hatte aber eine Hirnhautentzündung. Ich hegte und pflegte ihn bis zu seinem letzten Atemzug. Genau in dem Moment, als ich geglaubt hatte, ich sei mein sterbender kleiner Hund, hatten wir, das Fahrrad und ich, uns zu Boden sinken lassen. Wir hatten angefangen zu träumen: Träume von Eisen, Blut, Tod, Liebe und Mitleid.

Eine Geschichte

Wenn ich andere Freunde gehabt hätte oder überhaupt keine, wäre ich ein großer Erzähler geworden, schon vor dem Zusammenbruch des Faschismus; und wäre es auch danach geblieben. Es ist aber wahrscheinlicher, daß ich niemals eine Erzählung oder eine Beinahe-Erzählung geschrieben hätte, wenn ich nicht die Freunde gehabt hätte, die ich nun einmal hatte. Weitaus schöner, intelligenter, reicher und aristokratischer als die Freunde, die ich nun einmal hatte, stand ich vor der schrecklichen, wehrhaften Barriere ihrer Fehler, Laster und Launen: Eifersucht, Narzißmus und hemmungsloser (aber sturer) Ehrgeiz. Weder eifersüchtig noch ehrgeizig und noch weniger narzißtisch, vom Glück begünstigt durch körperliche, geistige und wirtschaftliche Vorzüge, entdeckte ich an mir (aber zu spät) einen Fehler (den meine intimsten Freunde, da sie ihn mit Güte verwechselten, eine Tugend nannten): meine außerordentliche Sanftmut, die aus dem Wunsch, nie oder so wenig wie möglich zu leiden, entstanden war und sich mit der Zeit in ein träges Zuschauen und in ein dumpfes, kraftloses Rachegefühl verwandelte, ohne aber je in einen ausdrücklichen, abschließenden Racheakt zu münden.

Während ich dies schreibe, geht die schlimme Geschichte weiter. Mein Abstieg dauert an; manchmal wird er von den Freunden, die ich nun einmal habe, vorangetrieben; manchmal hilft ihm meine Verzweiflung weiter, wenn ich nämlich sehe, daß die Freunde, die ich nun einmal habe, mit Wohlgefallen und mit ihrem kalten Blick (einem Gemisch aus deutschem, Eunuchen- und Fischauge) zusehen, wie ich abwärts gleite. Aber sie täuschen sich. Die Tiefe, in die ich gleite, ist nichts anderes als ein äußerst hoch gelegenes Gebirgsplateau: während gleich hinter ihrem Rücken, auf den Gipfeln, von denen sie hochnäsig ihre gelangweilten und unbegreiflichen Blicke herabzusenden scheinen, der Abgrund auf sie wartet.

Als ich meine erste Erzählung schrieb (oder zumindest das, was als meine erste Erzählung gilt), hatte ich ganz andere Ideen im Kopf, und mein Herz war eine Schmiede, in deren glühenden, auf höchsten Temperaturen gehaltenen Essen alles kochte, was meiner Einbildungskraft und meiner Phantasie unterkam. Und ich ließ alles so lange kochen, bis es verkohlte und zu Asche wurde.

In Rom erschien seit einigen Monaten ein literarisches Wochenblättchen, das hatte ein Herausgeberkomitee, in dem auch mein Name aufgeführt war. Die Gründung des Blättchens ging auf den Wahn eines jungen Romanciers ohne politische Überzeugung zurück, der die Auffassung vertrat, Literatur dürfe es nur wegen des *Inhalts* geben (ein anderer, ebenfalls ohne politische Überzeugung, hatte sich in die Idee verbohrt, die *Form* sei die einzige Rechtfertigung der Literatur). Ein Freund von mir, dem der Posten des Herausgebers angeboten wurde (er war nämlich im Besitz eines *Diploms für verantwortungsvolle leitende Posten*) erbot sich – da er die literarischen Ideen des verrückten und seelenruhigen Romanciers zum Teil billigte und gleichzeitig einen ungeheuren Schrecken davor hatte, die Jahre könnten zu schnell vergehen und der Faschismus noch lange dauern –, das Unternehmen, dem man, um dabeizusein, monatlich dreihundert Lire zu überweisen hatte, auf jeden Fall in Gang zu bringen. Sie wandten sich sogar an einen jungen Mann, den sie mir als oberflächlichen Gecken darstellten (der denn auch in der Folge ziemlich bald aus dem Verkehr der Ehrgeizigen verschwand), um den Betrag zusammenzubringen, der nötig war, damit das Blatt wöchentlich einmal erscheinen konnte. Zuletzt wandten sie sich an mich. Mein Freund stellte mir die Sachlage folgendermaßen dar: Erstens redete er mir ein, ich sei ein Inhaltsgläubiger; zweitens packte er mich bei meiner Eitelkeit (meine Mitbürger in Modena wissen zu lassen, ich gäbe in Rom eine Zeitschrift heraus, während ich wie ein Pascha in Modena lebte); drittens hatten sie, da sie keinen anderen mehr fanden, der bereit gewesen wäre, die dreihundert Lire im Monat einzuzahlen, an mich gedacht. Ich machte allerdings ein sehr schlechtes Geschäft. In Modena gab es das Blatt nicht zu kaufen, und ich mußte mit einem Exemplar in der Tasche, das man mir wie einem Abonnenten zuschickte, durch die Straßen meiner Heimatstadt gehen, um Bekannten und Verwandten (deren Verachtung für meine Person bis in mein fünftes Lebensjahr zurückging) zu zeigen, daß unter der letzten Spalte auf der letzten Seite auch mein Name stand. Ich brauche wohl nicht eigens zu sagen, daß nichts von dem, was ich schrieb, Anklang finden sollte. Ich wartete daher fünf Nummern, ehe ich etwas von mir sah. Der Titel des Artikels lautete: *Das Leben.* Man hatte im Herausgeberkomitee des langen und des breiten darüber diskutiert; und allem Anschein nach wäre der Artikel ohne die lebhafte, wohlwollende Unterstützung meines Freundes, des Herausgebers, nicht veröffentlicht worden. Allerdings rächte ich mich durch vollendetes Nichtstun für die Kälte, mit der ich von den anderen Herausgebern behandelt wurde: Ich las ihre Artikel auch nicht und interessierte mich nur dafür, was der Anführer der Formgläubigen in einer anderen Zeitung schrieb. Ich war mit anderen Worten ein Verräter, der Feind meiner eigenen Zeitschrift geworden. Unrecht hatte ich, wenn man es genau bedachte, freilich nicht. War der pseudoliterarische Ernst meiner Freunde und der Formgläubigen nicht lächerlich? War es nicht absurd, wie sie sich für diese polemischen Auseinandersetzungen engagierten? War nicht ihre unverhohlene Gier nach einer gesellschaftlichen Karriere peinlich ... während nichts Geringeres als das faschistische Regime wuchs und gedieh?! Das einzige, worum sie mich beneideten – und daran erinnere ich mich leider gut –, war, daß ich schon ziemlich früh der faschistischen Partei beigetreten war. Sie sagten zu mir: »Du bist ein schönes Arschloch!?« »Warum sitzt du nicht in Rom und lebst dort als Parteiveteran?« »Ich kann einfach nicht verstehen«, sagte einer in meiner Abwesenheit zu dem, der heute ein großer Romancier ist, »wieso Delfini Antifaschist sein will! Für uns ginge es ja noch an ... aber er!« Es kam so weit, daß sie mich baten, faschistische Artikel, wenn schon nicht zu schreiben, so doch wenigstens zu unterzeichnen, da diese für das Fortbestehen des Blattes nötig waren. (Polverelli übersandte dem Blatt allwöchentlich seine Visitenkarte mit der Aufschrift: *Italientum – Römertum – Faschismus* ... und wenn man nicht wenigstens eines dieser Themen behandelte, wäre die Zeitung alsbald verboten worden). Entschieden wies ich jede Möglichkeit zurück, für meine Zeitschrift faschistische Artikel zu schreiben oder auch nur zu unterzeichnen, dabei bezahlte ich für ihr Fortbestehen monatlich dreihundert Lire und mußte daher auf meine kleinen Reisen nach Florenz und Rom verzichten.

Meine Lebenserfahrungen, einzig in eigener Regie erlebt und erlitten, waren zahlreich und vielfältig gewesen, und originell, verglichen mit den Erfahrungen der anderen Herausgeber des Blättchens. In jenem Jahr (1933) hatte ich im Winter ein außerordentliches Abenteuer erlebt. Auf dem großen Ball des GUF am Faschingsdienstag war ich durch mein Luderleben schon völlig erschöpft, dazu überreizt durch den Genuß von Weinen und Schnäpsen, zu denen mich etliche alte, sadistische, dumme Herren der Jahrhundertwende einluden, nachdem sie einiges beigemischt hatten, welhalb ich dann, statt nur zu schreien »Es leben die Huren und die Bandnudeln«, auch wiederholt brüllte »Nieder mit dem Duce und seinen Knechten an der Uni«. So daß man vornehme Herren mit weißer Hemdbrust über mich herfallen sah. Ein Dutzend von ihnen hatte ich am Leib: Zu einem Knäuel verschlungen landeten wir schließlich am Fuß der großen Treppe. Von diesen Herren brachte keiner seinen Smoking heil nach Hause. Ich aber wurde von der Gewalt der Sanitäter des Grünen Kreuzes überwältigt (das die Veteranen des GUF gerufen hatten) und büßte für immer meinen guten Ruf ein (was noch heute von Rechtsanwälten und Halsabschneidern ausgenützt wird, um meine Familie in Armut zu stürzen).

In demselben Jahr hatten wir sehr viel Schnee gehabt. Ich wurde in meiner Heimatstadt nunmehr als *der Schriftsteller* betrachtet (zwei Jahre vorher hatte ich im Selbstverlag das Bändchen *»Ritorno in città«* veröffentlicht, von dem ich allein am Tag der Buchmesse ganze dreihundert Exemplare zu fünf Lire das Stück verkaufte). Ich hatte mich von einer Gesellschaft lärmender, freß- und sauflustiger Burschen mitreißen lassen, mit denen ich wortwörtlich durch die Straßen, über die Plätze und in die Theater zog. Da ich im Jahr vorher in Paris gewesen war und nun so tat, als wollte ich den Surrealismus in Modena einführen (en passant hatte ich auch Salveminis »Mussolini diplomate« verbreitet) erlaubte ich mir, Zeitsatiren in Wort und Bild zu kreieren, die, zu jeder beliebigen Tages- und Nachtzeit öffentlich improvisiert, so komisch waren, daß ich zu Hause, wenn ich allein wieder daran dachte, stundenlang in ein ununterbrochenes, einsames Gelächter verfiel. Die harmlosesten dieser Satiren (im Dialekt von Modena »tampel« genannt), die ich bei jeder Gelegenheit wiederholte, waren folgende. Ich hatte damals einen lustigen gutmütigen Architekten zum Freund, der, sobald ich ihn ein wenig neckte, als Antwort einen klangvollen, mächtigen, effektvollen Furz fahren ließ; wenn ich nun das Glück hatte, in seiner Gesellschaft zu weilen, und in der Ferne entweder den Verbandsführer der Miliz, den General der Miliz, oder den Podestà oder den Stadtpräfekten daherkommen sah (und es war praktisch unmöglich, daß zu den Stoßzeiten unter dem Portico del Collegio nicht der eine oder der andere vorbeikam), sagte ich zu ihm: »Pavlòn, du bist ein schöner Esel!« und lief davon. Und er sagte lachend, da ich ihn überrumpelt hatte: »Du kriegst ihn trotzdem zu hören, auch wenn du abhaust« und ließ sein grauenhaftes Bombengewitter erschallen: indes ging gerade der Präfekt an ihm vorbei.

Wenn ich jetzt zurückdenke, muß ich sagen: hätte ich damals ein Tagebuch geführt, so hätte ich keine Zeit zum Leben gehabt und auch nicht die Phantasie und Laune, jene wahren Geschichten zu schaffen, die mir, da ich sie erlebte, nicht die Zeit ließen, sie aufzuschreiben. In den kurzen Ruhepausen jenes wahrhaft intensiven und alles andere als oberflächlichen Lebens schrieb ich Sätze auf Trambahnfahrscheine, Kinokarten, Zigaretten- und Streichholzschachteln, die ich aufbewahrte. Im Sommer in Viareggio, wohin mich meine Mutter, seit ich geboren bin, jedes Jahr bringt, übertrug ich alles fleißig in ein großes Heft. 1935 hatte ich ein Heft mit hundert Seiten vollgeschrieben. Aber in dem Heft steht ziemlich wenig von meinem damaligen Leben.

Also, 1933 hatten wir den vielen Schnee gehabt, und als es anfing zu schneien, um die letzten Faschingstage, bekam ich Gelegenheit, eine Frau kennenzulernen. Bei all dem, was ich schon zu tun hatte: Straßentheater zu kreieren, mein wahres Selbst zu verbergen, für die Zukunft zu studieren und zu schreiben, Revolutionen auszuhecken (vgl. das Kapitel *I moti del '31* in *La Rosina perduta*), mich in meine große Liebe zu verlieben (ich züchtete in meinem Herzen drei, vier große Lieben, für die ich, um mich zu romantisieren, allerlei romantische Romane entwarf), ergab sich für mich nur selten eine Begegnung, *un réel contact physicque avec une femme* (wenn ich von meinen Begegnungen mit den Nutten absehe, vor allem mit Bruna

Cozzelli, die ich besser kannte, weil ich mich in ihrer Gesellschaft dreist im Smoking auf die Feste der Faschisten begab). Eine ernsthafte Begegnung hatte ich das Jahr zuvor in Paris gehabt, es war ein Mädchen aus dem Midi: ich verließ sie in Tränen (mußte abreisen, da völlig pleite) mit den Worten ...

Aber eigentlich war ich den anständigen Frauen gegenüber sehr schüchtern. In meiner Heimatstadt hatte ich nie eine auf der Straße angesprochen. Ich hatte mich stets von Straßenmädchen ansprechen lassen. Die Geschichte von damals war ein Wunder. Wie ich meine Angst (das unaufhörliche Herzklopfen) überwinden konnte, ist noch heute ein Geheimnis für mich. Das alte Café Nazionale war an diesem Winterabend um sieben Uhr genau in das Licht und in den Geruch gehüllt, die einem empfindsamen Menschen ankündigen, daß binnen kurzem etwas Außergewöhnliches geschehen kann. Dasselbe Licht und denselben Geruch und beinahe dieselben Laute hatte ich viele Jahre vorher, 1920 und 1921, zur Zeit des Fascio, schon gesehen, gerochen und gehört, und ebenso 1930; als ich, da Guandalinis Künstlerkreis (der einen Vortrag von F. T. Marinetti veranstaltet hatte) angehörend, in eine hitzige Rauferei zwischen Futuristen und Altfaschisten auf der einen und Studentenpack und Offizierswesen auf der anderen Seite hineingezogen wurde (ich erinnere mich noch, wie ich mit Guandalini, Hunderte von Studenten auf den Fersen, Reißaus nahm und wie wir uns auf der Straße auf ein zufällig vorbeifahrendes Auto stürzten und den Fahrer zwangen, uns nach Bologna zu bringen: nicht aus Dreistigkeit, sondern entschieden vor Schreck). Das Café war zum Bersten voll. Größtenteils Armeeuniformen, nur ein paar Bescheidenere in Milizuniform: keine einzige Frau. Ich hielt stehend meine Reden. Um mich herum scharten sich die Kumpane meiner nächtlichen Verlustierungen, *fats de café*, ein Zenturio der Miliz und einige Spitzel der OVRA;

weiter entfernt, aber aufmerksam und ernst meinen Worten folgend, mir gegenüber Mißbilligung und mitleidige Verachtung ausdrückend, die ungebildeten alten Herren der Stadt, unter ihnen der senile Rechtsanwalt Scaltoni, früher Radikaler, der alle mit einem tadellosen römischen Gruß begrüßte, so daß er, glaube ich, seinen Hut nun schon immer aufbehielt, selbst zu Hause und im Bett. Um mich herum lachten viele, aber am meisten lachte der dicke, joviale Zenturio der Miliz, der ab und zu sagte: »Der hat aber Schneid!« Ich hatte mit meiner Lektion über den Surrealismus begonnen. Und schließlich gesagt, daß nach der surrealistischen Lehre eine Hypnotiseurin durchaus eine Revolution anzetteln könne. »Und darum ist unsere Elsa Barocas kein Genie, denn sonst hätte sie 1921 Mussolinis Stelle eingenommen.«

»Was soll denn das heißen?« fragte ein Spitzel der OVRA.

»Das soll heißen«, sagte ich, »daß nach Meinung der Surrealisten (man muß natürlich berücksichtigen, daß sich Frankreich in einem äußerst dekadenten Zustand befindet)« – allgemeine Ausrufe der Zustimmung – »Elsa Barocas Mussolini ist und Mussolini Elsa Barocas ist.«

»Aber zum Glück gibt es auch Irrenhäuser«, sagte einer von der OVRA mit einem bösen und sehr bedeutungsvollen Blick auf mich.

»Die Surrealisten sagen nämlich, die Irrenhäusler könnten einer Elsa Barocas folgen, sobald sie ihnen von der Eroberung des Staates predigt. Mit anderen Worten, der Surrealismus ist die Lehre vom durch eine standesamtliche und bewaffnete Untersuchung geregelten Wahnsinn.«

»Delfini, du spinnst«, sagte der von der OVRA.

»Nein, ich spinne nicht«, sagte ich, »Ich berichte euch nur, was in den Büchern der Surrealisten geschrieben steht...«

»Und wo hast du denn diese Bücher?« sagte er zu mir.

»Ich habe sie nicht, weil man sie nicht mitbringen darf. Aber ich habe sie in Paris in einem Künstlerzirkel gelesen.«

»Und warum hast du sie gelesen?«

»Na, um ehrlich zu sein, ich wagte es nicht, Picasso schlecht zu behandeln, der von mir wissen wollte, was ich vom Surrealismus halte.«

»Du hast Picasso kennengelernt?«

»Ja, ja, Picasso hab ich kennengelernt«, sagte ich, indem ich gähnte und mich durch einen Blick zum Türrahmen ablenken ließ, durch den gerade ein großes, distinguiertes, blühendes, schlankes Mädchen mit wunderschönen Beinen hereinkam, gefolgt vom bekanntesten Verführer Modenas und einer ein wenig älteren, braunhaarigen, ein wenig trägen, ziemlich gefälligen Frau. Genau in dem Augenblick bekam ich Herzklopfen. Selbst heute weiß ich noch nicht, ob wegen des plötzlichen Erscheinens jenes Mädchens oder aus Angst, die Spitzel der OVRA, die mich beschnüffelten, könnten mich entlarven.

»Was hält denn Picasso von Mussolini?« sagte dann der von der OVRA zu mir, nachdem sich die Augen des ganzen Cafés von den Beinen der eingetretenen Frauen, die an einem Tisch im Saal Platz genommen hatten, wieder abgewandt hatten.

»Ich konnte mich davon überzeugen«, sagte ich sehr ernst, indem ich das Lächeln von meinen Lippen zu verbannen suchte, »daß Picasso von Mussolini dasselbe denkt wie wir, und nicht das, was, sagen wir, die kommunistischen Zeitungen in Frankreich von ihm halten.«

»Nicht einmal dumm, dieser Picasso. Er möchte nur den Dummen spielen«, sagte er.

»Man muß erst einmal sehen«, sagte ich, denn ich schämte mich allmählich, wenn ich daran dachte, daß ich Picasso nicht nur nie kennengelernt, sondern nicht einmal gesehen hatte, und daß Elsa Barocas, eine stadtbekannte Hypnotiseurin in Modena (die 1921 von der Bühne des Vittorio-Emanuele-Kinos aus der Entfernung den Jungen des San-Carlo-Internats befahl aufzustehen, sich anzukleiden und unter der Aufsicht ihres Präfekten – der dann als Präfekt des Königreichs 1943 in Fiume starb – zu ihr zu kommen), nie in einem Buch der Surrealisten zitiert worden war, »denn, wenn Picasso ein Dummkopf wäre, ... Entschuldigt bitte jetzt ...« und mit diesen Worten entfernte ich mich und ging langsam auf den Tisch mit den zwei Frauen zu.

»Hör doch auf, Delfini«, sagte der von der OVRA noch zu mir, »es ist besser, du bleibst in Modena, statt nach Paris zu fahren.« Und ein anderer sagte in der Mundart von Modena hinter mir, ich sollte doch nicht zu den beiden Frauen gehen, denn bei denen sitze ja schon der Verführer (und er artikulierte deutlich dessen Namen), ich würde nur meine Zeit vergeuden.

Der Verführer drehte sich um und lächelte mir zu, und daher bekam ich den Mut, so nahe hinzugehen ... als erwartete ich, den beiden Frauen vorgestellt zu werden. Der Verführer hingegen, der in Wirklichkeit dem zugelächelt hatte, der mich gewarnt hatte, fühlte sich gekränkt und drehte mir den Rücken zu. Es blieb mir nichts anderes übrig, als sie entweder einfach anzusprechen oder in den Boden des Saales zu versinken. Da war es die jüngere, die Schöne, die zu mir sagte: »Nehmen Sie doch Platz.« Die andere redete dagegen weiter mit dem Verführer, der sie etwas über die jüngere zu fragen schien. Sie war wirklich noch jung, diese Gina Montuori, und im Gesicht gar nicht übertrieben schön. Sie war überhaupt nicht geschminkt, und aus ihrem Gesicht standen einige Pickel hervor, die wohl ihrer Jugend und der Kälte zuzuschreiben waren. Sie kam, glaube ich, aus Cremona, und ihre Schwester tanzte im Stadttheater in der *Gioconda* von Ponchielli. Die Tänzerin war sehr sympathisch, und ich muß ehrlich zugeben, sie gefiel mir, aber da es der Verführer auf die Junge abgesehen hatte, gesellte ich, dem Laster des Wettstreits frönend, meine Sehnsüchte zu denen des Verführers.

Ich glaube, Gina Montuori empfand sofort eine lebhafte Sympathie für mich, denn als der Verführer sie fragte (nachdem er lange mit der Tänzerin über ein geplantes kleines Fest *après théâtre* verhandelt hatte): »Dann kommen Sie also jetzt mit mir in meine Loge im Stadttheater?«, antwortete sie ihm: »Vielen Dank, aber ich gehe zu Bett. Meine Schwester weiß Bescheid.« Vergebens hatte die Schwester erwidert: »Aber Gina, zu den Herren darf man doch nicht so unhöflich sein«, da sie zur Antwort bekam: »Ich hab die Gioconda schon zu oft gehört, und die Oper langweilt mich inzwischen.« Da erhob sich der Verführer ziemlich verärgert und sagte zu der Tänzerin: »Aufwiedersehen, wir sehen uns nach dem Theater.« Aber diese erwiderte: »Heute abend sehen wir uns nicht mehr. Sie werden doch kaum wollen, daß ich allein zu Ihrem Fest komme!« Der Verführer verabschiedete sich gedemütigt in seinem vollendet geschnittenen Smoking äußerst kühl von Gina; und mir entbot er, ohne mich anzusehen, ein finsteres Gutenabend. Die Tänzerin ließ ihre Wut heftig an ihrer Schwester aus, dann ging auch sie weg (denn es war schon spät). Wir blieben allein sitzen, umringt von den Blicken der Cafégäste. Ein tiefes Gemurmel belagerte uns. Ein Raunen über die unerwartete Niederlage des Verführers schwirrte durch die Luft. Wir blieben eine Zeitlang schweigend sitzen, dann fragte ich Gina, ob ich sie nach Hause begleiten solle.

Sie wohnte in der Pension des Theaters Storchi, wo die Künstler des Stadttheaters zu übernachten und zu speisen pflegten. Das Haus Storchi war eine merkwürdige Pension: an das Theater angebaut, hatte es wohl die schönste Terrasse von ganz Modena. Man hatte einen Blick auf die breiten Alleen, die dem Ring der einstigen Stadtmauern folgten, und auf einen großen Teil der Stadt; aber die Ghirlandina, der Glockenturm, war beinahe ganz verdeckt und von dem zwar imposanten, jedoch als Wiener Operettendekor verkleideten Herzoglichen Palast ahnte man nur da und dort ein Stück. Im Winter sah man vom Inneren der Pension durch die Fenster auf die große, schneebedeckte Terrasse: Man hatte den Eindruck, in einem alten Hotel hoch in den Bergen zu sein. In der Küche mit dem großen, auf althergebrachte Weise gebauten Kamin, wo zuweilen, wie in der unteren Poebene, der Kessel mit der Polenta an seinem Haken hing, fühlte ich mich wie in meinem alten Haus in der Nähe von Mirandola. Die Schlafzimmer waren geräumig und kalt. An jenem ersten Abend brachte uns die Besitzerin der Pension ein wenig gebackenen Stockfisch und geröstete Polenta. Ich fragte, ob ich eine Flasche Lambrusco bekommen könnte. Gina trank ein Glas davon, aber die lebhafte, extrem blasse Tönung ihres Gesichtes, durch die sich die Frauen aus der Lombardei vor allen anderen auszeichnen, blieb vollkommen unverändert. Sie erzählte mir viel. Gina war ein armes Mädchen aus dem Volk, von großer angeborener Eleganz und äußerster Einfachheit. Sie war gescheit, ungebildet, ein wenig kühl und rauh und strahlte die Grazie einer ungewöhnlichen Reinheit aus. Sie hatte Modistin gelernt, und bevor sie mit ihrer Schwester nach Modena gekommen war, hatte sie ganz allein einen wunderschönen Hut gemacht, auf den sie stolz war. Was die Schwester, die keine große Karriere gemacht hatte, verdiente, hätte sicherlich nicht für ihrer beider Lebensunterhalt ausgereicht, wenn nicht ein sehr alter Herr als ihr Gönner aufgetreten wäre. Es war der Marquis Guidalazzi di Borgogno aus Bergamo. Sie waren Waisen und hatten einen unverheirateten Bruder, der Buchhalter war, aber nichts mehr verdiente, weil er sich dem Suff ergeben hatte. Obwohl die Schwester eine sehr lebhafte Person (eine Frau von Charakter, wie man zu sagen pflegt) war, hatte sie sich zwar manchmal so weit gehen lassen, Geschenke von ihren Bewunderern anzunehmen, wodurch sie sich die Bahn zu einem Dasein als Lebedame frei machte, hatte sich aber angesichts der Feilbietung ihrer eigenen Person angewidert zurückgezogen. Der Eingriff des Guidalazzi – so hatte ihr ihre Schwester einmal gesagt – sei ein wahres Wunder gewesen. Dieser alte Herr hatte sich eines Abends (vor vier Jahren) in Reggio Emilia am Theatereingang vorgestellt und zu ihr gesagt: »Gnädiges Fräulein, ich hatte schon manches Mal Gelegenheit, Sie zu bewundern. Nun habe ich beschlossen, Sie unter meinen Schutz zu nehmen. Trotz meines Alters bin ich noch imstande, Entscheidungen zu treffen. Sie haben nichts von mir zu befürchten. Nehmen Sie an?« Sie nahm an. Sie bestieg das alte große Automobil des Marquis. Im Hotel Croce Bianca in Parma stiegen sie ab: Sie bekam ein wunderschönes Zimmer für sich allein, ohne irgendwelche Gesellschaft. Tags darauf begleitete sie der Marquis wieder nach Reggio Emilia zurück. Und so ging es eine Zeitlang, bis der Marquis gezwungen war, zu Hause in Bergamo zu bleiben, und sie nicht mehr auf ihren verschiedenen Tournées begleiten konnte. Seitdem schickte er ihr jeden Monat einen Scheck über sechshundert Lire. Vor kurzem hatte er an den Verführer geschrieben, welcher der Sohn seines alten Freundes in Modena war, und ihn gebeten, er möchte sich ein wenig seines lieben Schützlings annehmen.

Gina hatte mir auch von sich erzählt. Sie hatte einen Schatz gehabt, einen gewissen Carlo Pertinbeni, den Sohn eines ziemlich reichen Geschäftsmannes. Es war schon beschlossene Sache, daß sie heiraten sollten, als der junge Mann eines Tages wegen eines Motorradunfalls ins Krankenhaus mußte. Nachdem er vollständig genesen war, zwang ihn seine Familie, Gina zu verlassen. Auch aus diesem Grund war das Mädchen jetzt in Modena. In ihrer Heimatstadt konnte sie sich in niemand mehr verlieben und sie fühlte sich dort auch nicht mehr wohl. Sie sagte zu mir:

»Ein Tapetenwechsel, hab ich mir gedacht, könnte mich ein wenig aufheitern. Es ging mir wirklich schlecht, mein Kopf war immer leer, und ich saß tagelang im Lehnstuhl und kam auf die seltsamsten Gedanken.«

Als es in der Pension dann nichts mehr zu sagen gab und die Besitzerin mir zu verstehen gegeben hatte, daß sie (wenigstens im Moment) nicht die Absicht habe, mich in ihrem Haus als Künstler zu beherbergen (abgesehen davon, daß in dieser Pension, glaube ich, nur Frauen wohnen konnten), beschloß ich, Gina zu fragen, ob sie mich noch auf einen Spaziergang begleiten würde. »Aber ich habe doch zu Herrn ...« und sie nannte den Namen des Verführers, »gesagt, ich würde schlafen gehen. Wie stehe ich denn da, wenn er mich jetzt mit Ihnen unterwegs sieht?!« »Aber Gina, warum möchten Sie die Gelegenheit versäumen, mit mir auszugehen? Wissen Sie, ich bin ein vielbeschäftigter Mann: Ich verbringe meine ganze Zeit mit Bücherschreiben!« (Den Hanswurst auf den Straßen spielen war damals für mich dasselbe wie Bücher schreiben, die bleiben sollten. In diesem Zusammenhang muß ich gestehen, daß ich insgeheim eine Zeitlang auf der Suche nach einem Chronisten war, der die Zeit und die Wirkung meiner Heldentaten schriftlich festhalten sollte, ... aber schließlich doch keinen fand). Gina verstand nicht, was ich gesagt hatte, genau so, wie ich es übrigens auch selbst nicht verstanden hatte. Sie blickte mich ernst an, fragte mich dann mit tiefen Blikken und mußte lachen:

»Natürlich komme ich mit auf einen Spaziergang. Es wird bestimmt sehr schön, weil wir Schnee haben«, sagte sie.

Kaum waren wir auf der Via Emilia, da bemerkte ich, daß die Leute, denen wir begegneten, sich nach uns umdrehten und über uns redeten. Daher brachte ich Gina, als wir beim Corso Umberto angelangt waren, unter die Arkaden dieser Straße in Richtung Universität. Den Portico del Collegio hatte ich tunlichst vermieden. Es war mir gerade noch rechtzeitig eingefallen, welche Gefahr man lief, wenn man in Gesellschaft einer Frau über den Portico del Collegio ging: Abgesandte des Teufels erwarten einen am Übergang, um einem die Persönlichkeit zu rauben. Wer in Modena seine Persönlichkeit retten möchte, muß allein, ohne Frauen, durch die Stadt gehen und seinen Arm stets für eine obszöne Geste bereithalten: Das ist zwar anstrengend, aber manche schaffen es, so davonzukommen.

Ich erinnere mich noch an jede Straße und an jede Arkade, durch die wir an jenem Abend gingen, bevor wir den tiefverschneiten Stadtpark erreichten. Wir gingen am Polizeipräsidium vorbei und kurz darauf, als uns bestimmt niemand sehen konnte, umarmten wir uns. Das Faszinierendste an Gina war ihr Gang, wie sie auf der Straße einherschritt, ihre langen Beine, die Form ihres Fußes und dessen Sicherheit und die Kraft, mit der sie ihn (auf den hohen Stöckeln ihrer Schuhe und zugleich weich wie eine Feder) auf ihrem Weg vorausschickte. Wenn Gina still stand, war sie ein Kind, ein verlorenes, wehrloses Kind mit ihrem dunkelblauen, hochgeschlossenen Kleid, unter das sich die ungelenke, runde, nicht allzu große Hand eines etwas gewöhnlichen jungen Mannes schieben konnte, um zwei nicht sonderlich große Brüste zu umfassen, die trotz der Kälte des strengen Winters ein wenig warm geblieben waren und deren frische Haut von der Gesichtshaut abstach, denn die Wangen waren voller Pickel, rauh und von der Kälte aufgerissen; unendlich jung und unendlich leidend drückten sie außer der Macht der Liebe das Verlangen und das Weinen nach einem unsagbaren Mitleid aus. Als sie sich aufrichtete und ihr stolzer Kopf wieder im Schein des Schnees (der auch den mondlosen Himmel erhellte) erschien, hatte sie eine schläfrige Miene, und ihre Haut erschien noch schlaffer, da sie nun außer der Kälte auch noch dem unaufhörlichen Kreisen der Küsse standhalten mußte; mit einem merkwürdigen »Warum bin ich eigentlich nicht mit meiner Schwester und dem Verführer mitgegangen?« schien sie mich, der ich noch naiver und ahnungsloser war als sie, nach einer Rechtfertigung meiner unpersönlichen Persönlichkeit zu fragen... Grauenvolle Geschichte, durch die Erfahrung des Lebens Wahrheit geworden. Oh, wieviel schöner das erdichtete Leben, das ich erdichten wollte! Noch süßer aber das erlebte Leben, wenn es nach zwanzig Jahren wieder ein erdichtetes geworden ist!

Als wir an jenem Abend wieder in die Pension zurückkamen, war es schon spät, aber die Oper war noch nicht zu Ende. Ich fragte Gina, ob ich sie zu ihrer Schwester ins Theater begleiten solle. Sie umarmte mich und sagte, sie wolle lieber nicht hingehen. Sie verabredete sich mit mir für den nächsten Tag vor dem Café Nazionale, wo sie sich um zwölf Uhr mittags mit ihrer Schwester und dem Verführer einfinden würde. Ich blieb allein zurück. Mit aufgeknöpftem Mantel, unbekümmert ob der Kälte, die Hände in den Taschen, ging ich in Richtung der Stelle, wo wir uns im Schnee umarmt hatten. Die Allee, die dem Ring der einstigen Stadtmauern folgte, war menschenleer. Dann bereute ich plötzlich, zum Ort unserer Liebe zurückzugehen, und ich kehrte um. Ich ging einmal rund um das Storchi-Theater und blieb in der Mitte der Piazza Vittorio Emanuele stehen. Ich blickte zur Terrasse der Künstlerpension hinüber und fand mich lächerlich. Ich dachte, es sei besser, von einem jungen Mann zu schreiben, der mitten auf einem Platz stehenbleibt, als ein junger Mann zu sein, der das tut, was man eigentlich schreiben sollte, und schlenderte weiter in der Stadt herum. Auf einmal befand ich mich auf den Schienen der Provinzeisenbahn. Nicht weit von mir hing an einer Stange ein Fähnchen, rot auf der einen und grün auf der anderen Seite, wie es die Eisenbahner als Signal für »freie Fahrt« oder »warten« benutzen. Ich näherte mich der Stange; um das Fähnchen herunterzureißen, war ich nicht groß genug, daher versuchte ich, die Stange hochzuklettern. Da ich kein Turner war, waren meine Anstrengungen, das Fähnchen zu erreichen, erheblich. Schließlich erwischte ich es, versteckte es unter meinem Mantel, den ich nun sorgfältig zuknöpfte. Dann begann ich ein Lied zu singen, das ich mir im Moment ausdachte. Ich erinnere mich noch, daß es lautete: »Ein Eisenbahner bin ich – und siehst du mich des Nachts – dann gieß ein Gläschen in dich – Mein Herz ist rot – grün ist mein Sinn usw. usw.« Da sah und hörte ich, wie in der Ferne, aus der Stadtmitte, ein großer Trupp lustiger Burschen daherkam. Ich verstummte und fing an zu laufen, dann schämte ich mich wegen des Fähnchens, das ich noch bei mir hatte und mit dem ich einen Streich in der Präfektur vorgehabt hatte; sobald ich also wieder auf den Schienen war, ließ ich es auf die Erde fallen.

Sachte sachte und ohne zu singen, lenkte ich meine Schritte nach Hause, aber inzwischen stieß der Trupp Burschen auf mich. Und diese Burschen wollten, daß ich mit ihnen mitkäme. Sie kamen von einem Maskenball und gingen nun auf einen anderen in der Vorstadt. Und ich ging mit ihnen mit. Auf dem Ball machte ich jedem Mädchen, mit dem ich tanzte, eine Liebeserklärung. Der Maskenball in der Vorstadt stank nach süßlichem Rosolio und Kaserne. Aber die Stimmen der Frauen waren reizend: eine schöner und betörender als die andere, erklangen sie miteinander wie eine unsterbliche Musik, die ich am liebsten aufgeschrieben hätte, um sie am nächsten Tag in der Oper aufführen zu lassen. Ich ging allein nach Hause und rühmte vor mir selbst mein ungeheures, monströses, unwiderstehliches Wesen.

Beim Tod eines meiner Urgroßväter, eines gewissen V. V., erbten wir einen Stadtpalast auf dem Corso Umberto. Im Alter von zwei Jahren zog ich in dieses Haus ein; mit siebenundzwanzig zog ich wieder aus. An jenem Abend wußte ich nicht, daß nur noch wenige Jahre fehlten, bis dieses Haus nicht mehr mir gehören sollte. So begann ich, wie seit vielen Jahren an jedem Abend, durch die Zimmer zu gehen: es waren fünf große Salons hintereinander. In jedem Salon hätten drei oder vier moderne Wohnungen Platz gehabt: der rote Salon, der blaue Salon, das mittlere Zimmer (das Wohnzimmer meiner Familie), der Flursalon und der große Landschaftssalon (wo ich in jenem Jahr mein Arbeitszimmer hatte, mit einem Riesentisch, den ich als Bücherschrank benutzte, da meine Mutter nicht zuließ, daß Regale aufgestellt wurden, denn die fand sie schwerfällig und geschmacklos). An jenem Abend löschte ich – wie übrigens an jedem Abend – meinen Durst mit einer Flasche Lambrusco. Das war ein überaus leichter, moussierender Wein mit Veilchenduft, eine schon damals seltene Art von Lambrusco, die es seit dem Überhandnehmen der Reblaus gar nicht mehr gibt. Dann ging ich in das mittlere Zimmer und setzte mich ans Klavier. Ich hatte mir drei oder vier schandbare Liedchen ausgedacht, die mir halfen, nicht mehr an die wirklichen Frauen zu denken, und mich in das absurde Nirwana der idealisierten Frauen, in die Ideenwelt eines liederlichen Platonismus versetzten, wo die Frauen zu einem erträumten Lächeln oder einem ersonnenen Mienenspiel wurden, das am Himmel einer vergangenen oder einer zukünftigen Zeit hing. Und damit war es noch nicht getan: denn diese Bilder mußte man sich in ganz vertrauten Posen vorstellen. Heute weiß ich, daß man sich auf diese Weise die Madonna vorstellen kann. Aber die Häresie in unserer Familie (denn von etwas anderem als von Häresie läßt sich hier, glaube ich, nicht sprechen) bestand darin, daß wir uns die gewöhnlichen Frauen (nicht die der wirklichen Welt, denn die waren alle verwerflich) unserer Vorstellungswelt (die jedoch die einzige, uns zugestandene wirkliche Welt war) so vorstellten wie die Christen die Madonna, die jedoch ihrerseits wieder so erhaben über allem stand, daß man sie sich nicht einmal vorstellen konnte. Anders gesagt, ich glaube, wir waren Ikonoklasten der Einbildungskraft. Meiner Mutter die Schuld zuzuschieben, wäre ungerecht von mir. Eigentlich müßte ich die Schuld dem Schicksal geben, das meinen Vater abrief, als ich ein Jahr alt war. Schließlich müßte ich mir selbst die Schuld geben, der ich mit gewöhnlichen, vulgären Trieben, aber mit einem ungeheuer empfindsamen Herzen ausgerüstet bin. Mir fehlte die Kraft, aufzubegehren, mich und die anderen vor die Wirklichkeit der Tatsachen zu stellen. Das Ergebnis von all dem, das, glaube ich, trotz allem noch sehr dunkel bleibt, war folgendes. Nicht nur, daß ich nie eine Frau nach Hause brachte, nicht nur, daß ich nie eine Frau im Auto mitnahm (das ich nach dem Abenteuer auf dem Ball des GUF bekam, nachdem ich das Fahren gelernt hatte), nicht nur, daß ich nie ein Zimmer mietete, um mit einer Frau hinzugehen: sondern sogar jedesmal, wenn ich ins Bordell oder zu freiberuflichen Prostituierten ging, fühlte ich mich verpflichtet, sie zu vergessen, meine Klamotten und mein Hirn zu waschen; und damit man glaubte, ich wäre beileibe kein Mensch wie jeder andere, erfand ich sogar, ich sei betrunken gewesen (sich betrinken war nicht schlimm, und ich glaube, hier hatte in unserem Hause die Sünde eines vergöttlichten Heidentums Wurzeln geschlagen). Ich muß auch gestehen, daß ich ein Doppelleben führte: zu Hause ein gutes, natürliches Leben wie ein von den Menschen und der Gesellschaft vergessener Halbgott, und ein schlechtes, ein monströses Leben wie jeder beliebige andere junge Mann. Diese Leben waren jedoch beide schlecht geführt und leider ständig ineinander verflochten, und das Schlimmste aus dem einen Leben wurde vom Schlimmsten aus dem anderen besudelt. Meine große Liebe, die Frau, die ich hätte heiraten sollen und der ich bis zu einem gewissen Alter (das sage ich, weil sie vier Jahre älter war als ich) ein mustergültiger Ehemann gewesen wäre, war eine gewisse W. Ich dachte schon mit Entschiedenheit daran, kaum daß ich das Gefühl hatte, vollkommen entwickelt zu sein. Ich war sechzehn (damals erinnerte ich mich an meine erste Begegnung mit W., die fünf Jahre zurücklag, und was mich in diesen Erinnerungen verfolgte, war ihre Größe, ihre Schlankheit, ihre Stimme und ihre kleinen, lachenden Augen und über allem der Geruch ihres weißen Baumwollkleides im Juni, das wie ein Kleid roch, das nicht frisch gewaschen war und beim Spaziergang im Stadtpark zuviel Staub aufgefangen hatte, und ihre liebe Gleichgültigkeit mir gegenüber) und von da an grübelte ich einige Jahre darüber nach, mit welchen Worten und Bildern ich die Sache meiner Mutter vortragen könnte. Aber ich fürchtete, sie könnte die Sache negativ aufnehmen, und erfand mir andere, ungeheuer künstliche Liebschaften, um so die Billigung und das Vertrauen meiner Mutter zu gewinnen: das war Grund für meine falsche und eingebildete Schwärmerei für N., mit der ich um 1928 begann, die ich 1929 in meiner Einbildung weiterspann und über die ich 1930, 1931, 1932 usw. nachsann.

Ich war also vom blauen Salon (wo ich den Wein getrunken hatte) über das mittlere Zimmer (wo ich Klavier gespielt hatte) und schließlich, bevor ich mich an dem riesengroßen Tisch an die Arbeit machte (daß ich kein Schreibtisch-Schriftsteller bin, verdanke ich diesem Tisch-Ungetüm) durch den roten Salon gekommen. Hier hatte ich die Gewohnheit, mich fünf Minuten in jeden Sessel und auf jedes Sofa zu setzen. Ich pflegte so die Ereignisse des Tages, der vergangenen Jahre, der Zukunft noch einmal durchzugehen. Als ich an jenem Abend an dem großen Tisch im Landschaftszimmer saß, glaubte ich, Gina schon vergessen zu haben, und begann Leopardi (den Zibaldone) zu lesen, mit dessen Hilfe ich das Schreiben zu erlernen hoffte.

Bevor ich mich niederlegte, schrieb ich etwas Eigenes.

Es ist sinnlos, mich zu erinnern, was ich damals schrieb. Häufig schrieb ich lange Seiten, um mein Denken (das mir nicht zu existieren schien) dem Satzgefüge, dem Satzbau und der Grammatik Leopardis anzupassen. Mag sein, daß ich an jenem Abend die erste Zeile einer Erzählung schrieb, die später den Titel *Die Modistin* bekommen sollte. Vielleicht hatte ich aber diese Zeile schon einige Jahre vorher geschrieben: »Frau Elvira war nun über sechzig. Sie saß in einem weichen, geblümten Sessel mit bequemen Armlehnen und ließ ihren Kopf zurücksinken. Es war, als sollte sie sich dort verirren ... usw.« Soviel aber ist sicher: Zu der ersten Zeile hatte mich die Reproduktion eines Bildes von Cézanne inspiriert, die um 1930 in einer polemischen Kunstzeitschrift, die *Belvedere* hieß, zu sehen war. Das Bildnis schien mir Ähnlichkeit mit meiner Großmutter zu haben. Auf jeden Fall verliebte ich mich in das Gemälde, und eine geraume Zeit, bevor unser berühmtes literarisches Blättchen erschien, grübelte ich darüber nach, was ich schreiben könnte, um die grandiose Atmosphäre des Cézanneschen Meisterwerkes schriftlich zu Papier zu bringen. Mein Ehrgeiz blieb ein eitler Wahn, das wurde mir klar, als ich ernstlich daran zu denken begann, Musik oder, noch besser, Malerei zu studieren. Abgesehen von meinen Ambitionen einer cézanneschen Literatur hatte ich jedoch einige kleine Erzählungen geschrieben, mit denen ich ziemlich zufrieden war und die ich manchmal wiederlas. Eine dieser Erzählungen hatte den Titel: *Heimkehr eines Seemanns.* Es passiert in ihr nichts, was man hätte erzählen können. Ein Seemann denkt in den Ruhestunden auf seinem Schiff immer an seine Frau. Endlich kommt er nach Hause, findet seine Frau wieder und geht mit ihr den Flußdamm entlang spazieren. Dann sticht er wieder in See und kommt wieder zurück und ... findet seine Frau nicht mehr. Es wird aber nicht gesagt, ob sie gestorben oder davongelaufen ist, denn die Malerei, nach der ich im engeren

Sinn von Literatur strebte, konnte es nicht interessieren, was eine Frau macht, die man nicht mehr findet.

Diese Erzählung, die im Frühsommer 1933 dem Primus inter pares des literarischen Blättchens zur Publikation vorgelegt wurde, stieß bei diesem auf einen solchen Widerspruch, daß ich schließlich sogar glaubte, ich sei ein Dummkopf, dem man ein wenig Freundschaft gewähre, nur weil diese Freundschaft schon bestand.

Als ich mich an jenem Abend (eigentlich war es schon Morgen) endlich niedergelegt hatte, konnte ich lange nicht einschlafen. Mit weit geöffneten Augen lag ich unter der Decke, während Ginas Gerüche (sie benutzte ein wenig Puder und Kölnisch Wasser) durch die Nase in mein Denken hochstiegen. Schrecken erfaßte mich bei dem Gedanken, meine Angehörigen könnten von alldem erfahren. Nicht so sehr die Gerüche erschreckten mich (die konnte ich immer noch als Folgen des Tanzens hinstellen: wenn auch das schon schwierig war, da ich in meiner Familie als erklärter Feind des Tanzens galt), als vielmehr der Gedanke, in Modena und in Italien mit einer Frau zusammengewesen zu sein. Zum erstenmal war ich nun in Italien mit einer Frau zusammengewesen, die keine Hure war.

Von jeher hatte ich zu Hause nie etwas verheimlicht. Nur die Liebesdinge mußte ich verheimlichen. Selbstverständlich *konnten* normale Bedürfnisse und Laster verheimlicht oder, im schlimmsten Fall, auch zugegeben werden. Natürlich hätte es dann eine Tragödie gegeben, eine Katastrophe aber wäre es gewesen, mit Leib und Seele einen Menschen, eine Frau, zu lieben, die obendrein, ohne eine Hure zu sein, ein armes, einfaches Mädchen aus einer Nachbarstadt war. Wenn ich jemanden umgebracht hätte, wäre es ungeheuerlich gewesen, aber das Bild meines Körpers und auch meines Geistes wäre in der Erinnerung meiner Mutter unversehrt geblieben. Mit einer Frau verkehren (die keine Hure war), hätte bedeutet (das war zumindest die – beinahe unbewußte – Überzeugung, die im Lauf der Jahre von der Kindheit zur Pubertät und zur Jugend in mir gewachsen war), daß ich mein Gesicht verloren hätte, da in der Erinnerung meiner Mutter ein ausgelöschtes Bild von mir geblieben wäre.

Ich faßte daher, bevor ich einschlief, den unumstößlichen Beschluß, Gina nie mehr zu sehen. Aber es kam anders.

Am nächsten Tag betrat ich gegen fünf Uhr nachmittags das Café Nazionale. Ganz hinten saß Gina mit ihrer Schwester, dem Verführer, mit zwei meiner Freunde aus der vergangenen Nacht an einem Tischchen, und auch Pavlón war da. Ich tat so, als sähe ich niemanden und ging wieder hinaus ... Gina aber, die mich inzwischen gesehen hatte, war aufgestanden und mir gefolgt. »Antonio«, rief sie, »warum sind Sie heute mittag nicht ins Café gekommen?« »Ich weiß es nicht«, antwortete ich ihr und fing an zu lachen, »aber warum sagen Sie denn ›Sie‹ zu mir?« »Und du«, sagte sie, »sagst du vielleicht ›du‹ zu mir?« »Na gut«, sagte ich, hakte mich bei ihr unter und ging noch einmal mit ihr spazieren, »ich bin ein Mann ohne Gedächtnis.« »Ohne Gedächtnis?!« sagte sie und drängte sich näher an mich, »... das ist schlimm.« So gingen wir wieder spazieren und aßen miteinander bei Grosoli in der Via Saragozza zu Abend. Wir gingen wieder in den Stadtpark. Wir gingen ins Theater, um ihre Schwester tanzen zu sehen. Dann war das kleine Fest im Hause des Verführers, zu dem Gina und ich eigens eingeladen wurden. Zuletzt gingen wir auf einen Maskenball, wo sich Gina aus Solidarität mit mir betrank. Nur noch einige Tage, und der Fasching war zu Ende: und Gina, deren Schwester ihre Verpflichtungen am Theater beendet hatte, reiste ab. Sie hinterließ mir ihre Adresse. Ich gab ihr die meine. Vierzehn Tage später (kurz vor meiner Abreise nach Rom) bekam ich eine Postkarte von ihr, mit Grüßen und ihrer Unterschrift und ganz unten in kleiner Schrift: »Wie wäre es mit ein wenig Gedächtnis?«

Mein Abenteuer auf dem Ball des GUF zog viele und langwierige Folgen nach sich. Die alten Herren, die keine Parteigenossen waren und mich aus purem Sadismus im Stil des 19. Jahrhunderts betrunken gemacht hatten, gestatteten nicht nur, daß man sagte, ich hätte schlecht über Mussolini gesprochen, und bestätigten es auch noch, sondern beteuerten sogar, ich hätte derartig unflätiges Zeug gesagt, daß die Reaktion im Saal gerechtfertigt sei. Von den Damen und deren Töchtern wäre es besser, überhaupt nicht zu reden, denn noch heute (obschon ich jedesmal, wenn ich vor dem Zusammenbruch des Faschismus daran dachte, dessen Zusammenbruch herbeisehnte, nicht zuletzt, um mir vorzustellen, wie ich während der imaginären Revolte hinter einem Maschinengewehr vom Hause des Ciro Menotti aus auf den Palast zielte, in dem das Fest des GUF stattfand, und erbarmungslos auf jene Frauen und deren Liebhaber schoß) empfinde ich Scham für sie und unendliches Mitleid mit ihrer Seele, sollte eine solche überhaupt existieren. Meine Herzensbildung, auf höchstem vorstellbarem Niveau angesiedelt und daher bereit, jede andere Art von Bildung zu vergeben, läßt es nicht zu, auch nur einer von ihnen ihren absoluten Mangel an Gefühl zu vergeben. Ich würde sie, ganz im Gegenteil, um ein wenig Mitleid bitten, wenn ich wüßte, daß es der Mühe wert wäre, darum zu bitten. Da aber vor dem Gericht meines Herzens festgestellt wurde, daß jene Wesen bar jeglichen Gefühls sind, habe ich sie durch mein Künstlerurteil zu der höchsten Strafe verurteilt, die da ist: die Auslöschung ihres unvorstellbaren Bildes aus meiner gegenwärtigen, vergangenen und zukünftigen Vorstellungswelt. Es war jedoch noch eine Frau auf dem Fest des GUF: Von ihr wird mir ein unbestimmtes Bild bleiben, das aber das zarteste und anmutigste Bild meines Lebens ist und auch das tiefste geworden wäre, wenn ich damals schon reif genug gewesen wäre, um das zu wissen und das Bild vollenden zu wollen. Als das Fest stattfand, kannte ich sie noch nicht. Ich sah sie nur flüchtig. Nun habe ich sie aus meinem Gedächtnis hervorgeholt, damit sie erfährt – sollte sie je diese Seiten zu lesen Gelegenheit haben –, daß ich niemals daran gedacht habe, sie mit den anderen Frauen auf dem Fest zu verwechseln.

Als ich nach Rom fuhr, war der Frühling schon gekommen. Und vom letzten Tag, an dem man in der Stadt noch Schnee sah, dem Aschermittwoch, bis zum Tag meiner Abreise habe ich wohl noch mehrere andere Leben gelebt, indem ich mich an den Strohfeuern romanhafter Lieben verbrannte, die ich nur mit dem Atem den Pfeilern der Arkaden zuraunte. Auch Stunden der Einsamkeit und des Grübelns hatte ich erlebt. Damals entdeckte ich allmählich, wenn ich (nach Stunden der Selbstbetrachtung) unvermittelt erwachte, in mir einen trägen Träumer undenkbarer Revolten, einen Anstifter unwahrscheinlicher Komplotte. Die Faschingsbälle hatten mich noch feiger und verdrossener gemacht. Obschon ich, sobald mir ein Bekannter begegnete, immer noch den gutmütigen, lustigen Kumpan spielte, war ich praktisch allein geblieben. Manchmal begleitete mich mein Freund G. Sobald er mir begegnete, ging er in eine Wirtschaft und begann zu trinken. Er wollte es mir gleichtun und mich noch überbieten. Ich verspürte andererseits einen solchen Ekel vor dem Alkoholrausch, daß ich nicht wußte, wie ich überhaupt noch trinken sollte: ich aß nur mehr Orangen. Aber da ich meinen Freund ständig in Wirtschaften gehen und betrunken wieder herauskommen sah, fing ich eines Tages, mehr aus Freundschaft und Mitleid denn aus Lasterhaftigkeit, auch wieder zu trinken an. Und wie es so zu geschehen pflegt, wenn man trinkt und völlig ausgehöhlt und leer ist, ohne Wünsche, ohne Vorsätze, ohne Liebe, dann folgt man, sobald der Zustand der Trunkenheit erreicht ist, dem Vorhaben jedes beliebigen Begleiters, mag er betrunken sein oder verrückt; so bewies ich mir selbst an jenem Tag, daß ich ein vollendeter Trottel geworden war. G. sagte: »Besuchen wir den XY.« Ich sagte: »Gut. Gehen wir.« Und wir klopften an die Tür eines Musikers, der, glaube ich, auch Dichter war. Er war mir häufig begegnet, immer allein. Und ich glaube, er war auch zu Hause immer allein. Ich glaube, er war ein grenzenlos gutmütiger Mensch, und ich glaube, er glaubte (wie alle Künstler), er sei der bedeutendste Mensch des Universums. Unterwegs erzählte ich meinem betrunkenen Freund von meiner Liebe zu Gina. Ich erinnere mich noch, daß er stehenblieb und, mit einem Schlag so ernst geworden, als hätte er nicht ein einziges Glas getrunken, zu mir sagte: »Delfini, so was darfst du nie mehr tun, wenn du willst, daß ich dein Freund bleibe. Du bist ein unbescholtener Mensch, und ich will einen unbescholtenen Menschen zum Freund haben.« »Aber ...«, sagte ich, »ich werde es nicht mehr tun.« Bei mir dachte ich, G. sei ein wenig verrückt; denn ich wußte, daß er durch sein ständiges Ficken – mit den weiblichen Angestellten der Gewerkschaft, deren Sekretär er war, mit den Angestellten der anderen Gewerkschaften und mit den Frauen, Töchtern und Geliebten seiner Freunde – sich eine Art Blutleere im Gehirn zugezogen hatte.

Der Musiker wollte uns die Tür nicht aufmachen, also öffneten wir sie mit Gewalt. (Zuerst hatte G. die Milchflasche genommen, die vor der Tür stand, und hatte sie vollgepinkelt.) Der arme Musiker schrie: »Das ist ein Verbrechen ... Fort mit euch! Haut ab!« Wir aber gingen hinein, nahmen, Tische, Musikinstrumente, Trödelkram (denn das Zimmer war vollgestopft mit Möbeln und anderem Zeug) über den Haufen werfend, zwei Stühle und setzten uns ans Klavier. Vierhändig spielten wir eine lange Musik (einen dröhnenden Krach) und fingen an, Stornelli zu singen. Wir waren gewiß länger als eine Stunde dort. Immer noch singend, gingen wir schließlich und standen schon bald wieder in der Nacht von Modena mit ihren Proszeniumslogen, ihren einsamen, diskret beleuchteten Abendessen, ihren Kulissen, hinter denen seit mehr als hundert Jahren ein Bandit mit seiner ganzen Bande wartet, um in die Stadt einzufallen und den allzu plumpen religiösen Geist der Einwohner ... und ihre Angst vor den Kopf zu stoßen.

Wenn ich in den späteren Jahren an diese elf Tage (die ersten Tage der Fastenzeit) zurückdachte, erschienen sie mir so lange, als wären es Monate gewesen, voll Trägheit und Einsamkeit; noch heute erscheinen sie mir so. Wenn ich, umgekehrt, die Fakten aufzähle und mit den Daten vergleiche, ist es kaum verständlich, wie ich in zwölf Tagen so intensiv leben konnte (dazu gehörten auch lange Einsamkeiten, Verzweiflungszustände, gesellschaftliche Isolierung usw. usw.).

Es kam so weit, daß ich nach dem Fest des GUF eine Spielhölle eröffnete. Am ersten Tag geschah es beinahe zum Spaß. Ernst wurde es erst, als meine Spielhölle einen Kompagnon bekam; es war ein gewisser Gigi, Sproß einer reichen, vornehmen Familie der Stadt: der geldgierig war, weil er zum Geiz neigte und weil er von seiner Familie knapp gehalten wurde. Ich hatte mich nach einem Kompagnon umgesehen, obschon meine Spielhölle risikolos war (eine Art Roulette mit zwölf Zahlen und der Null); denn wenn ich der einzige geblieben wäre, der etwas verdiente, hätte ich meiner Veranlagung nach das gewonnene Geld auf irgendeine Weise wieder zurückerstattet. Nun aber würde mein Kompagnon, der nichts losließ, sich der Geldrückgabe widersetzen und so auch mir für den bleibenden Besitz des kassierten Geldes garantieren. Im Lauf von etwa zehn Sitzungen im blauen Salon meines Hauses gewannen wir schließlich dank einiger ziemlich reicher Kunden tausend Lire pro Kopf. In meinem Inneren schämte ich mich sehr. Ich fühlte mich, als wäre ich ein Falschspieler geworden, obschon mein Kompagnon sagte, es gehe in unserer Spielhölle nachgerade vorbildlich korrekt zu. Jedenfalls beschloß ich eines Abends, den Laden dichtzumachen, womit ich auf den Haß und die Verachtung meines Kompagnons und der jungen verlierenden Spieler stieß. Sie sagten, ich hätte mir nur das Geld für meine Reise nach Rom verdienen wollen. Das stimmte aber nicht, denn meine Mutter hatte mir schon sechshundert Lire für die Reise gegeben; wozu ich das gewonnene Geld verwendete, werden wir noch sehen. Ich hatte inzwischen im Café Nazionale einen besonders skrupellosen Mann kennengelernt (oder wiedererkannt). Er kam aus Amerika. Vor dem Marsch auf Rom war er mit einem berühmten Squadristenführer aus Bologna, der in der Folge ein großer Parteimachthaber geworden war, befreundet gewesen. Er brüstete sich damit, sowohl im Krieg wie im Frieden, viele Feinde getötet zu haben. 1924 war er schon in den Rang eines Milizmajors befördert worden; später wurde er wegen einer Zuhältergeschichte mit der Begründung »moralisch unwürdig« aus dem Fascio ausgestoßen und war in die USA gereist. Offensichtlich hatte ich seine Sympathie gewonnen, denn er suchte stets meine Gesellschaft. »Sie sind der einzige intelligente, moderne und unvoreingenommene Mensch, den es in dieser widerlichen Stadt gibt. Sie müßten mit mir nach Amerika kommen«, sagte er zu mir. »Nein«, sagte ich, »nach Amerika gehe ich nicht. Ich habe hier mein Zuhause, meine Familie, meine Bücher...« »Glauben Sie mir«, sagte er, »Sie wissen nicht, was Amerika ist..., hier in Italien landen Sie früher oder später in einer Versammlung des Duce und dann ist es aus mit Ihnen. Außer Sie werden ein großer Parteimachthaber..., das hätte mir auch gefallen, glauben Sie mir. Aber mein Freund war zu eifersüchtig« (und er nannte den Namen des damaligen großen Parteimachthabers, seines Kameraden aus der Squadristenzeit).

Eines Abends, als das Spiel schon früh, noch vor zwei Uhr, aufgehört hatte, weil die Spieler kein Geld mehr zu verlieren hatten, war ich unterwegs unter dem Portico del Collegi, da das Café Nazionale meiner Meinung nach sicherlich noch offen hatte; da rief mir der ehemalige Squadrist vom Steuer seines Wagens aus zu: »Steigen Sie ein.« »Wohin fahren Sie denn?« fragte ich, als ich schon im Auto saß. »Wir fahren nach Bologna. Im Hotel Baglioni warten zwei Weiber auf uns, bei denen fliegen die Funken.« Zum erstenmal in meinem Leben (und vielleicht auch zum letztenmal) ging ich mit einem Abenteurer auf Abenteuer. Nachdem er mir in groben Zügen die Frauen geschildert hatte, die wir aufsuchen sollten, bat mich Arnaldo (das war sein Vorname, aber seinen Nachnamen, der auf -ai endete wie Rosai oder Mafai, habe ich vergessen) etwa in der Höhe von Samoggia, ihn zu duzen. So erfuhr ich, daß er Handelsgeschäfte in großem Stil betrieb: alles Schmuggelware – von Uhren, Zigaretten, Spirituosen bis zu Rauschgift –, er schwor mir jedoch, daß er letzteres nie für sich selbst verwendet noch andere zu dessen Gebrauch verleitet habe. Er belieferte die Partei, seine alte faschistische Partei, die ein Auge zudrückte und Arnaldos Schmuggel mit Uhren, Teppichen, Spirituosen usw. durchgehen ließ, dafür aber Rauschgift zum Einkaufspreis bekam. Arnaldo erzählte mir, die Partei verteile Rauschgift an die Flieger, einige in Libyen internierte Offiziere und vor allem an die auswärtigen Agenten in Paris und London, die sich des Rauschgifts bedienten, um die Angestellten der Ministerien und ausländischen Botschaften zu bestechen. Ich nahm an, er übertrieb mit seiner Schmugglertätigkeit: er sah nämlich aus, als wollte er sich wichtigmachen. Als wir ins Baglioni kamen, waren die beiden Frauen schon ins Bett gegangen. Arnaldo bestellte ein Doppelbettzimmer für mich und ging selbst in das Zimmer der beiden Frauen, von denen sich die eine Ardella nennen ließ: es war die, welche mit mir ins Bett ging. Eine hochgewachsene, braunhaarige Frau mit üppigem Gesäß und üppigen Brüsten, der Typ der Kurtisane im spätrömischen Kaiserreich, wie er damals in den Bordellen im Schwange war. Sosehr sie mir aufs erste gefiel, so großen Ekel hinterließ sie in meiner Erinnerung, sie trug nicht wenig dazu bei, meine allumfassende Verstörtheit noch zu vermehren, die ihren Ursprung auf dem Fest des GUF hatte. Auf der Rückfahrt, am nächsten Tag um die Mittagszeit, spielte ich den befriedigten, frohen Mann, wodurch ich Arnaldo noch sympathischer wurde. Ich fragte ihn, ob er auch Waffenschmuggel betreibe, und er erwiderte: »Kommt darauf an.« »Ich würde ein Dutzend Gewehre mit Patronen und Magazinen brauchen«, sagte ich. »Und wozu brauchst du sie?« fragte er, ohne das mindeste Staunen zu zeigen. »Du mußt wissen«, sagte ich, »ich habe in Viareggio einen Freund, einen Kapitän, der sich ein Lastschiff von über zweihundert Tonnen baut. Er würde mich mitnehmen, würde mich im nächsten Sommer mit sich reisen lassen, ich brauche ihm nur zwölf Gewehre zu beschaffen. Da er politisch nicht gut angeschrieben ist, weiß er nicht, wie er sie sich beschaffen soll. Außerdem habe ich nur tausend Lire zur Verfügung.«

»Ich hab schon verstanden«, sagte Arnaldo, »tausend Lire reichen dir leicht. Morgen nacht um vier bin ich vor deinem Haus. Halte dich bereit und schicke die Spieler schon früher weg.« In der folgenden Nacht (es war die Nacht, in der ich meine Spielhölle für geschlossen erklärte) öffnete ich mit einem schweren Schlüssel ein großes Zimmer im Mezzanin (wo noch vor zwanzig Jahren der Kutscher meines Vorfahren V. V. gewohnt hatte). Weder ich noch meine Angehörigen hatten den Raum je betreten. Es roch intensiv und sehr stark nach Schimmel, altem Zeug und Landwirtschaft. Ich machte mit einer Kerze Licht: Arnaldo gab mir eins um das andere die zwölf Karabiner der königlichen Leibwache, fünfhundert Patronen und sechzig volle Magazine. Was mir in jener Nacht leid tat, war der Gedanke, daß ich Arnaldo angelogen hatte: denn bis dahin hatte ich nie einen Kapitän zum Freund gehabt, der sich in Viareggio ein Schiff baute.

Arnaldo bekam die tausend Lire, die ich durch das Spiel gewonnen hatte. Er gab mir alle möglichen Ratschläge, auf welche Weise ich die Waffen nach Viareggio zu transportieren hätte. »Du wirst sie«, so sagte er, »in deinen schönen Lancia Augusta laden, den man dir liefern wird. Kein Mensch wird glauben, daß ein Mann wie du in einem neuen Auto alte Waffen versteckt.«

Am nächsten Tag war ich mit dem Kauf eines Koffers ziemlich beschäftigt. Obschon ich noch nicht festgelegt hatte, wann und wie ich nach Rom fahren würde (ich hatte gedacht, ich könnte in jenem Jahr auch einmal nicht nach Rom fahren, ich glaubte nämlich, Rom wäre in jener Zeit für mich zu einer Art Vorurteil geworden: wie übrigens alles, was zu meinem Rom jener Zeit gehörte, sich im Lauf der Jahre als ein Berg bösartiger Vorurteile entpuppte; ich spreche jetzt nicht vom Faschismus), hatte in der vorhergehenden Nacht beschlossen, nun doch abzureisen, vor allem, weil ich mich von Arnaldo nicht in Schmuggelgeschäfte wollte verwickeln lassen. Schmuggler zu werden war in den Jugendjahren, in denen man am meisten darüber nachsinnt, was man später einmal werden will, einer meiner häufigsten Träume gewesen. Aber nun hatte ich meinen Weg schon gewählt: Mein Geschick war besiegelt, ich war Schriftsteller geworden. Ich hatte mich jedoch nicht damit abgefunden (und das war natürlich), auf alle anderen Laufbahnen zu verzichten, von denen ich in meiner Jugend geträumt hatte. Wenn ich selbst in Gedanken und vor allem in meinen Träumen auch schon darauf verzichtet hätte, wäre ich kein Schriftsteller mehr gewesen, sondern einfach ein ungebildeter Pseudoliterat. Schriftsteller zu sein bedeutete für mich, ohne vorsätzliches Interesse alle Möglichkeiten des Lebens ins Auge zu fassen, und außerdem noch die Möglichkeit, stets neue Möglichkeiten zu erfinden. Man bedenke, daß ich einige Jahre vorher, als ich eine Fechtschule besuchte und wegen meiner Schlankheit und vor allem, weil ich Linkshänder bin, von meinem Lehrer höchstes Lob gespendet bekam, an die Möglichkeit dachte, ich könne eines Tages Nedo Nadi besiegen und, da ich mir legendären Ruhm ausmalte, der den des Franzosen Gaudin noch weit überstieg, und schon allein von diesem Gedanken befriedigt war, meinen Fechtunterricht einfach aufgab: denn da es im Leben Tausende und Abertausende wichtiger, schon bekannter Dinge gab (die unbekannten gar nicht zu zählen), hielt ich es nicht aus, meine Zeit weiterhin für eine Erfahrung zu verschwenden, deren Verlauf sich absehen ließ, wenn ich dabei riskierte, eventuell etwas zu versäumen, das ich sonst überhaupt nie kennengelernt hätte. In diesem meinem Trachten, das sich mit der Zeit in ein Chaos dichter Wolken verwandelt hatte, die nie ein Blitz durchzuckte, um sie in einen schweren, befreienden Regen aufzulösen, hatte sich nach und nach ein Kern herausgebildet, der sich allmählich ausweitete und meine ganze geheime, bis dahin niemals ausgedrückte Welt wurde: diese Welt waren die Frauen, und, durch sie, die Begegnungen, die Visionen; die Vollkommenheit, nicht der Schönheit an und für sich, sondern des Bildes, das durch die Frauen, selbst wenn ich sie nur flüchtig erblickte, ein für allemal in ewigem, wirklichem, äußerst lebendigem Schein geschaffen, festgehalten und zusammengesetzt werden konnte, wobei es in Aussehen und Lebensumständen so bescheiden wie möglich zu sein hatte ... mit dem Anspruch freilich, das Ganze zu guter Letzt in der Wirklichkeit des Lebens Tag um Tag wiederfinden zu können.

Ich glaubte jedoch nicht, daß mich der Verzicht auf

praktisch jegliche Karriere nicht nur meinem Versagen als Mensch (eine erniedrigende Vorstellung, mit der ich in extremem jugendlichem Feuer immer wieder liebäugelte), sondern auch meiner Karriere als Schriftsteller zutrieb, das heißt der Karriere, die ich damals für die höchste hielt (und heute noch dafür halte, inbegriffen selbst die Karriere eines Kondottiere, eines Revolutionärs usw.).

Freilich, wenn ich die Intellektuellen nicht gekannt hätte und noch weniger mit ihnen verkehrt wäre, als ich es bis dahin getan hatte, dann wäre ich nicht nach Rom gefahren. Denn nach Rom fahren hieß mich einer Art Minderwertigkeitskomplex unterwerfen, den mir die Intellektuellen enthüllt hatten und mit dem ich nicht unbefangen genug herumzuspielen verstand. Es war ihr eigener Minderwertigkeitskomplex, und *par délicatesse* tat ich so, als wäre ich auch infiziert. Es kam so weit, daß mir die Intellektuellen einredeten, ich müsse mich von ihnen, die schon unheilbar erkrankt waren, behandeln lassen. Sie waren nämlich von diesem Komplex bereits getötet worden, und ihre eigenen Larven (die sich als meine Ärzte aufspielten) waren nichts anderes als das, was von ihren Leibern noch fortlebte. Der Minderwertigkeitskomplex hieß damals (und heißt heute noch) *Provinz*. Man achte jedoch genau auf meine Worte. Ihr Komplex bestand nicht darin, daß sie Provinzler waren (die es ja nicht gibt und nie gegeben hat), sondern darin, daß sie *über eine Provinz, ein Provinzlertum sprachen und urteilten, einen mit ihrer Angst vor der Provinz ansteckten* und sich in einen Turm oder in ein verborgenes Tal oder in das Zentrum einer Großstadt oder in den Salon einer Dame in einer Villa, *außerhalb der Provinz*, zurückzogen.

Sie waren wirklich krank. Aber wir können nicht sagen, jemand hat kranke Beine, wenn ihm die Beine fehlen. In diesem Sinn hätten sie eine kranke Persönlichkeit gehabt, wenn sie überhaupt eine gehabt hätten. An mir hingegen zeigten sich deutliche Merkmale einer kranken Persönlichkeit. Denn, wäre ich nicht krank gewesen, so wäre ich nicht nach Rom gefahren.

Es war ein grandioser Tag, so grün wie nur selten einer, kaum gedämpft von der Erinnerung an des Winters bittere Farben, die noch feucht und kühl aus dem Verputz der Häuser um den Dom hervorsickerten. Es war ein eigentümlicher Duft: ein wenig Keller, ein wenig Kirche, ein wenig Pferderennplatz. Nie war dieser Duft stärker ausgeströmt (wie eine reine Essenz, fast wie das Wunderwerk eines noch unerfahrenen Parfümherstellers). Nie so wie an jenem Tag, als ich mit dem Kauf eines Koffers beschäftigt war. *Sie* ging vorüber, sah mich, blickte mich an und lächelte mir zu. Ihre Haut war weiß, auf ihren runden Wangen ein so zartes Rosa, daß es als das entschiedene (nur vom Pinsel leicht gefärbte) Weiß eines Malers erschien, der ausschließlich in weißen Farben malte. Rings um sie wurde die Atmosphäre jedoch rosa, als ob sie selbst von einem tiefen Rosarot gewesen wäre. Von der rosaroten Atmosphäre trennte sie noch ein heller grauer Schein, der, durch den gelben Anstrich des Bischofspalastes entzündet, lebhafter strahlte, das Gelb wiederum spiegelte sich großzügiger auf dem Pflaster, wo sie ihre Füße vorwärts bewegte, und wurde golden. Aus den niedrigen Schaufenstern der Konditorei, wo sich der Reigen der kräftigen Farben der weißen, roten und silbernen Zuckermandeln drehte und sich mit jenem Blau vermischte, das man überall sieht, wo Grün in der Luft liegt, schleuderte es üppige violette Spritzer, aus denen ihr Kopf aufzutauchen schien wie die Vision einer Göttin mitten auf einer Wiese voll Anemonen und Gänseblümchen. Ihre hellblauen Augen, strahlend wie das Blau des hellen Himmels, vertieften sich, von einer feinen Kreislinie umgeben zu einem intensiven Blau und sprühten nicht wie zu helle Augen, sondern spendeten Ruhe dem Herzen dessen, der in sie blickte: wenn nicht ihr fester ruhiger Schritt gewesen wäre, der trotzdem vorwärts kam, und ihre rundlichen Beine, so recht geschaffen, einen weichen, gefiederten Körper (aber nackt und rosig die Haut) zu tragen, wenn nicht all das gewesen wäre und daran erinnert hätte, daß uns der Frühling die Überraschung eines völlig unerwarteten Gewitters bereiten kann.

In meinem Herzen brach ein Orkan los. Sie war blond, so blond wie noch niemand auf der ganzen Welt je gewesen ist, und das war der stärkste und grünste Frühlingstag, von dem je in diesem Jahrhundert die Rede war. Es war Frühling! Der einzige Frühling, den ich als Frühling in Erinnerung habe! Wir waren in der Stadtmitte, in einer kurzen, breiten Straße, die von der Via Emilia zum Dom führt. Weder eine Wiese noch ein Garten in der Nähe. Und trotzdem war es ein grandioser Tag, so grün wie sonst keiner …

Ich stand vor dem Laden des Sattlers. Zuerst hatte ich in das Schaufenster geblickt; jetzt lehnte ich mich daran. Statt der Frau zu folgen, betrat ich den Laden, und sie war schon am Ende der Arkade: dieselbe Arkade, die sonst immer dunkel gewesen war und nach Billard, Kaffee und verregneten Markttagen gerochen hatte, war nun blau geworden, als ob der gelbe Verputz des Bischofspalastes und der Bischofspalast selbst verschwunden wären. Ich entsinne mich noch, daß ich nichts kaufte, denn ich dachte, daß der alte Koffer, den ich zu Hause hatte, viel eleganter sei, und ich wußte, daß mein Herz nun ein Feind jeglicher Reise geworden war. Der Sattler sagte: »Herr Delfini, Sie sind blaß geworden. Falls es jedesmal, wenn Sie sie sehen, so geht, dann nimmt es ein schlimmes Ende. Ich glaube, der Augenblick ist günstig, sie hat gerade mit dem letzten Schluß gemacht, und es war der fünfte Verlobte. Wollen Sie nicht der sechste werden?« »Aber, von wem reden Sie denn?« fragte ich ihn mit erstickter Stimme. »Na, von der schönen Matesillani, von Margherita. Kennen Sie die Leute von Modena nicht mehr, weil Sie in Paris gewesen sind?«

Bei diesen letzten Worten hatte ich schon Reißaus genommen. Ich lief nach Hause mit der präzisen Vorstellung, ich würde mich aufhängen. Wie der Blitz durch die Arkaden der Via Emilia, am Tassoni-Denkmal vorbei, über die Piazza dell'Orologio, den Portico del Collegio und vorbei an der Volksbank, hinein in mein Haus, vier Stufen auf einmal, wie der Wind im Landschaftszimmer, dann in meinem Zimmer und im Bett. Wieviel Zeit war vergangen? Eine Viertelstunde oder zwei Stunden, ich weiß es nicht. Mein erster Traum war folgender: Ich irrte in einer Stadt von Seilfabrikanten herum und von einem Geschäft zum anderen suchte ich nach dem richtigen Maß; aber alle Geschäftsleute sagten: »Kommen Sie zur nächsten Seilmesse wieder!« Ich erwachte und sagte: »Das ist doch nicht möglich.« Dann kam ein anderer Traum: In einem Turm saß eine Henne, ich drehe ihr den Hals um und schiebe sie ins Bratrohr, und während ich sie zu essen beginne, kommt die blonde Hausfrau daher und sagt zu mir: »Du ißt meine Henne, aber wenn du dann zum Trinken hinausgehst, vergißt du, deinen Namen an die Tür zu schreiben, und dann erkennst du das Haus nicht mehr.« Ein dritter Traum (aber schon beinahe zwischen Wachen und Träumen) sagte: Die Tochter des Gartenwärters kommt durch das große Tor heraus, damit du ihr begegnest, und du gehst am hinteren Tor vorbei und wirfst mit Steinen nach ihrem Vater. Hab ruhig deinen Spaß daran; aber wenn die Tochter des Gartenwärters eines Tages einer Katze und einem Hund begegnet, die einander ficken, und sie zu lachen anfängt, wie kommst du dann zu deinem Spaß? Und dann noch: Ich schlief auf einer Wiese, und zwölf Gewehre waren auf mich gerichtet. Hinter den zwölf Gewehren stand niemand. Auf einmal schießen sie: Zwölf Geschoße durchbohren mein Herz. Ich bin dabei aufzuwachen, weil ich ja tot bin, aber die Fee sagt zu mir: »Einmal war ich in zwölf Gewehrkugeln zerteilt, jetzt bin ich eine Frau... du kannst weiterschlafen...« und ich erwachte.

Am nächsten Tag mußte ich abreisen. Und am Abend vorher wollte ich Arnaldo wiedersehen. Wir trafen uns. Er machte mir offiziell das Angebot, mit ihm zu reisen. Er sagte, ich solle nicht nach Rom fahren. Die Sache war sehr verlockend: aber ich hatte mich ja verliebt und fuhr gerade deshalb nach Rom. Er sagte: »Werde doch wenigstens mein Agent in Italien.« »Wenn ich aus Rom zurückkomme«, sagte ich, »gebe ich dir Bescheid.« »Aber dann bin ich nicht mehr hier«, sagte er. »Du bist sicher noch hier«, sagte ich, »denn ich bleibe nur zwei Tage aus.«

Am nächsten Tag stand ich sehr früh auf. Ich legte noch den Rest meiner Sachen in den alten Koffer und um acht Uhr war ich reisefertig. Der Zug fuhr um neun Uhr ab. Im Zentrum bestieg ich die Straßenbahn, und während sie über die Piazza nach Roma fuhr, wo das Denkmal für Ciro Menotti steht, mußte ich weinen, als ich dann einmal in die Runde geblickt und gesehen hatte, daß die wenigen Passagiere nichts gemerkt hatten, glaubte ich, auch ich hätte nichts gemerkt und fing an zu singen. Ich stand beim Fahrer; dieser sah mich an und sagte ab und zu lächelnd: »Verrückt der Herr und Faschist dazu.« Da sang ich noch lauter: »Kommst sommers du vorbei in größter Not, dann wirst du sehen, der Gauleiter ist tot. Verrückt war er nicht, doch ein Faschist ganz pur und hinterließ 'ne lange Liste nur. Du schöner Tramfahrer, verwisch die Spur!« »Na so was«, sagte er, ». . . nicht schlecht, aber singen Sie nur, was Ihnen gefällt.« Als ich ausstieg, sah mich der Tramfahrer lächelnd an und sagte: »Machen Sie's gut und gute Reise auch!«

Statt in den Zug zu steigen, brachte ich meinen Koffer in die Gepäckabgabe und ging zu Fuß in die Stadt zurück. Vor meiner Abreise wollte ich noch das Haus finden, wo Margherita Matesillani wohnte. Ich wußte, es befand sich in einem bestimmten Umkreis von Gassen, der mindestens ein Fünftel der Stadt ausmachte, aber wie ihre Straße hieß, wußte ich nicht. Daß sie nicht in dem alten Palazzo Matesillani wohnte, war mir bekannt. Ich wollte so vorgehen, daß niemand erraten konnte, was ich suchte. Obschon ich den Frauen gegenüber, das galt für alle Frauen, stets an einem Minderwertigkeitskomplex (oder Größenwahnsinn, was auf dasselbe hinausläuft) gelitten hatte, entstand Margherita Matesillani gegenüber dieser Komplex immer wieder aufs neue und verwandelte sich im Lauf der Jahre in einen Zustand der Beklemmung, in Entschlußunfähigkeit, in kindliche Flegelhaftigkeit, in entschiedene, hartnäckige Eifersucht, in ein drängendes Verlangen, sie zu umarmen, in eine krankhafte, an Impotenz grenzende Schüchternheit. Es war eine wahrhaft schreckliche Geschichte, die ich der Wirklichkeit meines Herzens enthüllen mußte.

Es hatte eine Zeit gegeben, in der wir uns häufig sahen, Margherita Matesillani und ich. Ich war mit einem ihrer Vettern befreundet (der später Arzt wurde, aber wo er dann gelandet ist, weiß ich nicht), der die Suchten hatte, nach Livorno auf die Marine-Akademie zu gehen, Bambusstöcke mit Blei zu füllen, um faschistische Keulen daraus zu machen, Briefmarken zu sammeln und (von seinem zehnten Lebensjahr an) davon zu sprechen, wie das Ficken gehe. Dieser Vetter war ein Jahr älter als ich. Er erzählte mir alles, befaßte sich auch mit Naturwissenschaften und mit Räuberunwesen, und einmal, als uns ein starkes Gewitter überraschte, flüchteten wir uns in eine künstliche Höhle im Stadtpark und schickten seinen kleinen Bruder zu mir nach Hause, wo er Brot und Käse stehlen sollte, ohne die wir hungers gestorben wären. Während der kleine Bruder nach Hause rannte und mitten im Regen schrie: »Die Räuber haben Hunger: das Brot oder den Tod!« fragte er mich: »Hast du schon einmal gebumst?« Ich sah ihn überrascht an ... und da erklärte er mir, wie Männer und Frauen ...: »Ich kenne einen, der heißt Cesarino«, sagte er, »sie nennen ihn den *Banditen von der Via del Taglio* ... der hat eine Schwester, das ist die Tochter seines Onkels. Mit der hat er's probiert, und es ist gut gegangen.« »Das ist unmöglich«, sagte ich ernst, »das sind doch Märchen!« Obwohl mir Generationen ländlicher Gutsbesitzer vorausgegangen waren, obwohl ich schon zehn Zigaretten am Tag rauchte, obwohl ich allein ausging, sogar am Abend, und in Straßentumulte verwickelt worden war, von der erotischen Lage der Menschheit und der Tierwelt wußte ich noch gar nichts, hatte überhaupt keine Ahnung davon. Als ich nämlich ein paar Tage später meiner Mutter von der merkwürdigen Unterhaltung mit meinem Freund in der Höhle des Stadtparks erzählte, sagte sie zu mir: »Das sind Märchen, genau wie du sagst. Aber häßliche Märchen, und sag deinem Freund, er soll nicht mehr darüber sprechen.« An jenem Tag aber kam der kleine Bruder nicht mit Brot und Käse zurück, sondern mit seiner Mutter und den Cousinen. Die Mutter schrie: »Meinen Sohn, diesen Lausejungen, den hol ich mir schon heraus aus der Höhle.« Margherita Matesillani, die zwei Jahre älter war als ich und hellblau angezogen, lachte wie wild. Ihre Schwester war ernster und hielt zur Tante. Wir rannten Hals über Kopf aus der Höhle und über den kleinen Berg dahinter und von der anderen Seite aus ließen wir einen Steinhagel auf Frau Matesillani, die Nichten und den kleinen Sohn niedergehen, so daß sie alle zu einer überstürzten Flucht gezwungen waren. Die Mutter schrie: »Mein Sohn ist ein Verbrecher und dieser Delfini ein Republikaner!« Der kleine Bruder schrie im Weglaufen: »Ergebt euch den Königlichen Carabinieri!« Margherita lachte und lief davon, während am Himmel der Regenbogen seinen Auftritt hatte.

Die Fäuste voller Steine, blieben wir noch ein wenig stehen und als wir sahen, daß der Feind nicht zurückkehrte, gingen wir auf eigene Faust weg und verließen den Stadtpark durch den Nebeneingang zum Corso Vittorio Emanuele. So war es, als ich Margherita zum erstenmal sah.

Wir sahen uns viele andere Male wieder, aber nach diesem ersten Mal vergingen, glaube ich, Jahre. Wir haben uns nie angefreundet. Sie war gemessen an den traditionellen Sitten in meiner Heimatstadt ein außergewöhnlich natürliches Mädchen. Die Leute von Modena, Männer wie Frauen, sind häufig (oder waren es zumindest vor dem Krieg) mürrisch; sie befinden sich, so wage ich zu sagen, in einem fortdauernden Zustand der Polemik und Kritik, der Selbstverteidigung und der angreifenden Beleidigung und sind dabei von auffallender Zurückhaltung, als wollten sie sagen: »Ich bin zurückhaltend, aber es sollen alle wissen, daß ich auch in meiner Zurückhaltung zurückhaltend bin.« Ich möchte nicht zu weit gehen, bezeichne sie aber als Deutsche, die als Engländer verkleidet sind, mit einer gewissen französischen Großzügigkeit in der Moral und dazu einer exzessiven italienischen Sentimentalität, die bei uns zum *magón* (das heißt zu einem Bangesein, das zur Panik ausarten kann) wird. Man muß schon sehr gescheit und besonders gütig sein, um als echt modenesischer Charakter auf humanistische Weise über die Jahre zu kommen. Margherita Matesillani, Tochter eines Adeligen aus Bologna und eines modenesischen Mädchens aus dem Volk, litt nicht unter diesen Fehlern, die besonders das Bürgertum und den Adel kennzeichnen. Das Bangesein, das in Anwesenheit von Margherita Matesillani immer in mir brütete (ohne daß ich es mir je bewußt gemacht hätte) war im Lauf der Jahre in den magón übersiedelt, und die Krankheit hatte sich einen Tag vor meiner Abreise nach Rom als unheilbar entpuppt. Mein ganzes Sein verteidigte sich gegen die Liebe zu ihr durch Gedächtnisschwund. Und auf den machte mich der Sattlermeister aufmerksam und hob ihn gleichzeitig wieder auf. Mein Gedächtnis kehrte zurück und hinter ihm stand schon die Bangigkeit und gleich darauf kam der magón. Während all der Jahre war ich überhaupt nicht reifer geworden. Meine Männlichkeit existierte praktisch nicht: Ich war nur ein armer Halbwüchsiger, der Angst hat vor dem Wachsen. Was galt es jetzt, dachte ich, während ich durch die Straßen des mittelalterlichen Modena streifte, voll Bange, voll Schrecken und voll Verlangen, ihr zu begegnen, was galt es jetzt noch, daß ich tags zuvor geglaubt hatte, ich sei ein Mann, der zu allem imstande wäre, jedweden Unternehmens sicher (ich hatte mich bis dahin für den einzigen Mann gehalten, welcher mit List, durch genaue Untersuchung der Tatsachen und dank seiner Erfindungskraft eines Tages die Diktatur zu stürzen vermochte), einer, der sich durch ein harmloses Spielchen ein Waffenarsenal ins Haus geschafft hatte: Was galt das alles nun, wenn ich nicht einmal den Mut, nicht die Kraft hatte, mich wenigstens nach dem Taufnamen ihres Vaters (den ich nicht kannte) zu erkundigen, um wenigstens im Telefonbuch ihre Adresse finden zu können. Meine Nachforschungen waren so geheim, daß ich selbst im Gespräch mit mir selbst eine gewisse Vorsicht walten ließ. Ich sagte: Ich gehe hier in Modena in diesen mittelalterlichen Gassen herum, weil ich sie kennenlernen muß. Dann kann ich mich als ortskundiger Kunstverständiger ausgeben, wenn mich in Rom irgendein alberner, taktloser Schriftsteller näher kennenlernen will. Ich tue es als Revolutionär, denn, wenn ich morgen in Rom einem begegne, der zu mir sagt: »Also gut, Delfini, aber laß mich mal wissen, wie dein Plan strategisch aussieht ... eine Revolte ließe sich ja versuchen, aber man muß zumindest wissen, wie die Straßen verlaufen«, werde ich ihm antworten, daß ich genau weiß, wie die Straßen verlaufen. Und die Straßen hörten nicht auf, es war wie in einem Labyrinth. Ich kannte jede Wölbung der Arkaden, jedes Guckloch, jedes Tor und jede Tür haargenau, und die Straßen verliefen immer weiter in alle Richtungen, und es war mir (oder ich tat nur so), als hätte ich sie nie gesehen, als würde ich sie überhaupt nicht kennen, denn ich war kurz zuvor mit meinem

Koffer aus dem Haus gegangen und nun schon auf Reisen. Es fiel mir wieder ein, daß ich mir vier Jahre vorher, nur um mich wie ein großer Dichter zu verlieben, eine Affäre zugelegt hatte, mir eine Beatrice (in Viareggio) erfand, die ich dann im Winter ausbrütete ... um das Schreiben zu lernen, aber vor allem, um mich bei vollem Bewußtsein zu verlieben. Ich schrieb sogar einen Brief an sie, aber es war der Brief eines Gleichgültigen, eines Verrückten, eines Anmaßenden. Und schließlich übersiedelte sogar meine Bangigkeit auf diese Beatrice des 20. Jahrhunderts. Und da die Welt, die Gesellschaft auf die Affäre aufmerksam wurde, tat ich nichts, um sie zu enttäuschen. Aber viele Jahre vorher war meine Bangigkeit in einen Postbus übersiedelt, der jeden Spätnachmittag (im Winter schon mit den ersten Lichtern des Abends) in die Stadt Carpi fuhr. Das lag nun schon sehr weit zurück. War es eine wahre Liebe? Es war eine Übersiedlung! Wenn ich ihr begegnete, tat mein Herz einen Sprung, und vor mir, um mich und in mir zitterte alles. Ich sprach zu Hause davon, und man sagte mir, ich solle auf der Hut sein, aber wenn ich wirklich verliebt wäre, dann könnte es ja sein, daß es vielleicht später einmal nichts mehr dagegen einzuwenden gäbe. Und nun wurde die Sache auf einmal leicht, und so lieb mir das Bild des Postbusses auch geworden war (im Winter gingen die Lichter des Abends an, die Züge erfüllten das Land noch mit ihrem Pfeifen, und der Nebel machte alles schön und verlockend, die gewöhnlichen Sätze jedes Mannes und jeder Frau, die mir begegneten, fanden in meinem Herzen einen tiefen Widerhall), so lieb mir das Bild des Postbusses auch geworden und so selbstverständlich die Sache nun in der Familie war (während in früheren Jahren das Bild W.s durchaus nicht selbstverständlich gewesen war), ich ließ sie mit einem Schlag fallen, ließ alles so sehr fallen, daß ich sogar das Bild des Postbusses in mir und vor der Welt zum Schweigen brachte.

Aber auch ihr Bild war mir zur lieben Gesellschaft geworden, und die Stadt Carpi der Traum meiner Träume mit ihrem großen Platz und dem Dom am einen Ende, dem General hoch zu Roß, der das große Gebäude mit den mehr als hundert Fenstern betrachtet und das weitläufige Schloß im Rücken hat. Die letzte faschistische Versammlung, an der ich als Faschist teilnahm, wäre eigentlich eine andere gewesen, schon viel früher, wenn es nicht ihretwegen gewesen wäre, sie wohnte nämlich in Carpi, und ausgerechnet dort sollte (einige Tage, nachdem sich das Bild des Postbusses gezeigt hatte) eine faschistische Demonstration stattfinden. Am Vorabend ging ich zum Sitz des Fascio und fragte, welche Uniform vorgeschrieben sei, wenn man an der Versammlung teilnehmen wollte. Man sagte mir, es genüge das schwarze Hemd. Als wir auf dem großen Platz von Carpi standen, wurden wir zu militärischen Verbänden geordnet. Wir blickten nach Art des Generals Fanti auf das Gebäude mit den mehr als hundert Fenstern, und an einem dieser Fenster war sie, lehnte am Fensterbrett, das Bild des Postbusses, mit einer Schwester und ihrem kleinen Bruder, während der Bürgermeister (den Podestà gab es damals noch nicht) in schwarzem Hemd, Gehrock und weißrotgrüner Schärpe von einem Fenster aus (viel weiter weg als das ihre) seine Rede hielt. Er sagte: »Mitbürger! Faschistische Kameraden! Es lebe Italien! Nun, da die Bolschewiken besiegt sind, können wir alle rufen, es lebe Italien! ...« Sonne, Staub und Geschrei erfüllten den Platz. Ich verspürte eine große Lust, den faschistischen Frauen in meiner Nähe an den Hintern zu fassen (wie ich es ein Jahr vorher bei der letzten faschistischen Versammlung, zu der ich als Faschist angetreten war, gemacht hatte), aber der Gedanke an sie hielt mich zurück, denn sie hätte es bemerkt und würde mich dann bewachen. Da dachte ich also, ich müsse keusch bleiben, und sah von meinem obszönen Vorhaben ab. Die Sonne, der Staub und das Geschrei erregten und erhitzten mich, und ich begann mit den anderen zu schreien, aber in der berechtigten Furcht, sie würde mich nicht bemerken, schrie ich immer lauter. Meine Stimme wurde übermächtig und schon bald erklang sie allein mitten auf dem Platz. Sie hatte mich bemerkt. »Wem gehört Italien?« schrie ich. »Uns allein«, antwortete ein fürchterlicher Chor. »Kameraden, denken wir an Gabriele d'Annunzio. Für den Kondottiero eja! eja! eja!« »Alalá«, antwortete mir ein Chor von Stimmen, der noch fürchterlicher und ohrenbetäubender war als der vorige. Ich hatte inzwischen angefangen, die Fenster des großen Gebäudes von links her zu zählen. Da die Menge nicht mehr meine mächtigen Schreie hörte, auf die sie antworten konnte, war sie verstummt. Das Schweigen dauerte ein paar Augenblicke, und es war, als stünde die Zeit still. Sie sah mich an, wie mich alle anderen ansahen, die aus den Fenstern des großen Gebäudes blickten: Aber da wir weit voneinander entfernt waren, konnte ich nicht erkennen, ob sie mich wohlgefällig ansah, weil ich ihre Aufmerksamkeit so auf mich gelenkt hatte, oder ob sie mich als das Stimmphänomen Nr. 1 des Platzes zu ihren Füßen betrachtete. Das Schweigen, das ich, ohne es zu wollen, auf dem Platz geschaffen hatte, wurde von einem kreischenden, fast weibischen, verzweifelten Stimmchen gebrochen. »Noch einmal für Gabriele«, sagte es, »eja, eja eja!«, aber nur wenige antworteten: »Alalà!« Ich war inzwischen abgelenkt und blickte nicht mehr zum Bild des Postbusses hinauf. Ich zählte die Fenster und während des Zählens erinnerte ich mich bei einer bestimmten Zahl an Margherita Matesillani.

Während ich also durch die Gassen des mittelalterlichen Modena streifte und nach Margheritas Haus suchte, war mir meine Schwärmerei für das Mädchen aus Carpi in den Sinn gekommen und, indem ich mich auf eine Erinnerung an Margherita besann, die damals plötzlich in meinem Gedächtnis aufgetaucht war und an jenem Tag vom Bild des

Postbusses und dem Lärm des faschistischen Platzes ablenkte, kam ich auf eine von Margheritas Adressen, sie wohnte nämlich im Sommer auf dem Land in dem »Haus mit den hundert Fenstern«. Aber, indem ich mich daran erinnerte, daß ich angefangen hatte, die Fenster des großen Gebäudes auf dem Platz von Carpi zu zählen, und von einem Moment auf den anderen meine Zählung abgebrochen hatte, um mich an Margherita Matesillani zu erinnern, konnte ich an jenem Tag nur wenige Minuten vor meiner Abreise nach Rom einen ihrer wirklichen Wohnsitze ausfindig machen.

Ich wußte ungefähr, wo Margheritas Haus stand. Wenn man eine der großen Straßen im Süden der Stadt nahm, stieß man nach wenigen Kilometern auf das große Haus. Selbst damals hätte ich noch geschworen, daß ich 1923 einmal in ihrem Haus gewesen war, anläßlich einer der vielen Einladungen, die das italienische Bürgertum der damaligen Zeit in jeder Stadt veranstaltete, seit es eine Zeitschrift für die Jugend gab, die ein Nationalist (zugleich jedoch Verfasser eines großen Jugendbuches, des *Tagebuchs von Gian Burrasca*) herausgab.

Aber wenn ich es mir genau überlege, bin ich doch nie in ihrem Haus gewesen. Ich hatte gemeint, ich sei dort gewesen, so stark hinterließ mir ihre Gegenwart das Gefühl, sie überall, wo ich sie sah, bei sich zu Hause gesehen zu haben. Es waren also zwei Villen, eine große und eine kleine, wo ich Margherita wieder begegnete, als sie schon größer war (vielleicht schon kein Kind mehr, nein, gewiß schon eine Frau: ich hingegen forschte immer noch weiter herum, ob die einstigen Enthüllungen ihres Vetters der Wahrheit entsprachen). Ich sage zwei private Villen, denn, wenn ich die noch mitzähle, in der ich sie viele Male, und insbesondere einmal sah, wie gesagt auf einem Fest jener Jugendzeitschrift, dann werden es drei Villen. Die letztere war die Herzogliche Residenz vor den Toren der Stadt gewesen. Sie gehörte jetzt der Stadt Modena. In dieser Villa wurden die Feste für die ganze Bevölkerung gegeben. Und wie oft, bis noch vor einem Jahr, bevor ich ihr Bild in die Gedächtnislücke in meinem Herzen einsperrte, war ich ihr dort begegnet.

Ich war ihr dort begegnet, hatte sie begrüßt und mit ihr gesprochen, ich war ihr dort begegnet und war ihr nachgelaufen, ich war ihr dort begegnet, ohne sie zu begrüßen, um ihr dann in einiger Entfernung mit verstörtem Herzen zu folgen. Ich war ihr dort begegnet, und wenn ich ihr begegnen wollte, weil ich ihr nicht begegnete, ging ich, auch nachts, zu Fuß oder fuhr mit dem Rad zu jener Villa, um ihr zu begegnen, denn ich wußte, ich würde ihr nicht begegnen: Ich begegnete ihr nicht und war so befriedigt, wie wenn ich ihr begegnet wäre, denn, wenn ich ihr auch begegnet wäre, ich wußte inzwischen, es war mir unmöglich geworden, auch nur irgend etwas zu ihr zu sagen. Ich grüßte sie seit Jahren nicht mehr, und sie lächelte mir zu, und manchmal schlich ich hinter ihr her und, sobald sie mich bemerkte, gab ich schlagartig meine Verfolgung auf, denn ich wollte nicht unterwegs umfallen und für immer verstummen. Und wenn ich ihr begegnete und es nicht mehr sie war, sondern eine andere, die etwas hatte, das mich an sie erinnerte, verliebte ich mich in sie und erfand für die neue Frau eine neue Geschichte angstvoller, verliebter Schüchternheit. Wenn ich an die Neue dachte, ihr folgte und dabei ihr begegnete, dann konnte ich sie endlich ansehen, in Ruhe bewundern, denn ich war ja in eine andere verliebt, der ich mich jedoch nie erklären würde, weil es unmöglich ist, sich einer Vorstellung zu erklären. Ich schrieb in meine Notizbücher, ich sei einer Frau, der schönsten Frau der Welt, begegnet, und es war nicht sie, denn wenn es sie gewesen wäre, hätte ich es nicht schreiben können. Denn man schreibt nie von dem, was da ist, sondern nur von dem, was nicht da ist. Und wenn man beim Schreiben glaubt, daß es da ist, dann ist es der Gegenstand, der nie erfahren wird, daß er auf eine Art und Weise da ist, in der man gar nicht da ist: Denn, wenn, wer da ist, wirklich da ist, ist er in dem Geschriebenen des Schreibenden nicht da, in dem nur der Schriftsteller sich manchmal einbilden kann, da zu sein. Und ich glaube daher, daß in allen meinen Aufzeichnungen aus jenen Jahren niemals der Name Margherita Matesillani auftaucht, kein Wort, kein einziges Wort auf eine Begegnung mit ihr oder auf eine Vision von ihr hinweist. Und es gibt keinen Kalender, und wäre er noch so winzig, in dem je die Rede wäre von meiner Liebe zu ihr, denn, als ich sie kannte, schrieb ich in keine Tagebücher, in keinen Kalender, und wäre er noch so winzig gewesen. Wenn ich von ihr geschrieben habe, geschah es indirekt und ohne daß ich es bemerkte. Was für mich ein Beweis für die Existenz und das wirkliche Dasein von Margherita Matesillani ist und ein wenig auch für mein eigenes. Es wäre vielleicht kein Beweis für meine Liebe, aber wenn ich ein französischer Schriftsteller wäre, würde ich sagen: »... qu'il n'y a été jamais dans la vie des hommes un amour plus malheureux«.

Während nun in meinem Kopf, dem Kopf eines Revolutionärs, eines Reaktionärs, eines etwas danebengegangenen Schriftstellers und gescheiterten Liebhabers, die Erinnerungen zusammenfließen, könnte die Erinnerung an meine Erinnerungen, die damals rings um mein in einer bequemen Gedächtnislücke verirrtes Herz erschienen und die im Verein mit allzu vielen unerträglichen Vorwürfen, bitteren Vorhaltungen und schmerzlichen Erkenntnissen dazu dienten, daß es in seiner Angst, seiner Hoffnung und seiner Schwärmerei wiedergefunden wurde; könnte jene Erinnerung also meinem Bild von Margherita Matesillani den Sinn einer genüßlichen und wohlgefälligen, verzweifelten Chronik meiner frei erfundenen Gefühle, den Reklameton des 20. Jahrhunderts (im Sinne eines Liederbuches oder einer göttlichen Komödie), den Beigeschmack billigen Kintopps anhängen, was ich nicht wünsche, unter keinen Umständen und nicht einmal dem geringsten Anschein nach. Vor allem hätte ich nicht die Kraft, dem Echo standzuhalten, das einem solchen Fehler meinerseits folgen könnte, aus einer ahnungslosen und ignoranten, unsensiblen und sentimentalen, amüsierten und wenig amüsanten, schlauen, aber nicht listigen, sinnlichen und surrealistischen, geschlechts- und traumlosen, abergläubischen, unreligiösen, ungerechten, kalten, grausamen, Fakten aufzählenden und unaktuellen, dummen und gelehrsamen, ungebildeten und bestialischen Welt. Es soll nicht geschehen, daß durch allzu viele Leser dieser Erinnerung an eine Erinnerung, daß sich einer einmal nicht erinnern konnte, welche die Wahrheit einer Liebe, die sich nicht offenbaren wollte und sich nie offenbarte (aber immer offenbar war), an den Tag brachte, das Herz eines Menschen, noch einmal zum Vergessen oder zum Schweigen gezwungen wird.

Und daher trenne ich jetzt mein Ich aus dem fernen Jahr 1933 rigoros von den zusammenfließenden Bildern, die damals durch die wiedergefundene Geschichte der Ereignisse in ihrem ganzen gleichgültigen und ungelösten Dasein mit aller Wucht hervorbrachen.

Wie ich an jenem Tag zum Bahnhof gekommen und in den Zug nach Rom gestiegen bin, weiß ich nicht. Daß ich im fahrenden Zug saß, merkte ich erst nach dem Bahnhof von Florenz. Meine Reisegefährten (unter ihnen eine rothaarige Dame, in der ich ungefähr bei Orte eine Spionin der Regierung entdeckte) sahen mich keineswegs merkwürdig an: also war mein Verhalten natürlich gewesen und hatte der Außenwelt nichts von dem Geschehen in meiner Welt mitgeteilt, die auf der Strecke zwischen Modena und Florenz *die ganze Welt* gewesen war.

In Rom stieg ich im Hotel Luxor, unweit des Trajansforums, ab. Sonst hatte ich immer einem Freund geschrieben, bevor ich nach Rom kam. Dieser Freund brachte mich in einem kleinen Hotel unweit der Piazza del Popolo unter, wo fast nur Spanier verkehrten. Diesmal hatte ich niemanden benachrichtigt und war in einem anderen Hotel abgestiegen, in dem ich – 1930 auf unserer Rückreise aus Capri – schon einmal gewesen war; wo meine Mutter, die im Juli angekommen war, Typhus bekommen hatte, von dem sie erst im November wieder genas. Wir blieben damals zehn Tage in Neapel und stiegen dann in Rom auf Empfehlung des Hoteliers im Luxor ab, wo wir drei Tage blieben. Ich hatte dieses Hotel vor allem deshalb gewählt, weil ich schon mit meiner Familie, mit meiner Mutter, die sich von einer schweren Krankheit erholte, dort gewesen war. Ich hatte damals ein Loch in der linken Hand: denn ich hatte mich verletzt, als ich vor der Madonna von Capri, auf dem Weg zwischen Marina Grande und Anacapri, eine Kerze aufsteckte. Außerdem hatte ich im Luxor wieder angefangen, an die Beatrice des 20. Jahrhunderts zu denken, welche den Winter über in Rom lebte (und in Rom hatte ich sie im April 1930, an den Ostertagen, das einzige Mal gesehen); während ich im Hotel Vittoria in Neapel ein Luderleben geführt hatte. Ich ließ meine Angehörigen zwei Abende hintereinander allein im Hotel und erlaubte mir eine Mietkutsche, die mich in Dutzende von neapolitanischen Bordellen brachte (wie viele weibliche Wesen, eine weiblicher als die andere, lernte ich dort kennen und lieben!). 1930 hatten wir einen sehr schönen Herbst, so daß ich glaubte, nur Rom und Neapel hätten ein so mildes Klima; als wir jedoch nach Hause kamen, stellten wir fest, daß auch in Modena, wenn die Jahreszeit mild ist, im Dezember, schon fast im Winter, die Sonne scheinen und es noch warm sein kann, genau wie es in Neapel oder Rom schneien und kalt sein kann, wenn es auch in Modena schneit und kalt ist. Aus der Zeit der Rekonvaleszenz meiner Mutter kommt mir eine merkwürdige Ausdrucksweise von mir in den

Sinn, mit der sich eine noch merkwürdigere Bangigkeit verband. Als wir in Neapel zufällig einigen Bekannten begegneten, sagte ich: »So bald wie möglich kommen wir wieder in die Stadt zurück.« Neapel war für mich nicht Stadt, sondern Land. Ich äußerte mich mit sehnsüchtiger Furcht, als wollte ich sagen, daß in der Stadt (in Modena) etwas war, das ich, nachdem es mir während der Krankheit immer wieder in den Sinn gekommen war, wiedersehen wollte. Im letzten Monat auf Capri hatte ich mit Mama lange Unterhaltungen geführt und von ihr viele Einzelheiten über die Welt erfahren, die sie als Kind kennengelernt hatte und die ich nicht nur nie kennengelernt, sondern (absichtlich oder nicht) beiseite gelassen hatte als wären sie kein Interesse wert. Nicht, daß mich jene Welt indirekt wegen Mamas Krankheit interessiert hätte. Ich fand Gefallen daran, unsere Plaudereien so zu lenken, daß die Rede, weite Bögen beschreibend und ohne Namen zu nennen, auf Margherita Matesillani kam. Und in jene Welt, an die ich bis Juli 1930 mit besonderer und nicht gerechtfertigter Antipathie gedacht hatte, kehrte ich nun mit der Phantasie und der Sehnsucht zurück, gleich nach meiner Rückkehr dort zu leben und mich mit ihr zu treffen, ohne jeglichen Komplex, als wäre es das Natürlichste von der Welt: Wie ich es schon vor vielen, vielen Jahren hätte machen sollen, bei der ersten Zusammenkunft der Jungen und Mädchen, die in den Zirkel der Zeitschrift von Vamba eingeschrieben waren. (Sie sagte damals zu allen: »Der Delfini ist gekommen.« Statt ihr entgegenzugehen und sie zu begrüßen, spielte ich verrückt und nahm Reißaus.) Aber schon, als ich in Rom angekommen war und mich damit Modena ein wenig genähert hatte, hatte ich wieder mit meinen Übersiedlungen angefangen. Jene drei Tage (als ich zum erstenmal im Luxor abstieg) waren voll und ganz den Zukunftsphantasien um die Gestalt der Beatrice des 20. Jahrhunderts gewidmet, und bei dieser Gelegenheit entdeckte ich in mir die Fähigkeit, zur gleichen Zeit in verschiedene Richtungen zu denken: 1. Ich stellte mir das Bild der Beatrice des 20. Jahrhunderts so innig vor, daß ich beim Herzklopfen der großen Gefühle anlangte; 2. ich protestierte gegen das Bild der Beatrice des 20. Jahrhunderts, indem ich mir sagte: Sobald ich wirklich vollkommen in sie verliebt bin, werde ich endlich an etwas anderes denken können; 3. ich verwahrte Margheritas Bild hinter Schloß und Riegel, ohne ihm die geringste Ausbruchsmöglichkeit zu lassen; 4. meine persönliche Zukunft spaltete sich in meinen Gedanken wie folgt: a) das Leben der Bourgeoisie von Modena führen; b) ein humoristisches Blatt gegen diese herausgeben; c) Dirigent werden; d) *Meine Memoiren* schreiben; e) mit dem Maler Picasso wetteifern; f) die Regierung stürzen, durch eine Revolte im Verein mit den schlimmsten frühfaschistischen Squadristen.

Aber 1933, als ich zum zweiten und letzten Mal im Luxor abstieg, dachte ich nur auf eine einzige Weise, ich meine, nur in eine einzige Richtung. Ich mußte mich jedoch ablenken und hatte überhaupt keine Lust zum Schreiben. Außerdem fand ich damals keinen Geschmack daran, ins Bordell zu gehen. Ich unterhielt mich einen Moment mit einer Hotelnutte, fand sie aber so weit von jeglicher Menschlichkeit entfernt (ebenso andere, mit denen ich sprach) und ebenso von jeglicher Berufswürde, daß ich beschloß, allein zu bleiben und die faschistischen Zeitungen zu lesen. In diesem Zusammenhang muß ich sagen, daß ich in Modena nie eine Zeitung las, da ich aber wußte, daß mein römischer Freund ungefähr zehn pro Tag las – (wie er es anstellte, all jene Zeitungen so gierig zu verschlingen, ist noch heute ein Rätsel für mich) –, las ich, wenn ich auf Reisen ging, um mir den Anschein eines ernsthaften und scharfsinnigen Menschen zu geben, alle Zeitungen oder tat wenigstens so. Ich hielt sie wenig mehr als eine halbe Stunde in Händen ... und so machte ich es auch an jenem Tag, als ich beschloß, meinen römischen Freund anzurufen (ich hatte zwar gedacht, mich zwei oder drei Tage nicht zu rühren, um nach meiner Art durch Rom zu gehen, statt mit einem Freund, der sämtliche Feuilletons von Italien las, kommentierte und kritisierte, von einem Teesalon in den anderen zu ziehen), den ich Jahrzehnte lang trotz allem für meinen größten Freund gehalten habe.

Er kam ein paar Stunden nach dem Telefongespräch zu mir. Er begrüßte mich mit mehr Überschwang als bei früheren Begegnungen. Die Sommer 1931 und 1932 hatten wir zusammen in Viareggio verbracht. Er war es sogar gewesen, der mir die Beatrice des 20. Jahrhunderts vorgestellt hatte, und nachdem er sie mir vorgestellt hatte, wußte ich nicht, wie ich ihr Bild literarisch festhalten sollte, das mir für ein Buch mit poèmes en prose hätte dienen sollen, das ich auf jeden Fall schreiben wollte, und gleichzeitig, wie ich die Zuneigung wieder loswerden sollte, die ich in der Zeit meiner Verliebtheit (diese ging als Ursprung eines sich formenden Bildes auf den merkwürdigen Sommer 1929 zurück – das war gleichzeitig der Sommer, in dem ich Carducci, Papini, Unamuno, Cervantes, Dino Campana, Leopardis Gedichte und Operette morali, Soffici, Rimbaud und »Il piacere« von Gabriele las) auf irgendeine Weise für sie angehäuft hatte.

Er redete sofort von dem Vorhaben der Zeitschrift. »Du kommst wie gerufen, wie der Käse auf die Makkaroni«, sagte er zu mir, ohne es zu sagen. Dem Angebot, Mitherausgeber zu werden, wich ich aus, ich war noch niemand und hatte keineswegs die Absicht, jemand zu werden, wenigstens nicht auf die Weise, wie man in jenen Jahren jemand werden konnte. »Andererseits muß man unbedingt etwas tun«, sagte er zu mir. »Daß man etwas tun muß, denke ich auch ... aber wie?« und sofort erzählte ich ihm vom Fest des GUF und anderen Heldentaten (für mich waren es Heldentaten), die ich vollbracht oder mir vorgestellt hatte. Er sah mich entrüstet, dann lachend an, so wie man einem ins Gesicht lacht, der keinen Respekt verdient, und sagte: »Na ja, das Fest des GUF wird bald vergessen sein, und du wirst dein Ansehen wieder zurückgewinnen.« Er hatte mich mißverstanden, aber ich nahm den Faden seiner Rede auf, warf den meinen fort und sagte: »Wie du siehst, kann ich nicht als Mitherausgeber auftreten, mein Name würde der Zeitschrift nur schaden.« »Aber wer kennt denn deinen Namen überhaupt?« sagte er erstaunt darüber, daß ich zu denken wagte, ich hätte einen – wenn auch einen auf dem Fest des GUF befleckten – Namen. Er faßte sich aber sofort wieder. Wenn du Mitherausgeber wirst, hast du Zutritt zu den literarischen Zirkeln. Du wirst eine wichtige Persönlichkeit. Von unserer Zeitschrift wird man sofort sprechen. Sie soll durch ... (und hier nannte er den Namen eines Herrn, der den Ruhm einer anderen Zeitschrift, der Wortführerin der *Form*, verdunkeln sollte) für den *Inhalt* eintreten ...« So fuhr er fort, mir alles zu erklären und mir die Leute zu schildern (viele von ihnen hatte ich noch nie nennen hören), die auf die eine oder andere Weise zum Gelingen des Unternehmens beitragen würden. »Und die Politik?« sagte ich. »Ausgerechnet du sprichst von Politik! Aber was hat sie denn mit der Literatur zu tun? Willst du vielleicht sagen, daß sich einer politisch kompromittiert, wenn er Romane schreibt?« »Nein, das habe ich nicht gemeint«, sagte ich, »aber ... ich möchte in dieser Zeitschrift auch etwas zu sagen haben.« »Aber, kannst du denn einen Artikel schreiben?« fragte er mich. »Ich, nein ...« erwiderte ich eingeschüchtert. »Du möchtest doch wohl nicht sagen, daß du Gedichte schreiben willst?« fragte er mich mit schlecht verhohlener Verachtung. »Ich, Gedichte ... du bist wohl verrückt?« sagte ich. »Ich möchte auf jeden Fall eine Erzählung schreiben können.« »Das ist eine Zeitschrift für Kritik und Sekundärliteratur«, sagte er. »Davon verstehe ich gar nichts, das schwöre ich dir.« »Na und?« sagte er, »dann mußt du eben Mitherausgeber werden. Du kannst dadurch nur gewinnen.« Und auf meinen Einwand, ich wäre dann der einzige Unfähige unter lauter so fähigen Leuten, sagte er: »Das macht nichts. Wir haben noch einen. Erinnerst du dich an meinen Freund, mit dem ich in Trastevere ein Studio hatte? Das er nur dazu benutzte, um seine Weiber zu empfangen?« »Sicher erinnere ich mich an den«, sagte ich. »Gut, der versteht auch nichts von Literaturkritik, obwohl er meint, etwas zu verstehen. Er wird auch Mitherausgeber und wird uns seine dreihundert Lire im Monat überweisen«, sagte er. »Aber, ist er denn auch Faschist?« fragte ich. »Was willst du denn, heute sind alle Faschisten, da muß man sich eben anpassen. Auch der ... ist Faschist«, er nannte den Namen des Theoretikers der Inhaltsgläubigen und fuhr fort: »Bist du nicht auch Faschist? Warum warst du denn gestern einer und bist heute keiner mehr?« und dabei sah er mich nicht ohne Vorwurf an. Ich wußte nicht mehr, was ich sagen und antworten sollte. Ich wußte, ich war unfähig. »Und übrigens«, sagte er, »glaub ja nicht, du könntest das gräßliche Zeug veröffentlichen, das du mir in Paris vorgelesen hast.« »Nein, damit rechne ich nicht im geringsten. Ich muß dir sogar sagen, daß ich seitdem, seit ich dir die Sachen vorgelesen habe, nicht mehr imstande war, etwas zu schreiben.« »Gut«, sagte er befriedigt, »es ist besser, gar nichts zu schreiben, als solches Zeug. Du hast Glück, daß du reich bist, tun kannst, was du willst und die Bücher lesen kannst, die du lesen möchtest. Warum liest du denn keine schönen Bücher, warum nicht Flaubert?« »Aber ...« sagte ich, denn inzwischen hatte mich die Angst gepackt, und ich wußte nicht mehr, wer ich war, und stellte mir vor, wie sich Margherita Matesillani freute, meine Person endlich loszuwerden, in der Gegenwart, in der Vergangenheit und für alle Zukunft. »Diese Schuld werde ich wenigstens nicht haben«, dachte ich bei mir. Als ich glaubte, ein armseliges Nichts geworden zu sein, das noch mit einem Fädchen Eitelkeit und einem Fädchen Hoffnung an seinem Posten als Mitherausgeber hing, da fragte ich schüchtern: »Welche Namen werden denn in der Zeitschrift aufgeführt?« »Keiner natürlich«, sagte er, »außer dem des verantwortlichen Herausgebers.« »Und wer ist das?« fragte ich. »Ich«, erwiderte er. »Und wie willst du das machen, wenn du kein Parteigenosse bist?« »Aber ich bin doch einer«, erwiderte er ohne Umschweife und konnte doch die Röte nicht verbergen, die ihm in die Wangen stieg. Da wurde ich auf einmal frech, erklärtermaßen interessiert und eitel: »Aber wie soll ich denn von meiner Familie die dreihundert Lire bekommen, die ich euch jeden Monat schicken muß, wenn nicht einmal mein Name in der Zeitung steht, nicht einmal ganz unten?« »Es ist geschmacklos, den Namen abzudrucken, aber wenn die anderen ...« – (er zählte mir die wichtigen Namen auf) – »einverstanden sind, ihren Namen drucken zu lassen, dann kommt der deine auch dazu. So kannst du schon ein paar Monate, nachdem dein Name unter den Mitherausgebern steht, bei jeder Zeitschrift und jeder Zeitung, die dir gefällt, mitarbeiten. Und jetzt komm mit«, sagte er, »ich will dir ... vorstellen.« Er brachte mich in seinem Auto in die Via Veneto und, dort angelangt, betraten wir einen Palast in der Nähe der Porta Pinciana, dann die luxuriöse Wohnung eines Herrn, der eine Zeitschrift herausgab, bei der mein Freund als Literaturkritiker mitarbeitete. Es war noch ein anderer Mitarbeiter da, der war groß, ernst und mürrisch. Der Herausgeber war der Sohn eines Stinkreichen aus dem Süden. Ich wurde vorgestellt, ein wenig gemustert, und dann überließ man mich meiner Einsamkeit, die erzwungen war und nach der ich nicht verlangt hatte. Sie redeten viel, hauptsächlich Klatsch über die Intelligenz und von Leuten, die mir vollkommen unbekannt waren. Sie rauchten viele Zigaretten. Ich ahnte etwas von einer Lebensform, an die ich bis zu dem Moment nicht gedacht hatte: die intellektuelle Geilheit. Sie waren keine Antifaschisten. In ihrem Knopfloch prangte ganz im Gegenteil ein herrliches, nagelneues Parteiabzeichen ... Die Zeitschrift, für die sie schrieben, führte gerade die nicht zu rechtfertigende Art des Dunkelschreibens ein: Dunkelschreiben ohne symbolisch zu werden, ohne zwischen den Zeilen zu sprechen, ohne zu erregen, ohne zu verstehen zu geben, ohne irgend etwas zu sagen und sogar ohne sich hinzustellen, als hätte man etwas zu sagen. Dann kamen die Inhaltsgläubigen an die Reihe, dann die Hermetiker: obschon zwischen diesen, jenen und den anderen nicht die geringste Verwandtschaft in Blut, Politik und Kultur bestand (und nie entstehen würde). Hier entstand der neue, der zukünftige Intellekt Italiens, das intellektuell vielleicht schon sein Ende abgebüßt hatte.

Ich saß ohnmächtig, schweigend und erniedrigt mittendrin. Ich dachte bei mir, ich hätte ja viele Jahre zur Verfügung, um etwas zu schreiben, um meine Mißbilligung auszudrücken, um sie zum Schweigen zu bringen; aber erst heute, nach dreiundzwanzig Jahren, habe ich Gelegenheit bekommen, mich auszusprechen. Sie reden immer noch und trotz der Pressefreiheit schaffen sie es nicht, daß man sie liest, schaffen es nicht, jemanden zu interessieren, schaffen es nicht, sich selbst zu begeistern, während die Welt, die Gesellschaft, das ganze Land ... alles auf den Tod zuläuft (auf einen Tod, der leuchtend sein möchte, der aufleuchtet, aber in der Farbe des Neonlichts).

Das Zimmer hatte sich mit Rauch gefüllt. Sie redeten und redeten, sie stellten sich voreinander nie bloß, sie sagten nie etwas, kein einziges Wort, das wenigstens meine Aufmerksamkeit angezogen oder mir Gelegenheit gegeben hätte, etwas zu hören. Um mir wenigstens die Illusion zu geben, daß ich noch lebte. Ich stellte aber fest, daß ich nur als Tod anwesend war. Ich war der Tod geworden und als solcher suchte ich mir etwas von dem Leben vorzustellen, das ich nicht kannte und nie kennengelernt hatte. Ich war der Tod und fürchtete für sie (die ich für lebend hielt): Sie sollten mich nicht sehen, sie sollten mich nicht anschauen, damit sie (die Armen!) nicht vor Schrecken sterben würden. Ich war allein, kalt, unerschütterlich. Nachdem ich lange Zeit im Schlafzimmer des Herausgebers jener Zeitschrift auf dem Bettrand gesessen hatte, merkte ich plötzlich, daß ich noch lebte: Mir stand der Schweiß auf der Stirn. »Ich lebe noch!« sagte ich bei mir; als mein Freund sich mit einem Schlag von der intellektuellen Geilheit, in der er sich bis dahin geaalt hatte, wieder erholte und mich fragte: »Antonio, ist dir übel?« »Ja, vielleicht, ganz wohl ist mir nicht«. erwiderte ich mit leiser Stimme. Ich weiß noch, daß mein Freund mich freundlich beim Arm nahm und mich, nachdem er sich herzlich von seinen Freunden verabschiedet hatte, an die frische Luft brachte, wo er dann, glaube ich, zu mir sagte: »Schau nur, wie du mich blamierst! Wenn du dich vor den Mitherausgebern unserer zukünftigen Zeitschrift auch so benimmst, dann wird nichts mehr aus unserem Unternehmen.« »Nein, nein«, sagte ich, »hab keine Angst. Was ihr gesagt habt, interessiert mich doch. Was kann ich dafür, wenn ich auf einmal einen Schwindel bekommen habe?! Jetzt ist mir speiübel. Entschuldige.« Mein Freund brachte mich ins Café Greco auf einen Cognac. Sobald ich dort saß und den Cognac getrunken hatte, überließ ich mich einer zügellosen Heiterkeit. Mein Freund gab mir nicht Unrecht und rechtfertigte sich, indem er sagte, er wolle die Zeitschrift hauptsächlich deshalb machen, um die Intellektuellen, mit denen er vorhin geredet hatte, zu vergessen und loszuwerden. Ich bekam Gewissensbisse. Ich erniedrigte mich noch mehr als zuvor und schon fühlte ich mich wieder als ein armseliges Nichts.

In den darauffolgenden Tagen wurden mir die Mitherausgeber unserer Zeitschrift vorgestellt. Wir vereinbarten folgendes: Mein Name sollte mit den anderen in der Zeitung abgedruckt werden, ich sollte nicht als Kritiker an der Zeitschrift mitarbeiten, ich sollte auf keinerlei Weise mitarbeiten. Später sollte ich vielleicht mit einer Erzählung mitarbeiten, wenn ich wirklich eine schöne Erzählung vorzuweisen hätte. Man glaubte jedoch nicht, ich wäre fähig, eine solche zu schreiben. Bevor ich damals von Rom abreiste, dachte ich an die *Modistin* und an die weiße Seite, auf der nur zwei Zeilen standen und wo es hieß:

»Frau Elvira war nun... usw.« Und zusammen mit Frau Elvira, die nicht sie selbst sein durfte, erschien auf der Promenade der Villa Pentitorri die Gestalt der Margherita Matesillani, die nicht bei mir war. Meine erste Erzählung wurde sechs Monate später abgeschickt und in der elften Nummer der Zeitschrift (das heißt drei Monate nach dem Erscheinen der ersten Nummer) veröffentlicht. Mein Freund schrieb mir (nachdem er sie veröffentlicht hatte, ohne seine Angst, seine Scham und seine Gewagtheit zu verbergen): »Lieber Antonio, Emilio Cecchi, der unsere Zeitschrift gelesen hat, sagt, du hättest sicherlich Talent.« Aber vier Jahre später, als ich brennend, leidenschaftlich und fieberhaft danach verlangte, meine Erzählung »Der Verlobte« in einer Zeitschrift, eigentlich der ersten großen italienischen Illustrierten, veröffentlicht zu sehen, sagte mein Freund zu mir, nachdem er meine Erzählung aus dem Regal der abgelehnten Manuskripte herausgefischt hatte: »Wir werden sie miteinander lesen.« Ich wartete mehrere Stunden, endlich rief er mich an und kam zu mir ins Hotel Milano, wo ich in jenem Jahr (1937) abgestiegen war. Ich fühlte mich erniedrigt, hielt mich für ein armseliges Nichts (wie 1933). Ich gestand meinem Freund beinahe alles, was ich mir von der Publikation dieser Erzählung erwartete. Er lächelte, wie man einem armen Freund zulächelt, den man zwar gern hat, aber nicht besonders schätzt. Ich verberge nicht, einen gewissen Sadismus an ihm entdeckt zu haben.

Seine Augen schienen sagen zu wollen: »Krepier nur vor Ärger!« Nachdem er mir die Erzählung laut vorgelesen hatte, sagte er: »Antonio, du weißt, ich habe immer nur Gutes über deine Erzählungen gesagt. Du weißt, ich beneide dich um die Schönheit deiner ersten Erzählungen.« Und er zählte sie mir alle auf: Die Modistin, Der Maestro, Der Schmuggler, Seine Schwester, die Tänzerin, Tod eines Liebhabers. »Ich will nicht sagen«, so fuhr er fort, »daß dies hier keine schöne Erzählung ist. Aber einigen Ausdrücken merkt man einfach an, daß sie nicht toskanisch sind. So was kann man nicht veröffentlichen. Schreib doch wirklich mal eine schöne Erzählung, und ich werde sofort versuchen, sie irgendwo unterzubringen. Ich sage, *ich werde versuchen*, denn dein Name hat kommerziell keinen Klang.« Meine Augen blieben trocken, und ich dachte an nichts anderes, als daß sie trocken bleiben müßten. »Jetzt muß ich gehen«, sagte er noch, »ich werde in der Redaktion erwartet. Lebwohl.« Und es kam mir vor, als schlüge er im Weggehen ein kleines Pfauenrad. Aber das bildete ich mir nur ein: Mein großer Freund konnte doch kein Pfauenrad bei sich haben. (Aber zehn Jahre später, als er ein Politiker ersten gesellschaftlichen, nicht volkstümlichen Ranges geworden war, trat er immer mit einem großen Pfauenrad auf. Sobald er bemerkte, daß ich ihn ansah, schlug er sein großes, vielfarbiges Pfauenrad. Dann sah er mich jedesmal an und lachte sich ins Fäustchen, was man aber nicht sah.)

Ich hoffe, es ist ihm nie ganz aufgegangen, was es für mich bedeutet hätte, wenn diese Erzählung in der großen Illustrierten, deren Redakteur er war, abgedruckt worden wäre. Nie hat mir jemand gesagt, die Erzählung sei schlecht. Maccari, ein Toskaner aus Colle Val d'Elsa, veröffentlichte sie sofort im »Selvaggio«, kaum daß ich sie ihm geschickt hatte.

Aber sie, sie gehörte ja zur Bourgeoisie, sie las doch den »Selvaggio« nicht! Sie las die große Illustrierte!

Mein Leben wäre anders verlaufen. Aber das Wörtchen *wenn* gilt (wie der Meister meines großen Freundes sagt) in der Geschichte nichts. Vielleicht gilt es auch in der Liebe nichts. Aber in der Göttlichen Komödie muß *das Wörtchen wenn* (für den, der an Hölle, Paradies und Fegefeuer glaubt) einen großen Wert haben!

Meine großen Freunde müßten Gott vor allem für eines danken: daß ich nicht Dante Alighieri bin.

Obschon mein Freund zu mir sagte: »Bleib doch hier. Dann lernst du, wie man eine Zeitung macht« – (Ich hatte aber schon zwei Zeitungen gemacht. Die erste 1927 mit meinem Freund G. in Modena, die gleich bei der ersten Nummer verboten wurde und eine halbe Stunde nach ihrem Erscheinen schon beschlagnahmt war. Die zweite, 1929 in Bologna, mußte ihr Erscheinen einstellen, weil sie von seiten des GUF von Modena und Bologna verfolgt wurde.) –, reiste ich von Rom ab. Mein Freund begleitete mich zum Bahnhof, und als er sich verabschiedete, zeigte er seine ehrliche Befriedigung darüber, daß ich ein Mitglied des Herausgeberkomitees geworden war. Daß mir dieser Freund wirklich freund war, ist unzweifelhaft. Aber daß er die wahren Freunde mit einer Art Verachtung strafte (und noch immer straft), ist ebenso unzweifelhaft.

Das Schicksal hatte gewollt (und fuhr jahrelang fort, es zu wollen), daß ich jedesmal, wenn ich nach Rom fuhr (und nur wenn ich nach Rom und nicht anderswohin fuhr, wollte es das), Modena ungern verließ. Und meine Rückreisen vom Bahnhof Roma Termini bis zum Bahnhof Modena waren stets von einer großen Euphorie, einer Fülle von Vorsätzen und einer grenzenlosen Lebensfreude begleitet. (In Klammern erkläre ich meinen Haß all denen, die für Rom oder von Rom aus gegen mich und gegen viele andere Italiener den Samen der Beschämung auswerfen, auf uns, auf mich, auf unser stolzes Gefühl, nicht in Rom geboren zu sein, nicht in Rom zu leben, und auf meine, auf unsere Überzeugung, daß man in Rom, und nur dort, jene Lebensweise antrifft, welche die Beschämer des Jahrhunderts *Provinz* und *Provinzlertum* nennen.)

Bei meiner damaligen Rückreise war mir nur die Euphorie geblieben. Keine guten Vorsätze, keine Lebensfreude. Die tödlich langweiligen intellektuellen Kontakte, die ich in Rom erlebt hatte, hatten mich erniedrigt und träge gemacht wie einen alten Sozialisten, mit dem verbrecherische Squadristen durch die Straßen zogen, nur um ihn zu verhöhnen, zu beschmutzen und zu mißhandeln. Ich war niemand mehr. Man hatte mich aufgelesen, meinen ganzen winzigen materiellen Wert aus mir herausgepreßt und mich weggeworfen. Ich hatte keinen Doktortitel, ich war in keine Schule gegangen, ich konnte nicht schreiben und ich mußte mich meiner Eitelkeit zum Trotz (mich immer noch für ein außergewöhnliches Individuum zu halten) als einen dummen, ehrgeizigen (Ehrgeiz in der Literatur, der der niedrigste, dümmste und absurdeste Ehrgeiz auf der Welt ist) Bourgeois betrachten, der sich mit Cecchi, Cardarelli, Bacchelli usw. unterhalten wollte, weil er sich nicht mit Gabriele d'Annunzio unterhalten konnte oder nicht duldete, es so weit zu bringen. Die geringe moralische Tiefe meines Freundes, im mondänen Sinn, hatte mich in diese Verfassung gestürzt. Aber anstatt herauszufinden, daß mein Freund der ehrgeizige war und daß er mir hätte leid tun sollen, tat ich mir selber leid: Voll und ganz nahm ich die Kränkung an, die alle Ehrgeizigen den Schwachen aufzuladen versuchen, und denen, die ihnen nahestehen, und die sie manchmal ihren Angehörigen aufbürden. Ich fühlte mich so unnütz und versuchte vergeblich meinen neuen Zustand als dummer Ehrgeizling zu genießen. Es half nichts, wenn ich daran dachte, daß mein Name in der Zeitschrift unter »Herausgeberkomitee« abgedruckt war, vergeblich stellte ich mir vor, die neue literarische Zeitschrift komme in die Hände aller jungen Mädchen, die ich auf meinen Reisen durch Italien gesehen hatte; vergeblich stellte ich mir die erstaunten Gesichter der kleinen Literaturehrgeizlinge von Modena vor (diese kleinen Ehrgeizlinge – mutmaßliche Ehrgeizlinge – waren reine, tiefe Seelen im Vergleich zu denen der Hauptstadt!); vergeblich dachte ich an den Erfolg, an Ugo Oietti, an die Theater von Florenz und Rom, an die Beatrice des 20. Jahrhunderts, an mein Konterfei neben Greta Garbo; vergeblich, höchst vergeblich ... Ich war verloren, unfähig, dumm, blöd, dämlich. Es war nicht möglich, daß mir in den Sinn gekommen wäre, einfach zu rebellieren. Meinem Freund beispielsweise eine Postkarte zu schicken mit den Worten: »Ihr könnt mich alle am A ... mitsamt eurer Form und eurem Inhalt.« Und selbst wenn mir eine Tat der einfachen und rettenden Rebellion in den Sinn gekommen wäre – (die mir übrigens sicher in den Sinn gekommen ist) –, hätte ich nicht dulden können, daß sie mir in den Sinn kam, aus dem selbstverständlichen Grund, daß ein derartiges Vorgehen gegen die Intellektuellen in der damaligen Zeit geheißen hätte: »Ich bin Faschist. Ich bin ein Feigling und rede, wie es das Regime von mir will.« Eine Rebellion in diesem Sinn hätte mir den Verlust der Freundschaft meines Freundes eingebracht (die mir aus dem einzigen und tiefen Grund der Freundschaft so sehr am Herzen lag). Wenn ich ein normaler Mensch, ein wirklicher Profi gewesen wäre, hätte ich meine Lage mit Ernst, Stolz und ein wenig kaltem Blut angenommen. »Ich bin ein Literat, ich bin ein Mitherausgeber, ich werde kritische Artikel über den Inhalt und gegen die Form schreiben«, hätte ich zu mir selbst sagen sollen, wenn ich ein gewöhnlicher Mensch gewesen wäre (was ich in Wirklichkeit war, aber nicht sein wollte, denn wenn ich mit meiner Gewöhnlichkeit zufrieden gewesen wäre, dann wäre mir die Bananenschale des *Mitherausgebers* gar nicht erst untergekommen). Ich sagte hingegen: »Schau mal an, was mir da wieder passiert ist. Mein Geld ausgeben, damit Leute, die nicht denken, den Anschein bekommen, als würden sie denken; und noch dazu ganz anders denken als ich dank meiner Unterschrift, die nichts wert ist und die noch weniger wert sein wird, wenn sie nur noch dazu dient zu sagen, daß das Denken des Anführers der Inhaltsgläubigen, das überhaupt kein Denken ist, jedoch mein Denken ist.« (Ich hätte mir nie vorgestellt, daß mein Freund, für den ich das größte intellektuelle Opfer gebracht hatte, das ein Intellektueller überhaupt bringen kann – nämlich Geld ausgeben, um sein eigenes Denken wegzuwerfen –, mir Jahre später sagen würde, mein Name habe *kommerziell keinen Klang.*) Ich hatte es daher nicht mehr geschafft, mich selbst wiederzufinden. Ich hatte mich verloren. Ich war niemand mehr. Denn ein junger Mensch kann sich nicht wie ein Stück Sch... fühlen (im Zusammenhang mit dieser niedrigen Ausdrucksweise muß ich sagen, daß ich sie von meinem Freund gelernt habe. »Sag mir ruhig, daß ich ein Stück Sch... bin«, sagte er zu mir, »ich bin dir nicht böse deswegen.«). Ich fühlte mich also in diesem Zustand, und in diesem Zustand können einem keine Phantasien kommen, kann man sich nichts vorstellen, kann man nicht lieben und nicht einmal zu lieben wünschen... Es ist ein zustandsloser Zustand... Aber es gibt immer eine Rettung. Und an jenem Tag war noch Frühling. Vielleicht las mich Gott an jenem Tag auf und warf mich auf einen unfruchtbaren Boden, der früher einmal in meinem Besitz gewesen war. Darauf wuchs eine Brennessel, vielleicht mit einer Blüte, und das war ich, der ich in die Welt zurückkehrte. Aber ich war alt. Über fünfzig.

Ich kam aus Rom, kehrte nach Modena zurück. Ich saß bequem in einem Abteil zweiter Klasse eines Eilzuges. Ich erinnerte mich an einen Tag, an dem ich noch an die gedacht hatte, die mein höchster Gedanke gewesen war. Es war ein Mädchen aus armen Verhältnissen, aber von seltener Schönheit. Ich beabsichtigte meine gerade noch gute wirtschaftliche Lage auszunützen, um sie zu bewegen, mich zu heiraten, obwohl ich schon vierzig war . . . Sobald ich in Modena angekommen war, wollte ich zu ihren Eltern gehen und um ihre Hand anhalten. Aber in Wirklichkeit hatte ich dann nichts unternommen, weil mich mein Schamgefühl, das Schamgefühl eines ältlichen Bürgers, daran gehindert hatte, meinen erotischen Plan auszuführen. Jetzt, da ich älter als fünfzig war, dachte ich an den Tag, an dem ich den letzten erotischen Plan meines Lebens im Sinn gehabt hatte. Ich war sehr alt, hatte die Liebe zum Leben verloren, und es fiel mir nicht einmal mehr *ihr* Name ein.

Ich war müde und schlief schließlich im Zug ein (was mir bis dahin noch nie gelungen war), während meine Phantasie – die eines enttäuschten alten Mannes, der sich an den letzten Tag erinnerte, an dem er noch etwas zu wünschen gehabt hatte – sich langsam in einen angstvollen Traum verwandelte, der Wirklichkeit schien und Wirklichkeit wurde, der mich am Bahnhof von Modena wiederfand, ein wenig benommen und völlig resigniert, als wäre ich jener alte Mann gewesen . . . .

Im November 1935 fuhr ich nach Florenz, um eine Wohnung zu mieten. Meine Angehörigen, die den Winter immer in der Stadt in unserem Haus in Modena zu verbringen pflegten, waren gezwungen, auf dem Land zu bleiben, in einem Haus, das mit Möbeln, Büchern und Zeitungspapier vollgestopft war. In dem großen Haus in Cavezzo stapelten sich die Möbel aus Modena, die Möbel aus dem Haus meiner Großeltern an der Piazza Roma Nr. 11, wo ich in einem Zimmer im letzten Stockwerk geboren wurde, von dessen Fenster aus man das Denkmal des Ciro Menotti sah (und immer noch sieht). Am letzten Tag, den das Haus in meinem Besitz war, machte ich einem Wiener Girl den Hof, das im Theater Storchi in einer Revue auftrat. Dann schloß ich das Haus und verließ es mit dem letzten Stuhl in der Hand, das war am 2. November 1935 um Mitternacht. Mit dem Auto (ich hatte einen Lancia Augusta) fuhr ich nach Cavezzo. Außer dem letzten Stuhl hatte ich meine Manuskripte, das Wörterbuch der italienischen Sprache von Zingarelli und noch ein paar Bücher bei mir. »Lebwohl für immer, roter Salon mit deinen vollbusigen Engeln, die an die Decke gemalt sind! Lebwohl, Fanalino della Battimonda! Lebwohl, Margherita! Lebwohl, mein Leben, für immer!« In jener ersten Woche in Cavezzo war ich dem Selbstmord nahe gewesen. Alles, was wahr war, bewahrheitete sich nun, alles, was erträumt war, war auf immer verloren. (Im Juni 1935 hatte ich meiner Heimatstadt den Krieg geschworen. Faschismus, Diktatur und Freiheit vergessend, hatte ich mir in den Kopf gesetzt, es würden nach dem Verkauf unseres Hauses in Modena keine zehn Jahre vergehen, und ich würde zurückkehren, hoch zu Roß an der Spitze von hundert Trompetern und tausend mir zujubelnden Soldaten, um meine Mitbürger in Angst und Unbehagen zu versetzen, *en volant toute femme que j'aurais cru envoler.*)

Das Vermögen unserer Familie belief sich auf ein absolutes Minimum von zwei Millionen ohne das Haus in der Stadt. Man konnte jedoch damit rechnen, auch auf drei Millionen zu kommen. Es hatten sich Passiva von etwa einer halben Million angehäuft. Das Haus und zwei Grundstücke wurden gepfändet. Beunruhigt empfahl ich zu verkaufen, und, um meinen Angehörigen geringeren Kummer zu bereiten, gedachte ich, das zu verkaufen, was mir selbst den größeren Kummer bereiten würde (ahnte jedoch nicht, daß ich dadurch meine Existenz zerbrach). Die Rechtsanwälte drängten überdies, man müsse uns *einige Immobilien enteignen.* Ein Halsabschneider hatte die Wechsel anderer Gläubiger gesammelt und drängte, um einem Bauingenieur, dem Geliebten einer Beamtin der OVRA, einen Gefallen zu tun. Einer, mit dem ich ein wenig über die Situation gesprochen hatte, verwendete sich dafür, Käufer zu suchen und ... fand auch welche, aber zu einem niedrigen Preis. Ein Vetter von Mama, ein überaus großherziger, intelligenter Mann, ein Gefühlsmensch ungefähr so wie ich, verwandte sich dafür, das Haus für die Stadt Modena zu kaufen. Dieser Mann hatte die Sucht, Geschäfte zu machen, aber leider nicht zu seinem eigenen Vorteil, sondern zum Vorteil dessen, der seiner Meinung nach das moralische Recht hatte, ein Geschäft (zu seinem Vorteil) zu machen. Und die Stadt Modena hatte seiner Auffassung nach dieses Recht. So gelang es ihm, der Stadt Modena ein Haus mit fünfzig großen Zimmern (zwanzig davon waren riesengroß) mit etwa sechshundert Quadratmetern Grund im Zentrum, im Herzen Modenas für zweihundertsiebenundfünfzigtausend Lire zu verkaufen. Er kam mit jenem Makler und zwei Herren von der Stadtverwaltung im August nach Viareggio, und wir setzten den Vertrag auf. Ich erinnere mich noch, daß sie untereinander über das Haus, über mich, über die Familie, über alles lachten. Ich hoffe, niemanden verflucht zu haben. In meiner Erzählung *Der Schmuggler* muß der Held seinen Palast der Schulden halber verkaufen. Aber, als ich diese Erzählung im Januar 1935 schrieb, hatte ich noch keine Ahnung davon, daß ich einige Monate später meinen Palast in der Stadt der Schulden halber verkaufen sollte. Heute, wo sich so viele, Schakalen gleich, zusammengefunden haben, um selbst von meiner Leiche, die es noch nicht gibt, zu fressen, habe ich die Kraft, niemanden zu verfluchen. Aber sie sollen sich in acht nehmen! Ich bin zwar bald fünfzig, aber nicht der Fünfzigjährige, der ich in meinem Traum auf einer Rückreise aus Rom im Jahr 1933 zu sein glaubte. Die Wirklichkeit ist anders als der Traum! Ich bin viel jünger als der Alte, den ich mir mit fünfundzwanzig Jahren vorstellte.

Nehmt euch in acht, ihr dreckigen Handelsberater und Rechtsanwälte, Faschisten nach dem Delikt Matteotti und Antifaschisten nach dem Tod Mussolinis, Urheber, Anstifter, Hetzer für die Liste der Wechselproteste, ihr, die ihr alte Damen ausraubt, ihr widerwärtigen Spitzel der Faschistenregierung (und aller Regierungen), alte Arschlöcher und Schmutzfinken bis ins Mark eurer stirnlosen Stirn, gebt acht, es kommt immer etwas (ja sogar: es kommt immer alles!), was euer einfallsloses Hirn mit eurer Elefantenphantasie, mit euerem atheistischen Herzen, mit eurer nicht vorhandenen Kultur und mit eurer sogenannten Bildung, was selbst das Genie Manzonis nicht wahrzunehmen vermag ... es kommt immer etwas, für alle, und auch für euch wird so etwas kommen ... vor oder nach eurem Tod! Meine Erzählungen haben euch Zinsen gebracht, aber die Gnade werden sie euch nicht erwirken (denn es wird euch kein Präsident keiner Republik begnadigen). Ihr werdet erfahren (aber zu spät), daß auch die Atombombe Gott nicht vernichten kann. Ihr, Söhne von Pferdedieben, die ihr ein Stück unfruchtbares Land verschenken könnt, weil euer Vater soviel Land gestohlen hat, und eurer Mutter kommen nicht die Tränen ob dieses Geschenks, das euch nichts wegnimmt, sondern durch das ihr noch verdient, weil ihr, wie die Geier, das gute Land derer kaufen könnt, die nach eurem Geschenk gezwungen sind, an euch zu verkaufen; ihr Pferdediebe, Söhne von Pferdedieben, ihr kommt weder ins Paradies noch ins Fegefeuer ... hier, auf dieser Erde, werdet ihr brennen, wie man in der Hölle brennt, und dann wird es sein, wie es in eurem Leben immer war, ihr werdet nur eine einzige Erinnerung haben: den Ekel, den ihr allen Lebenden hinterlaßt. Während ich schreibe, hat man euch die Vogelscheuche Stalin auf die Seite geschafft. Ganz andere werden noch aufstehen und eure behaglichen Nächte peinigen (laßt erst die Fässer platzen, – dann werdet ihr greinen –

aber nicht mehr trocken – denn eure Weiber, die alten Katzen – die lassen euch hocken – gehörnt seid ihr schon im dritten Glied – wie eure Väter, das alte Lied), noch ganz andere Vogelscheuchen (nicht mehr Stalin und Delfini) werden sorgen für magere Stunden, und in euren verstörten Fressen erscheinen dann eure Schlappen und Wunden; keine Erinnerung, kein Gesicht, blind eure Augen, die Ohren hören nicht.

Ich bitte den Leser, mir diesen Ausbruch zu verzeihen. Er ist an die Stelle der Beschreibung meiner Verzweiflung getreten, die mich erfaßte (und noch nicht wieder losgelassen hat), nachdem ich an jenem Abend meinen Fuß zum letztenmal in mein Haus in Modena gesetzt hatte. Tagelang war ich wie außer mir. Dann fiel mir ein, daß die Wiener Revuetänzerin gesagt hatte, sie werde von Modena nach Bologna und dann nach Ferrara gehen, und so beschloß ich eines Abends, in jene Stadt zu fahren. Ich fuhr auf der Straße nach Finale (damals eine miserable Straße). Etwa bei Medolla wurde mein Auto von einer Gruppe junger Faschisten mit Steinen beworfen. Es war die Zeit der wirtschaftlichen Sanktionen gegen Italien, und die Parteizellen auf dem Lande hatten Avanguardisten, womöglich auch Balillas engagiert, die gegen die Autos demonstrieren sollten, die es wagten, trotzdem noch herumzufahren. Diese Autos vergeudeten, laut Propaganda, das Benzin, das zur Eroberung des Imperiums nötig war. Ich gestehe, daß auch ich (freilich aus anderen, gefühlsmäßigen Gründen) eine Antipathie gegen Autos hatte, so daß mich diese Steinwürfe freuten und mich sogar ein wenig neidisch machten: Ich hätte gern einer von diesen Jungen sein mögen. Auch heute würde ich noch gerne mit Steinen gegen Autos werfen! Vielleicht liegt hier der Grund meiner Sympathie für die Araber, die, wenn sie sich öffentlich ärgern, Autos und Straßenbahnen umwerfen! Ich kam nach Ferrara, als es schon seit einigen Stunden dunkel war. Die

Einfahrt in die Stadt machte mir einen ziemlich großen Eindruck, auch die Reise dorthin hatte mir Eindruck gemacht. Die Stadt Ferrara (die – wenn die Geschichte Italiens anders verlaufen, weniger von ausländischen Abenteurern und mit mehr Liebe, Sachverständnis und Treue zu den eigenen Dingen gemacht worden wäre – heute die Hauptstadt Italiens sein könnte) empfängt einen auf eine Weise, die ich mich nicht als märchenhaft zu bezeichnen scheue. Ich weiß nicht, ob heute im Jahr 1956, der Empfang immer noch derselbe ist, ob sich, mit anderen Worten, die städtebauliche Lage nicht geändert hat. 1935 betrat man die Stadt Ferrara, wie man ein Märchen betritt (und so kam auch ich hinein, obwohl ich im Auto fuhr). Die Revue im Theater mußte schon lange begonnen haben. Und daher begab ich mich sofort zum Hotel Europa (wo ich schon zweimal gewesen war. Anläßlich der Ottava d'Oro – Veranstaltungen zum Gedächtnis Ariosts –, um Mino Maccari kennenzulernen und zu hören. Und im Juni 1933 mit einem Volkszug zusammen mit dem ersten Erfinder des Fernschreibers, der heute in Santiago de Chile Lehrer ist, und mit meinem Freund G. Während jenes dreitägigen Aufenthalts in Ferrara zog ich mir eine schreckliche, damals unheilbare Angina follicularis zu, von der dann, als ich nach grauenhaften Schmerzen genesen war, meine Schwärmerei für die, welche ich als die einzige zu rettende Frau auf dem Fest des GUF bezeichnete, ihren Ausgang nahm).

Der Portier sagte, ich solle mein Auto in die Garage fahren, denn es sei ein Trupp Schwarzhemden in der Stadt unterwegs, der vorhabe, alle Autos zu vernichten (er hatte mich, wer weiß warum, für einen Engländer gehalten). Ich fragte, ob die Tänzerinnen der Revue im Hotel seien. Er fing an zu lachen und sagte, die Tänzerinnen logierten wohl im Hotel Ferrara. Da ging ich zu »Alfonsa« zum Abendessen. Es waren, so vermutete ich, einige Parteiveteranen im Lokal. Mich sahen alle mißtrauisch, aber auch wieder duldsam an, wie es die Herren in der Emilia seit eh und je mit allen Fremden machen. Als ich das Lokal verließ, war mein Auto noch unversehrt und die Stadt menschenleer. (Der Corso Ercole ist auch tagsüber menschenleer, und da an seinem Ende der riesige Friedhof innerhalb der Stadtmauern liegt, gewinnt man den Eindruck, es werde einem die Pforte zum Paradies geöffnet). Ich ging zum Hotel Ferrara, wo man mir bestätigte, die Tänzerinnen seien hier untergebracht. Sie waren noch nicht nach Hause gekommen. Ich nahm ein Einbettzimmer und hinterließ, man solle meine Zimmernummer der Wiener Tänzerin, die so und so aussehe, geben und sagen, es sei der Herr aus Modena von Allerheiligen. Ich brachte mein Auto in die Garage (auch hier wurde mir gesagt, man müsse seinem Auto eine besondere, sorgfältige Aufmerksamkeit angedeihen lassen) und ging zuletzt in ein Café am Stadtplatz, um Kaffee und ein paar Schnäpse zu trinken. Hier herrschte noch etwas Betrieb: aber lauter Männer. Dann ging ich einmal um das Kastell herum, dann zum Hotel zurück, wo ich mich auf mein Zimmer bringen ließ. Die Tänzerinnen waren immer noch nicht zurück, aber die Vorstellung mußte schon seit mehr als einer Stunde zu Ende sein. Ich wußte, daß ich mir durch den Verkauf des Hauses meine Zukunft als Dichter für immer verrammelt hatte; ich wußte auch, daß ich, so wie alle meine Liebschaften verlaufen waren, keine Zukunft als Liebhaber comme il faut hatte (der ursprüngliche Liebhaber in mir, eine Gestalt auf halbem Wege zwischen Leopardi und D'Annunzio, war schon gescheitert); und nun mußte ich erleben, daß ich auch noch in der Praxis der Liebe scheiterte. Da die Tänzerinnen nicht im Hause waren, hielt ich mich für einen Mann ohne ferne und ohne nahe Zukunft und fiel daher sofort in einen bleiernen Schlaf. Ich geriet in einen Traum, der keine Geschichte hatte. Ich erlebte den

Tag meines Todes, und die Hymne, die mich begleitete, lautete: Faccetta nera, du schöne Negerin, bist mausetot, erlebst den Tod, als wär's dein Brot, die Welt, die starb, der schöne Tag verdarb. Faccetta nera, oh Abessinierin, das sind die Küsse ... und ich erwachte, um mich vor dem Ersticken zu retten, das man mir zum ersten Tag meines Todes als Triumph verabreichen wollte. Aber nein: ich sollte leben. Ich sollte mir einbilden, ich würde leben. Das Wiener Revuegirl lag mit seinem ganzen Gewicht und noch im Pelzmantel auf mir und erstickte mein Gesicht mit Küssen. Als mir die Wirklichkeit bewußt wurde und ich die Tänzerin mit meinen Armen umfassen wollte, war sie mir schon entwischt und sagte an der Tür in einem schlechten Italienisch: »Besuche mich in Rovigo.« Ich war angeekelt, stand auf und wusch mir das Gesicht. Darauf schlief ich ein. Noch vor Mittag saß ich im Auto auf der Straße nach Bologna.

Im November 1935 fuhr ich also nach Florenz, um für mich und meine Angehörigen eine Wohnung zu mieten. Die sogenannten wirtschaftlichen Sanktionen gegen Italien, welches das abessinische Volk, das letzte zivile Volk der Erde, angegriffen hatte, waren schon in Kraft getreten. Was mich an diesem Krieg am meisten empörte, war nicht sosehr die logische Angriffssucht der faschistischen Regierung, als sehen zu müssen, daß Antifaschisten Anträge stellten, als Freiwillige in den Krieg geschickt zu werden, daß alte Freimaurer die Gelegenheit nutzten, die Uniform eines Obersten anzulegen und nach Abessinien zu gehen, um dort ihren Traum einer großen Spekulation wahrzumachen: Genauso wie sie es dann nach dem letzten Krieg und dem Zusammenbruch des Faschismus in dem römischen Stadtviertel Parioli machten. 1935 kam der widerliche, halsabschneiderische und verbrecherische Charakter eines großen Teils jener italienischen Bürger zum Vorschein, die aus falscher Verliebtheit ins Leben und im Bewußtsein ihrer Armut ohne ein Amerika, wie auch immer, darauf aus sind, sich ein Leben und eine Zukunft mit Bad, Automobil, Nutten und Juwelen zu schaffen. Schakale haben diese Art, nicht Wölfe, Tiger oder Löwen, und die Schakalsmanier, die haben die Italiener in den Knochen seit den besten Zeiten des großen Rom, verfeinert wurde sie durch die Einfälle der Barbaren, zur Verfassung gemacht durch die Fremdherrschaft, zum fanatischen Delirium hoher Ideale erhoben durch den Faschismus, und in einen so widerwärtigen Gestank verwandelt, daß man selbst die milde Luft Italiens nicht mehr atmen kann, wurde sie ausgerechnet jetzt, wo die besten, die wenigen *Italiener* mit angstvoller Sehnsucht den Anfang (nur den Anfang) einer Wiederauferstehung des moralischen und künstlerischen Sinnes von Vaterland erwarten. Aber lassen wir das... Zum ersten Mal in meinem Leben nahm ich an jenem Tag den Zug am Bahnhof von Mirandola und geriet dabei in einen besonders dämmerhaften Gefühlszustand zwischen Weltuntergang und universaler Erinnerung an ein Leben, das ich hätte leben müssen und können, das ich aber nicht gelebt hatte, und der Sicherheit, daß ich es nie würde leben können. Von dem Moment an wurde meine neue Welt (das Bild einer nicht existierenden Vergangenheit) zum Stachel, zum Ansporn, zum stechenden Verlangen und zur schmerzenden Hoffnung meiner nahen und fernen Zukunft. Von den Erzählungen, die unter dem Titel *Die Baskin* zusammengefaßt sind, hatte ich bis dahin folgende geschrieben und veröffentlicht: Die Modistin, Der Maestro, Der Schmuggler. Außerdem hatte ich viele andere Titel für Erzählungen geschrieben, ohne je bei einer bleiben zu können, um sie dann auf irgendeine Weise weiterzuführen. Im Sommer 1935 hatte ich eine Erzählung angefangen und zu Ende geschrieben, die meine bisher längste war und durch die ich als wahrer und neuer Erzähler zu gelten hoffte. Es war jedoch eine mißlungene Erzählung.

So meinte jedenfalls mein berühmter römischer Freund, als ich sie ihm in Viareggio zum Lesen gab. Der Titel war *Eine gutaussehende Dame.* Sie stand auf fünfzehn riesengroßen, dichtbeschriebenen Seiten, (was ungefähr vierzig sogenannten *Bögen* entspricht) und war in kurze Kapitel eingeteilt. Im Mittelpunkt der Erzählung stand ein junger Mann, der sich während eines Maskenumzugs in sein Zimmer zurückzieht, um an andere Maskenumzüge zu denken, und darauf hereinfällt, in seiner Vorstellung eine geheime Liebe zu rekonstruieren, die sich zur Zeit seiner Großmutter zugetragen hatte, eine Liebesgeschichte zwischen seiner Großmutter und einem jungen Offizier, der für seine Schüchternheit bekannt war und bald in Eritrea fiel. Der junge Mann denkt bekümmert, daß es zu seiner Zeit jene gutaussehenden Damen nicht mehr gibt, die, sobald sie das Verlangen eines jungen Mannes bemerken, sich ihm nähern, ihn umarmen und zum süßesten aller wirklichen und wahrhaftigen Vergnügen geleiten. Außer dieser mißlungenen Erzählung hatte ich nichts. Ich hatte zwar *Il Fanalino della Battimonda,* aber das ließ ich als nicht zur Veröffentlichung geeignet in meiner Schublade liegen, und daß ich es noch nicht vernichtet hatte, war nur meiner Sucht zuzuschreiben, alle – auch nur mit einem kleinen Zeichen beschmutzte – Blätter aufzuheben. Nun hatte ich seit ein paar Tagen den Stachel einer Erzählung in mir, von der das einzig Sichere der Titel war und die vage Vorstellung langer, langweiliger, ungreifbarer, zu schreibender Seiten. Es war: *Katharina, genannt der Tod.* Katharina, eine alte Frau über neunzig, treibt sich (nach Meinung der jungen Leute und der Kinder) um den Dom von Modena herum. Sie hat eine glühende Phantasie. Das Leben aller in den Skulpturen von Wiligelmo dargestellten Gestalten denkt sie sich neu aus und überträgt die Gestalten ins Leben der lebendigen Wesen, die sie in der Kirche, auf der Piazza Grande, auf dem Domplatz und in der Via Lanfranco an sich vorbeigehen sieht. Katharinas Bilder sind von unendlicher Sanftheit: Jede Frau ist schön und jeder Mann ein Ehrenmann. Alles wird möglich und alles wird zauberisch, und sogar die Sünden (denn es gibt kein Leben ohne Sünde) werden imponierend, menschlich, amüsant. Alle Handlungen, auch die schlimmen, sind voll Anstand und Würde. Katharina hat keine Lust mehr am Urteilen und am Verurteilen. Katharina sieht alles, weiß alles, und wenn Liebe in ihr ist, ist es nur Liebe zum Leben; ihre Liebe gilt denen, die leben, sei es, daß sie sich selbst bewegend leben oder unbewegt für immer in die Seele einer Statue, in den Geist einer Bewegung eingeschlossen leben: Das Leben ist in ihr, das Leben ist in der Luft. Die anderen nennen sie *Tod.* Inzwischen versetzte ich mich, anstatt die Erzählung zu schreiben, in meine Gestalt, und mein Alter hatte eine Grenze erreicht, die man nicht überschreiten kann, weil man das Zeichen des Lebens überschreitet. Der Bahnhof von Mirandola, den ich zum ersten Mal in meinem Leben sah und der vier Kilometer von der Stadt entfernt ist, liegt am Eingang des großen Tales, wo auf den Grundstücken weder Bäume noch Weinstöcke wachsen und wo man sich vorstellen kann, daß im Umkreis von vielen Kilometern weder ein Haus noch ein Herd, noch eine Menschenseele zu finden ist. In der Nähe ist ein Laden, wo es Wein, Käse und Brot gibt. Vor einigen Jahren fuhr hier noch die Pferdebahn (vielleicht die letzte Pferdebahn), welche im Dienst der Reisenden zwischen der Stadtmitte und dem Bahnhof pendelte. Die Pferdebahn hatte ich oftmals gesehen; aber weder als Kind noch als Halbwüchsiger, noch als Mann hatte ich je Gelegenheit gehabt, mit ihr zu fahren. Ich war immer auf dem Marktplatz von Mirandola stehengeblieben, in Betrachtung des Marktes mit dem Gekreisch der Händler und der Frauen mit dem zigeunerhaften Gang. Diesmal hätte ich Gelegenheit gehabt, die Bahn zu besteigen, um zum Bahnhof zu fahren, mußte aber leider den Autobus nehmen, denn die Pferdebahn gab es nicht mehr. Nur die Gleise waren noch da. Mit der Pferdebahn fahren zu können, hätte mir vielleicht in jenen traurigen, aussichtslosen Tagen Trost gebracht. Oder vielleicht wäre es ein schrecklicher Peitschenhieb gewesen, der mich zusammen mit den alten Gäulen zu Boden gestreckt hätte? Es war also besser, das Leben zu nehmen, wie es kam. Das Auto hatte ich zu Hause gelassen, nicht aus Respekt vor den wirtschaftlichen Sanktionen, sondern weil ich es angesichts des herannahenden Winters für unvorsichtig hielt, mit dem Auto über den Apennin zu fahren, vor allem aber, um meine ohnehin geringe Geduld bei praktischen Unannehmlichkeiten des Lebens nicht auf die Probe zu stellen. Sowie ich in den Zug stieg, der von Verona kommt und über sanfte, geschwungene, sich in die Landschaft schmiegende Dörfer wie Camposanto, San Giovanni in Persiceto und Crevalcore (dort starb, verbannt aus dem heimatlichen Reggio, mein Vorfahr, der General Carlo Rossi, einer der Anführer der Revolution von 1831, der Geliebte meiner natürlichen Großmutter Marietta Pio di Savoia, die in der Nähe von Crevalcore, aber noch innerhalb des Herzogtums Modena, lebte) nach Bologna fährt, sowie ich also in den Zug stieg, kam mir ein längst vergangener Tag in den Sinn: ein sonniger Oktobertag, ein einfacher Tag ohne besondere Visionen, ohne Finsternis, hell und schmucklos, erfüllt vom Widerhall des Vertrauten, das jeder Platz und jede Straße, durch die ich kam, in mir nachklingen ließen, indem sie mich einhüllten in einen weichen, feinen Umhang, ein Gewebe aus Luft, Licht, den Düften der herbstlichen Schönheiten, der Wiesen und der reifen Trauben, die durch die Tore, die Gassen, die abgeschlossenen, kleinen Plätze in die Stadt gedrungen waren.

Erinnerung an Lichtstrahlen aus feinem leichten Gold, das an den Mauern des herzoglichen Palastes, der Bartholomäuskirche und am Ende des Corso Reale in festerer

Form hängenblieb. Es war ein längst vergangener Tag... Am Tag vorher war ich aus Viareggio zurückgekommen. Das Meer hatte ich wie einen spätherbstlichen Teich im Zwielicht zurückgelassen, um den Triumph des Herbstes in meiner Heimatstadt zu erleben, wo die sterbende Jahreszeit ihren Tod mit gewaltigem Getöse ankündigt, indem sie wie der Frühling explodiert. Nach dem langen, stillen Spaziergang durch die Alleen, die auf dem Rand der einstigen Stadtmauern verlaufen, hatte ich mich ins Café Nazionale gesetzt. Ich war erst sechzehn oder siebzehn und, an meinem Tischchen im Freien unter einem Bogen des magischen Portico del Collegio sitzend, lauschte ich mit Vergnügen den wortlosen Reden der hochtrabenden ruhigen Herren, die in meiner Nähe saßen. Dabei versank ich genießerisch in eine Betrachtung meiner selbst: ich kam mir sehr elegant und sorgfältig gekleidet vor, während ich, einen Arm leicht auf das Tischchen gestützt, aus einem Gläschen güldenen Likör nippte, der mir die Geschichte der Bilder auf meinem Spaziergang noch einmal erzählte. Dann stellte ich mir vor, wie ich später einmal leben würde. Aus den Gebärden und dem Mienenspiel der hochtrabenden, ruhigen Herren, die in meiner Nähe saßen, wollte ich lernen, wie ich mich in ein paar Jahren zu benehmen hatte, um meine Rolle im Leben des Café Nazionale zu spielen. Nachdem ich die Herren genau studiert und die erforderlichen Korrekturen angebracht hatte, sah ich mich an der Eingangstür des Cafés stehen: groß, schlank und lächelnd, den Daumen der rechten Hand in die Weste gehakt und die andere Hand am Elfenbeinknauf eines spanischen Rohrs. In breiten Windungen würde der Rauch aus meinem Mund ziehen, während eine dicke Zigarre zwischen meinen Zähnen steckte, und einige Damen würden im Vorübergehen vor Lust zusammenschaudern, einzig und allein, weil sie an mir vorübergingen.

Sowie ich in den Zug stieg, hatte ich wohl jenen Tag

wiedergesehen, mich aber nur wenige Augenblicke bei ihm aufgehalten, denn mich bedrängte, so daß es mein ganzes Sein erdrückte, als wäre die Lokomotive des Zuges, der mich nach Bologna brachte, darüber gefahren, denn mich bedrängte mit einer nicht aufschiebbaren Dringlichkeit das Panorama aller meiner Ambitionen: und gerade damals hatte es sich in einer Weite gezeigt, die nicht zu erfassen war, nicht einmal mit Hilfe des schärfsten Objektivs des ganzen Universums. Wehe, sagte ich mir, ich lasse mich jetzt von den Erinnerungen eines verlorenen Lebens hinreißen. Dabei ginge die Verwirklichung der großen Übersicht des Panoramas verloren. Und nichts darf fehlen am Ende meiner Tage. Nichts kann fehlen; in mir darf weder ein Napoleon noch ein Bach, ein Manzoni, ein Leopardi, ein Cavalcanti, ein Machiavelli, ein Goldoni fehlen ... Ich war verrückt geworden, und ich weiß nicht, wie ich, als ich am Bahnhof in Florenz ausstieg, zu meiner gemächlichen Erzählung von *Katharina, genannt der Tod* zurückkehren konnte. Ein Zeugnis für die Verfassung, in der ich mich auf jener Reise befand, ist, daß ich mich nicht erinnern kann, in welchem Hotel ich damals landete. Sicher ist nur, daß ich nach dem Abendessen (wo ich gegessen habe, weiß ich auch nicht mehr) in dem rotsamtenen Salon mit den großen Gemälden bei Madame Sappho in der Via dei Giacomini saß. Die Frau, die ich mir aussuchte, hieß Elsa, auch die Wienerin genannt, und sie fragte mich, wieso sie mir so gut gefalle. »Ich hätte nicht geglaubt«, sagte sie schließlich, »daß ich einem Marineoffizier so gut gefallen könnte«. »Hast du vielleicht Conchita aus Ronda kennengelernt?« fragte ich sie. »Wer ist Conchita aus Ronda?« sagte sie. »Vor zehn Jahren wenigstens war sie eine berühmte spanische Tänzerin«, sagte ich. Ihr und Madame einen guten Abend wünschend, lief ich die Treppe hinunter, wobei ich vier Stufen auf einmal nahm, und stand dann wieder auf der Straße. Viele Jahre vorher hatte ich, fast noch als Halbwüchsiger, im Sommer auf einem Ball in Viareggio Conchita aus Ronda kennengelernt und sie in dem Glauben gelassen, ich sei ein Marineoffizier.

Ich fand eine Wohnung, natürlich zur Miete und möbliert. Corso Regina Elena Nr. 2, Erdgeschoß. Vom Fenster des Eckzimmers aus, das auf die Via Palestro ging, sah man die Brüstung der Arnopromenaden und ein kleines Garibaldi-Denkmal. Da die Wohnung im Inneren eine kleine Treppe hatte, die zu einem Dienstboten-Logis (Küche und zwei kleine Schlafzimmer) führte, erinnerte sie mich bedrückend an meine Wohnung in Modena. Florenz schien am Ende seiner Tage und seiner Kultur. Es wurde dabei jedoch sehr freundlich zu den italienischen Fremden. Die Immobilien-Büros, die früher Engländern gehörten und englische Namen hatten, waren geschlossen. Einige Schilder waren von den Faschisten verunstaltet, durchgestrichen oder sogar entfernt worden. Bis Anfang Dezember gab es noch Leute, die ehrlich an einen bevorstehenden Zusammenbruch des Regimes glaubten. Die bedeutendsten antifaschistischen Intellektuellen, die wirklich ehrbaren Leute, hatten sich diese Illusion gemacht. Im Januar mußten sie sich dann schon mit dem Triumph der Faschisten abfinden. Alessandro Bonsanti brachte mich eines Abends zu Nello Rosselli, und mit mir brachte er auch einen römischen Schriftsteller mit Monokel zu ihm. Es waren viele bedeutende Professoren dort und auch der Dichter Montale. Vor der Haustüre Rossellis standen unentwegt zwei Polizisten mit Block und Bleistift. Rosselli war mir sofort sehr sympathisch. Er wechselte ein paar Worte mit mir und sagte: »Wir waren so zuversichtlich in letzter Zeit und haben uns so sehr getäuscht.« Er sah sehr jugendlich aus, hatte einen sanften, wahrhaft gütigen Gesichtsausdruck und bewies auch eine nicht gewöhnliche Intelligenz. Er konnte sich selbst am Geringsten freuen. Eines Abends gingen wir zusammen aus und suchten in Gesellschaft der hübschesten Dame der damaligen literarischen Welt verschiedene Lokale auf. Und er wollte von jedem Gericht, dem seinen, dem meinen und dem der Dame, kosten. Er war sehr guter Dinge. Aber einen so schönen Abend habe ich nur einmal mit ihm erlebt.

Ich zögerte einige Tage, bevor ich mich bei den »Giubbe Rosse« (so heißt ein berühmtes Café an der Piazza Vittorio in Florenz) sehen ließ, denn ich hatte keinerlei sentimentales Interesse (das doch das einzig wahre Interesse im Leben ist), mit gewissen illustren Herren zu verkehren, die dort zusammenkamen und die literaturgeschichtliche Bedeutung dieses Cafés zum Teil rechtfertigen. Diese ließen es nicht zu, daß jemand in ihre Nähe kam, der nicht an ihren Literaturzeitschriften mitarbeitete. Ich bemerkte, daß sie nicht sosehr nach Elfenbeintürmen trachteten, als nach einem Leben und nach Gesellschaften in Elfenbeinsalons. Aber dafür waren die Zeiten nicht geeignet! Der berühmteste von ihnen, der zwischen den kahlen und abbröckelnden Mauern der »Giubbe Rosse« lebte wie ein König im Exil, war, glaube ich, in seinem Innersten überzeugt, ein Märtyrer des Regimes zu sein. Nur mündlich und ganz im Vertrauen gab er, zwischen der Via Strozzi und den »Giubbe Rosse« flanierend, zu, so gut wie Foscolo sei er wohl nicht. »Freilich hätte ich eigentlich die Pflicht, es zu sein ...«, sagte er, seine Hypothese abschließend. Zeitvertreib gab es in den »Giubbe Rosse« nicht. Wirkliche Päderasten sah man scheel an, vor allem, weil es keinen einzigen gab. War man Päderast, so war man zu berühmt und zu arbeitsam (blieb also zu Hause, um zu schreiben oder zu malen) und ließ sich nur einmal im Jahr in den »Giubbe Rosse« sehen, wo man dann zu Recht geschätzt und bewundert wurde. War man keiner, tat aber so, als wäre man einer oder wollte einer sein (Vorläufer einer Mode, die sich gehalten hat), wurde man verhätschelt und für interessant erklärt.

In Wahrheit gab es keinen Literaten, der fähig gewesen

wäre, sich ernsthaft in eine Frau zu verlieben. Die Jüngeren (einschließlich ich selbst), die alle Literaturkritiker und nur insgeheim Dichter waren, gingen gemeinsam in sämtliche Bordelle von Florenz. Ich stellte eine merkwürdige Eifersucht bei ihnen fest. Wenn ein Jüngerer einem anderen im Vertrauen von seiner Leidenschaft für eine bestimmte Frau erzählte und ihn auf irgendeine Weise bat, man möge ihm helfen, zum Ziel seiner Sehnsucht zu kommen, (oder ihm wenigstens näher zu kommen), dann versammelten sich die anderen in den darauffolgenden Tagen heimlich und verschworen sich (später wurden sie dann tätig), damit jeglicher Anfang jedweder Liebe für immer zum Scheitern verurteilt würde. Diese Lebenshemmungen, dieses äußerst merkwürdige und wenig menschliche Verhalten glaubten sie wohl als antifaschistisches Übereinkommen hinstellen zu können. Anfänglich glaubte ich auch, es wäre so ..., in der Folge aber mußte ich zugeben, daß es sich nur um einen konstitutionellen, simplen und verbreiteten Mangel an Menschlichkeit und wohl auch an ... Intelligenz handelte. Sie spielten, aber verstanden nicht zu spielen. Der einzige, einfache, menschliche, gerechtfertigte (aber schmerzliche) Zeitvertreib, den man bei den Intellektuellen der »Giubbe Rosse« erleben konnte, war das allabendliche Zählen der Abwesenden, die fast immer als entschuldigt galten: denn sie waren, auf Befehl des faschistischen Berufsverbandes, an der Reihe, im schwarzen Hemd an den Gräbern der sogenannten faschistischen Märtyrer in der Kirche von Santa Croce Wache zu halten.

Ich erinnere mich nicht gern an diese Episode, denn diejenigen, die zum Wachehalten aufgerufen wurden, hatten nun keine andere Wahl mehr, da sie sich 1933 in die Partei eingeschrieben hatten. Die einzige Alternative, um nicht Wache stehen zu müssen, wäre das Verlassen des Landes gewesen. Vielleicht hätten sie auch noch eine andere gehabt: ein bißchen mehr Schlauheit.

In den ersten Jahren in Florenz erlebte ich die Agonie meines Geistes. Damals fing es an, daß ich fast den ganzen Tag im Bett liegen blieb und mir Hoffnungen ausmalte. Ich wollte zurück nach Hause und wußte, daß ich nicht zurück konnte. Ein gewisser Herr, nicht ganz eindeutig in Geist und Denken, nahm mich mit in die mittlere bessere Gesellschaft. Ein paar Erfolge hätte ich gewiß haben können, aber ich war so sehr in meiner tragischen Gedankenlosigkeit befangen, daß es mich überhaupt nicht interessierte, irgend etwas Positives anzufangen. Wenn ich konnte und ein bißchen Geld hatte, fuhr ich nach Bologna, Modena und Parma. Damals begann ich, Stendhal zu lesen. Und das wurde mir zum Unglück! Denn ich stieß bei ihm auf Dinge aus meinem vergangenen Leben, aus dem Leben, das ich einmal führte und nie wieder führen sollte. Anläßlich des Erscheinens einer großen literarischen Vierteljahresschrift schrieb ich unter Mühe und mit Überdruß eine Erzählung: *Seine Schwester, die Tänzerin.* Später konnte ich dann, da ich mich zu einem gewissen Zeitpunkt offiziell von den »Giubbe Rosse« losgesagt hatte (man nannte mich einen Überläufer und Verräter), noch eine Erzählung schreiben. Ich schrieb sie im Hotel Porta Rossa auf die Bitte eines wahren Dichters, der eine Literaturzeitschrift herausgab, um, wie eine böse Zunge meinte, dadurch Croce und Gentile zu ersetzen. Es war *Tod eines Geliebten.* Den *Verlobten* schrieb ich in einem Hotelzimmer in Modena an einem Tag im späten Frühjahr. In diesem Zimmer erstickte ich einen Zustand schrecklicher Angst und Sorge: der Angst, nicht rechtzeitig zum Leben zu kommen, nicht zu heiraten, keine Kinder zu bekommen, kein anständiges Leben zu führen. Es war ... und das gestehe ich in absoluter Klarheit: eine Anrufung des Herrgotts, er möge mich aus dem Leben der ungewöhnlichen Menschen herausnehmen und mich in das Geschick der gewöhnlichen Menschen aufnehmen. Ich wußte nicht, was ich tun sollte ...

Ich fuhr nach Bologna, um den Spuren Stendhals zu folgen, und verirrte mich, das Herz eingeengt wie eine empfindsame Nuß in der Schale, auf den Wegen von Dino Campana. Wenn ich ein Dichter geworden wäre, statt ein enttäuschter Bourgeois, hätte ich jetzt, in diesem Augenblick, Gedichte schreiben müssen. Ich fuhr ungefähr am Mittag von Florenz ab und eine Stunde später war ich schon in Bologna. Ich ging durch alle Straßen und, wenn ich vor Müdigkeit nicht mehr konnte, nahm ich den nächsten Zug nach Florenz: das geschah auch um zwei oder drei Uhr morgens. Das Seltsame liegt darin: daß ich in Florenz wohnte, aber nicht Florenz, sondern Bologna kennenlernte. Wenn ich hingegen nach Modena fuhr, konnte ich kein Haus mehr ansehen und kein Straßenende. Jede Gesellschaft war mir recht, und davon lebte ich, interessierte mich für sie, nur um die Gebäude nicht ansehen zu müssen. Die Sommer hingegen verliefen ziemlich normal. In Viareggio führte ich dasselbe Leben wie früher, nur ein wenig verbittert dadurch, daß ich das vergeudete literarische Leben des florentinischen Winters fortsetzte: ich mußte nämlich sämtliche Literaten, die zufällig vorbeikamen, im Auto herumfahren. Nach einem Tag in Gesellschaft eines Schriftstellers konnte ich nicht einmal mehr lesen. Es gab Augenblicke, in denen ich wirklich den Wunsch hatte, jemanden umzubringen. Nur wenige Schriftsteller haben, glaube ich, die anderen Schriftsteller so gehaßt wie ich. Eine natürliche Sympathie hatte ich nur für einen: meinen Kritiker, den einzigen, der in einen seiner Essaybände einen Artikel über mich aufgenommen hat. Und er war gleichzeitig der eleganteste, der menschlichste, der modernste, der gescheiteste italienische Schriftsteller der damaligen Zeit. Ich erfuhr, daß er der einzige war, der sich in eine Frau verlieben konnte. Er mag seine Laster gehabt haben, aber wenn er sie hatte, dann waren es wirkliche Laster. Und seine Liebe zur Literatur entsprang seiner Liebe zum Leben. Einige Schwachköpfe, die aus Rom kamen, der eine mit Monokel, der andere mit einem Sprachfehler, wollten die Ansicht verbreiten, er hätte überhaupt kein besonderes Talent für die Literatur. Sie wußten aber nicht, daß ich ihn schon als den einzigen Literaten bezeichnet hatte, der in Italien dieses Namens würdig war. Außerdem gab es noch einen verluderten Provinzonkel (nach meiner Einteilung ist der Bürger von Rom der wahre Provinzler), eine so miserable Gestalt, daß jeder, der ihm nahe kam, ebenfalls miserabel wurde. Seine Originalität bestand darin, daß er die Originalität der anderen Schriftsteller zunichte machte, indem er sie mißverstand, abschrieb und wieder abschrieb. Und das machte er mit großen Schriftstellern der Vergangenheit, nicht mit den Zeitgenossen (was hätte er da schon abschreiben können, außer vielleicht die Briefe einer niedergeschlagenen kleinen Frau?). Mein berühmter römischer Freund schickte ihn mir als den größten Geist der Zeit. Der Teufel war nicht Vaupeo (Abkürzung für verluderten Provinzonkel); aber der Teufel, der meine Verlorenheit und meine *déconfiance universelle* kannte, wollte die eine wie die andere zu einem Dauerzustand machen, indem er eine grenzenlose (aber künstliche) Freundschaft zwischen mir und Vaupeo ausklügelte; Vaupeo war nach der Meinung der Kleinbürger, die sich von den *dunklen* Literaten (oder Hermetikern und neosurrealistisch - existentialistisch - calvinistisch - kleinpetrarkistischen Dichtern) erleuchten lassen wollten (oh, in welcher Finsternis wart ihr befangen, ihr armen Männlein und ihr verzweifelten, gemeinen Weiblein!), niemand anderes als der, zu dem man mitten im Gesang und Scherz eines uralten Festes sagen konnte: »Freund, willst du schreiben für die M., dann schau dir erst mal auf den Sch.« Wenn ich diesen Scherz jetzt in Versen geschrieben habe, so kommt das daher, daß ich damals einem alten Professor, der in einer kleinen toskanischen Stadt lebte, ein Buch von Vaupeo lieh. Nachdem er es gelesen hatte, sagte er zu mir: »Die Erzähler sind heutzutage spezialisiert. Es gibt Spezialisten für die Arkaden von Bologna, Spezialisten für die Jagd, für die Steine und für das ausgetrocknete Flußbett und für die Knochen, und schließlich haben wir diesen Vaupeo, den ich als Schriftsteller für die Regel bezeichnen würde.« In der Folge lernte ich tatsächlich in Florenz zwei junge, sehr regelmäßige Herren kennen, für die Vaupeo der einzige wirklich interessante Schriftsteller der Gegenwart war ...

Im Dezember 1935 ging alles ziemlich glatt, aber an Weihnachten war ich in Modena unter den Bögen des Portico del Collegio und sah zu, wie mein Herz in Stücke ging und zerbröckelte. Verwandte und Bekannte und Leute, die ich nie gegrüßt hatte und zu denen ich keinerlei Beziehung hatte als die, daß wir uns ständig über den Weg liefen, blieben stehen, um mir frohe Weihnachten zu wünschen und mir zu gratulieren. Damals erfuhr ich, aus welch dreister Ignoranz und aus wieviel Schwärmerei, aus wieviel falschem kollektivem Traum und aus wieviel bewußter, scheinheiliger Sentimentalität das gesunde Bürgertum der einstigen Hauptstadt der Este zusammengesetzt war. Sie gratulierten mir zu meinem literarischen Erfolg! Ich hatte nichts veröffentlicht; niemand hatte über mich geschrieben; ich hatte keinen Minister umgebracht; ich hatte keinen Preis bekommen; ich war in keiner Zeitung zitiert worden, nicht einmal im Lokalteil von Florenz hieß es, ich hätte ein Fest, einen Ball, eine Theateraufführung besucht; ich hatte mit keinem berühmten Mann verkehrt (die Literaten und Maler von Florenz waren im Jahr 1935 in Modena alle unbekannt außer Papini): und sie gratulierten mir zu meinem Erfolg auf dem Gebiet der Literatur! Wer weiß! Daß sie mich so sicher, so munter die ganzen Arkaden beherrschen sahen, wer weiß, auf welche Gedanken sie das brachte. Am merkwürdigsten aber ist, daß sie alle denselben phantastischen Schluß gezogen hatten und ihn gleichzeitig mit soviel Wirklichkeit beluden, daß sie sich dazu genötigt fühlten, mir zu gratulieren. Ich schwöre, ich war so erschüttert, so gedemütigt wie noch nie. Ich war nach Modena gefahren, weil ich die Leute aus der Christmette wollte kommen sehen, als aber diese Stunde allgemeinen Frohsinns schlug, saß ich allein im Zug. Viele Jahre später, als *Die Baskin* herauskam, fuhr ich eigens nach Modena, um mir von jemandem gratulieren zu lassen. Aber kein Mensch sagte etwas zu mir. Im Gegenteil, sie sahen mich vorwurfsvoll und ein wenig verächtlich an, als wollten sie sagen: »Du hast dir überhaupt keinen Namen gemacht von 1935 bis heute. Warum schreibst du denn eigentlich?« Nach ihrer Meinung bedeutete wohl sein Haus in der Stadt verkaufen dasselbe wie sich in der Literatur einen Namen machen. Auch ihnen wird man eines Tages in einer Welt ewiger und wenig behaglicher Erinnerungen den Extraplatz des Nicht-Leidens zuweisen! Weihnachten 1936 blieb ich in Florenz und versuchte mir um Mitternacht vor jeder Kirche vorzustellen, wer ich hätte sein können, wenn ich in Florenz statt in Modena geboren und aufgewachsen wäre. Aber ich konnte mir nichts vorstellen ... Die jungen Florentiner paßten jedoch sehr gut auf die vorbeigehenden Frauen auf, und ihre Glossen trafen den Nagel auf den Kopf, waren höflich und nicht ohne Grazie ...

Obwohl ich in Florenz die Erscheinung einer vorbeigehenden Frau zu verfolgen hatte – die Erscheinung hatte im September 1934 auf der Promenade in Viareggio stattgefunden und wurde in den Jahren darauf zu der Frau, welche die Heldin des *Romans einer Rose und eines Veilchens* (von dem nur einige wenige Aufzeichnungen existieren) hätte werden sollen (aber nicht wurde) –, waren meine Bilder nun schon so verworren, daß sie nicht mehr ausreichten, um jene Übersiedlungen zu gewähren, mit deren Hilfe ich jedoch bis dahin mein Dasein gefristet hatte. Da alles, was wahr war, sich nun bewahrheitete ... hatte sich meine

Lebensfreude in Lebensangst und in den Willen, nicht zu leben, verwandelt. Die »Giubbe Rosse« waren bestimmt nicht der Ort, wo ich ein bißchen Hilfe hätte finden können. Aber dorthin trug ich meine Bilder. Die Frau, welche die Heldin des *Romans einer Rose und eines Veilchens* hätte werden sollen, war eine Bürgerin der Stadt Florenz, und ich lieferte sie ganz vulgär beim Vaupeo ab, genauso wie man den Plan seines Hauses zu einem Immobilienmakler bringt. Der Vaupeo bezahlte sogar den Henker, einen gewissen Pallù ... und ließ die Hölle los. (Wenn auch, ich wiederhole es an dieser Stelle, der Vaupeo nicht der Teufel war, sondern nur ein vernarrter kleiner Dämon im Dienst des wichtigeren Teufels: des alabasterweißen, feisten und fühllosen Luzifers, der in der Provinz wohnte.)

In jenen Jahren geschah es, daß Margherita Matesillani unleugbar wirklich zu werden begann. Sie ließ keinerlei Übersiedlung mehr zu. Sie wurde immer einsamer, immer wahrer, immer einziger ... aber immer ferner, unerreichbarer, und es gelang keinem Dämon, mich so weit zu bringen, daß ich sie anzeigte. Die Übersiedlungen, die ich für sie erfunden hatte, retteten sie; niemand erfuhr je etwas von ihr. Wieder einmal waren dem Teufel, dem armen Teufel, die Hörner abgestoßen worden. Zwar sind auch die armen Teufel immer noch Teufel und kommen als solche nicht in den Genuß von Gewissensbissen, Strafen und Schmerz, wie wir gewöhnlichen Sterblichen sie genießen. Und daher arbeitete Vaupeo auf höheren Befehl mit geringerer Intensität (aber größeren Schmerz verursachend) auf Gebieten, die seinem Rang als x-beliebigen Teufel eher entsprachen. Damals bekam ich das Gefühl, die Menschheit sei in verschiedene Ränge eingeteilt, und ich stünde doch nicht auf der untersten Stufe der Rangskala. *Irgend jemand* hatte sich offensichtlich in der Einschätzung meines Ranges getäuscht, als er Vaupeo losschickte, um mich zu verdammen ... dem jedoch (und trotz allem) aufs neue, mehr als einmal und mit langen Pausen, der Auftrag erteilt wurde, sich mir an die Fersen zu heften. Entweder war er im Rang gestiegen oder ich gesunken.

Während ich schreibe, bin ich nun aufs neue und wirklich überzeugt, daß Vaupeo sein Spiel gegen mich verloren hat; was mich hoffen läßt, einen so hohen Rang erreicht zu haben, daß ich eines fürchterlichen und leider auch tüchtigeren Teufels würdig bin.

In den letzten Tagen des Abessinienkrieges war ich aus meiner geographisch-sentimentalen Verlorenheit herausgekommen, ohne daß es mir deshalb gelungen wäre, meine Gedanken und mein Dasein von einst wiederzufinden. Ich verbrachte (statt in die »Giubbe Rosse« zu gehen oder nach Bologna zu fahren) viele Stunden zu Hause und betete. Diese Sucht hatte ich im Lauf des Krieges bekommen, und sie war in der letzten Zeit vielleicht ein wenig krankhaft geworden. Ich kniete mich allein nieder und betete für die Rettung des abessinischen Volkes. Ich flehte um die Gefangennahme des Generals Badoglio, der dann, um mit dem nackten Leben davonzukommen, die bedingungslose Kapitulation der italienischen Regierung und seiner Truppen hätte anbieten müssen (darum bat ich den Himmel).

Während ich eines Abends in meine Gebete versunken war, stieß ich plötzlich einen schrecklichen Schrei aus: »Das ist nicht wahr!« Ein ohrenbetäubendes Geläute, Sirenen, Kanonenschüsse, faschistische Gesänge, Geschrei hysterischer Frauen: »Wir haben gesiegt! Wir haben gesiegt!« hatten mir mitgeteilt, daß Badoglio nicht gefangengenommen war, wie ich mir sehnlichst gewünscht hatte. Da ging ich aus dem Haus und fing an zu laufen. Die Arnopromenaden waren schon menschenleer, denn die ganze Bevölkerung hatte sich wohl inzwischen auf einen der großen Plätze (Piazza Signoria, Piazza Vittorio oder Piazza San Giovanni) ergossen. Ich erreichte laufend die Eiserne Brücke und lief noch weiter. Im Laufen stellte ich mir die

Hoffnung der Hoffnungen vor, was mir Genuß und Vergnügen bereitete. Wenn ich stehenblieb, um Atem zu schöpfen, packte mich ein entsetzlicher Zorn und ich verwünschte den Tag im Jahr 1933, an dem ich mir, von Rom zurückgekehrt, die zwölf Gewehre und Patronen, die mir Arnaldo für tausend Lire verkauft hatte, hatte wegnehmen lassen. »Es wäre schon genug, ein Polizeipräsidium in die Luft zu sprengen, um das Gesicht des ganzen Landes zu verändern«, dachte ich. So kehrte ich laufend nach Hause zurück und landete in meinem Zimmer, im Bett, um Atem und Kräfte zu schöpfen. Gegen Mitternacht ging ich in die Innenstadt. Alles war taghell erleuchtet. Ich kaufte einige Zeitungen, las die Überschriften, blätterte sie durch und fand unter der letzten Spalte auf der letzten Seite die Nachricht von der stattgehabten Hochzeit der Beatrice des 20. Jahrhunderts mit irgendeinem Adeligen. Was war wahr, bewahrheitete sich ... Diese Nachricht erfreute mich und versöhnte mich mit den anderen großen schrecklichen Nachrichten. Wieder wurde eine Übersiedlung aus der Welt meiner Bilder zunichte.

Der spanische Bürgerkrieg brach aus. Ich war in Viareggio. In Forte dei Marmi lernte ich Flüchtlinge aus Barcelona kennen. Es waren spanische Faschisten im Hause von Faschisten. Alles verursachte mir einen kolossalen Ekel. Es kam mir vor, als lebte ich in einem Käfig mit Stroh und Kot. Ein antifaschistischer Schriftsteller kam zu mir auf Besuch, er hatte Beziehungen zum Innenministerium und sagte, er sei Kommunist gewesen. Er war ein unglücklicher Mensch, liebte die Dinge und hatte Angst vor dem Geldausgeben. In der Welt galt ich als sein großer Freund. Ich konnte nicht nein sagen, hatte es noch nie gekonnt. Er holte mich von zu Hause ab und brachte mich, mit meinem Wagen, in alle Nuancen der guten Gesellschaft. Trotz der Verschiedenheiten, die ich zwischen den einzelnen Gruppen bemerkte, ist es mir nie gelungen, ein Bild mit nach Hause zu nehmen, das eine Gruppe von der anderen unterschied. Und dabei verkehrte ich sogar in Kreisen international geschätzter Künstler. Von alldem brachte ich nichts nach Hause als eine absolute Müdigkeit und den Wunsch, einen Tag zum Alleinsein zu finden, an dem ich einen Spaziergang für mich machen und mich in das alte Café Margherita von Viareggio setzen konnte, um Dinge aus meiner glücklichen und behutsamen Kindheit in meinem Herzen aufsteigen zu lassen. Ich badete fast nie im Meer, und die Badewelt verursachte mir Schwindel und Übelkeit: ich meine die sogenannte elegante Badewelt der Viertel Marco Polo und Fossa dell'Abate in Viareggio, die von Fiumetto und Forte dei Marmi. Und trotzdem holte mich der bewußte Schriftsteller immer ab und hieß mich alle meine Stunden mit Leuten verbringen, von denen ich ohne seine Begleitung bis zum Ende meiner Tage niemals Notiz genommen hätte. Wenn ich von jenen verschiedenen, aber einförmigen mondänen Grüppchen spreche, die ich gegen meinen Willen kennenlernen und immer wieder aufsuchen mußte, ist mir noch heute zumute, als hätte ich meine Persönlichkeit verloren und hätte in beständiger moralischer Schande gelebt bis auf den heutigen Tag. Dennoch waren es lauter, mehr oder weniger, anständige Leute. Seit damals verabscheue ich das Hübsche, das Gefällige, den guten Geschmack und sogar *das Künstlerische.* Aber ich habe mir selbst die Gründe für diesen Abscheu noch nicht klar und deutlich dargelegt. Erst wenn ich einmal überzeugt bin, daß es in jenen mondänen und künstlerischen Grüppchen nur Falsches, also *Häßliches* gab, dann kann ich mich wieder mit dem *Hübschen* und dem *Künstlerischen* versöhnen. Mit dem *guten Geschmack* aber: niemals. Es gibt einen Grund, weshalb ich mit dem *guten Geschmack* nie Frieden schließen werde. Weil auch das *Widermenschliche* guten Geschmack haben kann. Und ich will mit allen geistigen Kräften, die mir noch geblieben sind, jegliche Beziehung zum Widermenschlichen abbrechen.

Versuche, die Beziehungen zum Widermenschlichen abzubrechen, habe ich immer schon gemacht. Die Gesellschaft rannte auf eine absolute *Unmenschlichkeit* zu. Der italienische Inhumanismus hielt Einzug, und in diesen Tagen, da ich schreibe, ist er dank einer politischen Partei, deren Adjektiv in der Vergangenheit der höchste Ausdruck der Menschlichkeit war, bei seiner konkreten Festigung angelangt. Aber was ich bekämpfe und wozu ich keinerlei Beziehung mehr haben möchte, ist das Widermenschliche. Unter »unmenschlich« verstehe ich etwas, das dem Menschen nicht entspricht, etwas, das zwar nicht mehr menschlich ist, aber doch noch zur Sphäre des Menschlichen gehört. Anders ausgedrückt, unmenschlich ist ein Mensch, der in der Hölle landet oder landen könnte. Das Widermenschliche ist dagegen etwas, das außerhalb des Menschen liegt, weder menschlich noch unmenschlich ist und sich ohne Unterschied als Mann, als Frau, als Hund oder als Ball aus Staniolpapier verkleiden kann. Kurz gesagt: es ist der Teufel. Das Widermenschliche geht um unter uns, dank der neuen italienischen Mode des Inhumanismus. Das Widermenschliche kann, ich sage es abermals, als menschliches Wesen verkleidet unter uns weilen; es kann jedoch vor allem in der Luft, in den Worten, in den Dingen, im Entwurf der Architekten, in den Früchten der unmenschlichen Spekulanten unter uns weilen. Zum Beispiel: ein Bürgermeister der Hauptstadt gibt schändliche Bauspekulationen in Auftrag oder läßt sie durchgehen. Bis hierher ist es unmenschlich. Das Widermenschliche, das unbesiegbare Widermenschliche beginnt nachher: wenn die Häuser gebaut sind; wenn die Familien sie zu bewohnen beginnen; wenn der Tempel errichtet ist und die Gebete der Gläubigen dumpf darin widerhallen, wobei sie merkwürdige gelbe Lichter entstehen lassen; wenn die Perspektiven der neuen Straßen bewirken, daß wir mit einer falschen Vorstellung der Wahrheit umhergehen; wenn die Farbe des Lichtes, dessen, was wir für Licht halten, eine Farbe hat, die kein Licht mehr ist; wenn die Frauen, denen wir begegnen, nicht mehr schön oder häßlich sind, sondern provozierend, aufgeilend, kühl oder heiß, geschwefelt oder gesalzen; wenn nichts mehr der Wahrheit der Vergangenheit oder der Zukunft entspricht, und die Gegenwart beziehungslos und vergleichslos dahinlebt. Wenn dir plötzlich, ohne daß man dich rechtzeitig darauf vorbereitet oder davon überzeugt hätte, jemand sagt, es sei nun deine Christenpflicht, Ostern um Mitternacht zu feiern. Es ist widermenschlich, die Stunden zu zählen und zu sagen, jetzt ist Sonnenuntergang, wenn dir die Mittagssonne auf den Kopf brennt; es ist widermenschlich, wenn du dich mit deinen Gästen zum Essen auf den Boden setzt und ihnen und dir verbietest, die Stühle zu benutzen, die du im Hause hast usw. usw. Das Widermenschliche erfaßt alle: Der Unmenschliche wird fett dabei, der Menschliche geht zugrunde. Wenn das Widermenschliche an der Macht ist, gibt es kein menschliches Wesen, das menschlich leben kann. In ein paar Worten: Wenn das Widermenschliche von Dauer sein sollte, hätte der Teufel sein historisches Spiel gewonnen. Denn in der Zeit des Widermenschlichen erfreut sich das Unmenschliche bester Gesundheit und eines langen Lebens; während das Menschliche bestenfalls ärmlich dahinlebt, um bald den Tod zu finden: so daß die Welt im Lauf von zwei oder drei Generationen ausschließlich mit Unmenschlichen bevölkert wäre.

Aber es gibt ja die Hoffnung, und die Welt ist noch nicht tot. Alle, die leiden, weil sie versuchen als Menschliche im Widermenschlichen zu leben, sagen und glauben, daß die Welt nie untergeht. Ich möchte auch zu ihnen gehören, aber meine Kräfte sind schon so sehr geschwunden, daß ich es kaum mehr sagen kann …

Der spanische Bürgerkrieg brach aus. Das Volk, dem ich meine ganze Sympathie schenkte, waren die Basken. Es ist das älteste von allen Völkern Europas ... und ich war damals Regionalist. (Heute bin ich keiner mehr, weil die in Italien herrschende Partei dazu neigt, die Region mit einer Art Superpolizeipräsidium zu verwechseln.) Eine große Sympathie hatte ich auch für die Katalanen, aber ihre Partei hatte ich schon bei der Revolution von neununddreißig ergriffen. Seit Jahren liebäugelte ich mit einer Revolution, welche die Herzogtümer von Modena und Parma vom fünffachen Joch Siziliens, Piemonts, der Savoia, der Faschisten und des Papstes befreit hätte.

Es war an einem Vorfrühlingstag des Jahres 1937 am Bahnhof von Florenz, während ich auf den gewohnten Zug nach Bologna wartete. Ich hatte den Bürgerkrieg, die alte und die moderne Geschichte vergessen, die Zeitungen, die ich in der Hand hatte, las ich nicht. Ich wiegte mich in ängstlicher Erwartung, die fatale Farbe des Reno unweit des Bahnhofs von Bologna, das ausgedehnte Feld der grau und rot dampfenden Lokomotiven mit dem von der untergehenden Sonne entflammten Himmel und das Ziegelrot und das Grün der Wallfahrtskirche Madonna di San Luca bald zu sehen. Ein Herr mit feinen Gesichtszügen und übermäßig vornehmer Haltung, in sehr bescheidener wenn auch eleganter Kleidung, stand nachdenklich in einiger Entfernung von seinen Kindern (einem kleinen Jungen und einem Mädchen): die redeten miteinander in einer Sprache von so bewegender Süße, daß mein Herz, als es sie hörte, in seinem Schlagen innehalten wollte, um die Dinge für immer in diesem Augenblick festzuhalten. Aber man hörte hingegen sofort ankommende und abfahrende Züge, die Rufe der Reisenden, der Gepäckträger und der Eisenbahner, langes, fernes Pfeifen, das von einstigen Reisen durch die unermeßlich weiten Räume der großen europäischen Ebenen widerhallte. Der kleine Junge wird zehn Jahre alt gewesen sein; sie fünfzehn. Er war von einer außergewöhnlichen Sanftheit und einer besonderen Aufmerksamkeit: er schien an den Lippen seiner Schwester zu hängen. Er war ein sehr blasses Kind und schien beinahe noch zu klein zu sein für die Intelligenz, die sein Gesichtsausdruck verriet. Das Mädchen sagte nur ein paar Worte, aber in einem Rhythmus, der dem Klang der Stimme den Sinn einer Musik verlieh, die komponiert worden war, um tanzende Schicksalsergebenheit auszudrücken. Das Mädchen erschien mir nicht eigentlich schön, aber ich entdeckte sofort eine unbestreitbare Grazie an ihr. Groß war sie nicht; und ihr hellhavannafarbenes Wollmäntelchen wurde am Hals von einem großen Knopf geschlossen nach der Art des klassischen englischen Regenmantels. Er schien aus einem Gemälde von Velasquez zu stammen. Sie, die an jene Madonna des El Greco (die man oft in einem Medaillon auf dem Titel der Monographien dieses Malers findet) erinnerte, ohne ihr ähnlich zu sehen, schien mir, plötzlich zum Leben erwacht und in Gestalt eines Kindes, die angebetetste Frau meines Lebens zu sein: ich meine die, welche auf einem Gemälde Cézannes in einem Sessel sitzt. Sie war aber auch (und vielleicht vor allem) eine Madonna El Grecos, die ich damals noch nicht kannte und erst im Herbst desselben Jahres in Paris sehen sollte: ich meine die, welche von oben gerufen friedvoll in gelbe, dann golden werdende Himmel aufsteigt, wobei sie eigens zu dieser Gelegenheit in Engel verwandelte Wolken unterstützen. Entschieden klein waren ihre Füße, die fest in flachen Jungenschuhen steckten. Ihr ganzer Körper neigte eher zum Rundlichen, zu Rundungen von absoluter Reinheit. Länglich war der Schnitt ihrer Lippen, die sich hell, in rosaroter, ganz leicht rötlicher Haut abzeichneten, schmal waren und ein wenig vor Feuchtigkeit schimmerten: sie spiegelten sich in einem Lächeln wider, das fast ohne Ironie war und etwas an sich hatte, das die Mona Lisa noch nicht kennt und das ich einige Zeit später in einem Buch von Settembrini, den *Ricordanze*, an einer Stelle wiederfand, wo er von der Begegnung mit der Frau spricht, die später seine Frau werden sollte. Ihre Beine waren weder dick noch dünn, weder schön noch häßlich: sie zeigten auf die vollkommenste Weise die lautere Einfalt der Jugend und den wahren, keine Widersprüche zulassenden Sinn der Keuschheit, die sich vollends in ihrem Blick äußerte; die sanften, tiefen Augen erzählten von schmerzlichen Visionen, die sie gesehen und erlitten, aber auch überwunden hatten, in der Betrachtung eines inneren Lebens, erfüllt von einem Glück, das die Welt nicht mehr dulden wollte. Es schien, als versuchte sie dem kleinen Bruder (der vielleicht gerade begann, das große kindliche Vertrauen zum Leben zu verlieren) die Vertraulichkeit eines lauteren Daseins zu vermitteln, das noch von niemand und von nichts versehrt worden war und auch nie getrübt werden sollte, solange sie bei ihm war. Ich wollte ihre Worte hören, sie verstehen und deshalb hatte ich mich so nahe zu ihnen gestellt, daß ich sie hätte berühren können. Aus ihren Reden konnte ich ein Wort auffangen, es hieß »entonces«. Sie sah mich mit einem unversehrten Lächeln an, und aus ihren Augen schien ein bißchen Zuneigung zu mir zu kommen. Der Vater sah mich inzwischen aus der Ferne ebenfalls an, und ich fürchtete schon, er würde mich als Störenfried verweisen. Aber er lächelte, als hätte er gesagt: »Treten Sie nur näher, Caballero, Sie gehören zu meiner Familie! Wir sind schon so wenige geworden, wir Guten auf der Erde.« Der kleine Bruder hatte gegen ihr »entonces« etwas einzuwenden, und sie redete weiter auf ihn ein. Ich wollte mich gerade in ihr Gespräch einmischen. Das Schicksal hatte alles dafür vorbereitet . . ., aber der in dem Moment ankommende Zug hatte mich im Nu aufgesaugt. Es war, als wäre der Höllenwagen vorbeigefahren; ich wurde bei den Haaren gepackt, dem Glück entrissen. Schuld war ich selbst. Hätte ich es doch ihrem Bruder gleichgetan und mich überreden lassen! Wie konnte nur eine Abfahrt nach Bologna diesem »entonces« entgegensetzen, diesem einen Wort, das die Poesie und die Weisheit der edelsten und größten Bibliothek der Welt in sich barg?!

Seit dem Vorfrühlingstag des Jahres 1937 sind neunzehn Jahre vergangen, und die Begegnung von damals wird wieder, wie sie immer war, voller Vorwürfe, Aussichten und Hoffnungen. Sie wurde von mir die Baskin genannt. Der spanische Bürgerkrieg wurde zur ersten, wahren, großen Tragödie der Menschheit. Ich stellte sie mir vor, wie sie in ihr Land zurückgekehrt war. Ich stellte sie mir als Flüchtling vor. Ich stellte sie mir als Tochter des Anführers der Aufständischen vor. Das Schicksal der Basken war damals grauenvoll, wurde tragisch und verschwand schließlich in anderen, noch größeren Tragödien. Mein Ehrgeiz schlug über die Stränge. Ich wollte ein Buch, eine große Botschaft an die Menschheit schreiben. Die Italiener sollten verstehen, ohne daß ich mit der Zensur oder den Strafen des Regimes zu tun bekam, daß ich zu den Basken hielt und nicht zu ihnen. Sie sollte mein Buch lesen, und ich sollte ihr noch einmal begegnen. Ich mußte mich beeilen, bevor der Krieg aufhörte, bevor alles verloren war. Was dabei herauskam, war ein Durcheinander, das niemand verstanden hat: die Erzählung *Die Baskin.*

Nachdem ich sie geschrieben hatte, fand ich keine Zeitschrift, die sie veröffentlicht hätte. Beinahe hätte ich sie schon vernichtet. Freunden mit besonders hohem Niveau vertraute ich mein Geheimnis an: alle lachten insgeheim über mich. Im Jahr darauf übergab ich das Maschinenskript Bonsanti für den Verlag Fratelli Parenti.

Das Buch wurde vom Minculpop *beschlagnahmt.* Dann wieder *freigegeben*, dank des Einschreitens von Arrigo Benedetti, sofern die vulgären Ausdrücke aus einigen Erzählungen herausgenommen würden. Auch das Minculpop hatte von meiner Botschaft, meinem Aufruf zur Revolte nichts verstanden. Vielleicht hatte ich mich zu gut versteckt. Selbst die aufmerksamen Leser verstanden nichts. Ich hatte es wohl wirklich so angestellt, daß man nichts verstehen konnte. Auf jeden Fall, als das Buch erscheinen konnte, wurde es nicht verbreitet. Es wurde vielmehr das am wenigsten verbreitete Buch der am wenigsten verbreiteten Reihe des am wenigsten von ganz Italien verbreiteten Verlages. Ich weiß nicht, wie es zuging, daß selbst dieses Buch eines Tages vergriffen war. Einige Jahre lang wurde es im Lager des Verlages versteckt gehalten. Nie hat mich jemand gebeten, es neu aufzulegen. 1952 bot ich es Mondadori an, aber der Schriftsteller Cantoni, Angestellter dieses Verlages, gab mir höflich zu verstehen, es sei absolut nicht angebracht, darüber zu reden. Erst jetzt, in diesem Jahr, wollten es anläßlich einer meiner Reisen nach Rom meine lieben Freunde Niccolo Gallo, Antonio Dini und Cesare Garboli zusammen mit dem Verleger Lischi in Pisa neu auflegen. Ich bitte den Leser mir das lange Vorwort oder wie man es sonst nennen will für *die Erinnerung an die Erinnerung an die Baskin* zu verzeihen und zu guter Letzt flehe ich ihn an, mich nicht zu fragen (falls er das Buch lesen wird): »Warum Die Baskin? Wer ist das? Was soll das heißen?«

Rom, den 18. April 1956

Anmerkungen

Der 10. Juni 1918

Staatsfeiertag: gemeint ist die »Festa dello Statuto«; dieses Fest wurde am ersten Sonntag im Juni gefeiert und erinnert an das Statut aus dem Jahr 1821, in dem der König den Bürgern freiwillig einige Grundrechte zuerkannte; es wurde erst 1946 durch die Verfassung des heutigen italienischen Staates abgelöst.
marusticani: Kirschenart: die Früchte sind größer und härter als die gewöhnlichen Kirschen, sie ähneln den »duroni«.

Eine Geschichte

Polverelli: Minister für Volkserziehung.
GUF: Gruppi universitari fascisti: Faschistische Studentenschaft.
Gaetano Salvemini einer der bedeutendsten antifaschistischen Intellektuellen Italiens. Historiker und politischer Schriftsteller; lebte im Exil in Paris, später in Großbritannien und in den USA, wo er an der Harvard-Universität lehrte.
Die *Miliz* war die Kampftruppe der faschistischen Partei; vergleichbar mit der SA.
Podestà hießen die Bürgermeister im Faschismus.
Fascio: anfänglich der Name der faschistischen Partei.
OVRA: Organizzazione vigilanza e repressione antifascista: Organisation zur Unterdrückung und Überwachung antifaschistischer Umtriebe.
Ciro Menotti: Seidenhändler und Patriot in Modena, Held des Risorgimento. M. wollte den Herzog von Modena an der Spitze der nationalen Bewegung sehen, wurde jedoch von ihm verraten und gehängt.
Stornelli: dreizeiliges, volkstümliches Lied, oft spöttisch.
Squadristen: faschistische Sturmabteilungen am Anfang des Faschismus; Schlägertruppen, die den Gegnern des Regimes in den Straßen auflauerten.

Avanguardisten: faschistische Jugendgruppe für junge Leute bis achtzehn.
Nello Rosselli: Historiker und Antifaschist. 1937 in Frankreich, wo er im Exil lebte, ermordet.
Die Baskin (Il ricordo della Basca): italienischer Titel des vorliegenden Buches.
Minculpop: Ministero per la cultura popolare: Ministerium für Volkserziehung.

Nachwort

Die Wirklichkeit?

»Die Wirklichkeit? Die gibt's doch gar nicht, es gibt nur die Phantasie; die Wirklichkeit, das sind wir zwei, wie wir ganz doof hier im Café Hungaria sitzen«, soll Antonio Delfini aus Modena (dort 1908 geboren und 1963 gestorben), Erzähler, Pamphleteschreiber und Dichter einmal zu einem Freund gesagt haben, mit dem er sich über den Neorealismus in der italienischen Literatur unterhielt. Und in »Eine Geschichte« schreibt er: »... man schreibt doch nie über das, was da ist, sondern nur über das, was nicht da ist.« Delfini geht in den Erzählungen dieses Buches fast immer von einer geradezu standesamtlich realistischen Basis aus, nennt Alter, Vornamen und Nachnamen seiner Gestalten, deren angedeutete Lebensläufe stets Ähnlichkeiten mit seinem eigenen haben. Was aber dann folgt, ist immer unvorhersehbar. Die Wörter und Sätze scheinen den Schreibenden (und auch den Lesenden) mitzureißen, er wird aufgenommen in den Strom der Erinnerungen, der Wünsche und der erinnerten Wünsche, in den Strom dessen, das »nicht da ist«. Das alles wird aber nicht um seiner selbst willen aufgeschrieben, sondern damit es gelesen wird. Delfini erzählt einem Gegenüber, was er zu sagen hat. Erklärtermaßen ist er ein Schriftsteller, der gelesen werden möchte; zu seinen Lebzeiten wünschte er sich sehnlichst, in der größten Illustrierten Italiens abgedruckt zu werden, aber nicht weil er sich einbildete, für das »Volk« zu schreiben, sondern damit er von allen Mädchen und Frauen, vor allem aber von der einen gelesen werden konnte.

Auf so verschiedene Weise ist Leben und Schreiben bei Delfini miteinander verbunden, geradezu ineinander verfilzt. »... hätte ich damals ein Tagebuch geführt, so hätte ich keine Zeit zum Leben gehabt und auch nicht die Phantasie und Laune, jene wahren Geschichten zu schaffen, die mir, da ich sie erlebte, nicht die Zeit ließen, sie aufzuschreiben.« (»Eine Geschichte« S. 169). Ähnlich wie seine deutsche Zeitgenossin Marieluise Fleißer ist auch er an eine Stadt und an einige wenige, fast zwanghafte Themen gebunden; das Schreiben beider wäre ohne ihre Herkunft aus der Provinz nicht denkbar. Modena, die alte Hauptstadt des Herzogtums, ist Delfinis Heimatstadt, die Stadt, in der seine Familie lebt. Generationen emilianischer Grundbesitzer, die dort ihren Palast besitzen (der ihm verlorengeht) und selbst an einer Verschwörung teilgenommen haben, die geliebte und gehaßte Stadt, aus der er immer wieder wegfährt, nur um immer wieder in sie zurückzukehren, die Stadt, in der er hätte heiraten, Kinder haben und ein anständiger Bürger werden mögen, sie ist aber auch der erzählte Ort, unverwechselbar als Ort der Erinnerungen, der Wünsche, der Qualen, der Träume, des Spottes und der Liebe: der Stadtplan, die Stadtgeschichte, die Gerüche der Gassen und der Arkaden, die Farben der Gebäude, die »knaunzende« Mundart der Bewohner sind nicht das lokale Dekor, in dem seine Geschichten spielen (Delfinis Modena ist nicht Bassanis Ferrara), sondern sie spielen sozusagen mit, sind Akteure in Delfinis Kopf und Herz. Trotz der Akribie, mit der Delfini Straßen, Ecken, Lokale und den Park seiner Stadt evoziert, ist er kein Heimatschriftsteller für die Emilia Romagna, genauso wie Tozzi, obschon an Siena gebunden, kein Heimatschriftsteller für die Toskana ist. Delfinis erste Prosaversuche, kurze Texte des knapp Zwanzigjährigen, haben nicht zufällig den Titel »Rückkehr in die Stadt«. In der Geschichte desselben Titels ist die Rede von einem jungen Mann, der in seiner Stadt ankommt; es heißt: »... ich nahm eine geschlossene Kutsche mit hochgezogenen Fenstern, stieg ein und sehnte mich nach vergangenen Geschehnissen, Lichtern und Dingen, nach etwas, das nicht konsistent und nicht voll Gedanken ist, von denen man, so heißt es, in der Welt eigentlich reden soll.«

Ich muß dir was erzählen

Also inkonsistentes Zeug, keine hohen Gedanken, hatte schon der junge Delfini im Kopf. Sein Leben lang hat er nur von sich selbst erzählt, auch seine Satire entsteht immer aus persönlichem Ärger, ohne je langweilig zu werden, »ein Narziß, der sich selbst eine Grimasse schneidet«, wie Cesare Garboli, der Freund und Herausgeber seiner Werke, sagt.

Delfini braucht keinen Biographen. Er erzählt seinem Leser selbst, wie es war und auch wie er es sich gewünscht hätte. Es war etwa so: Er wuchs zusammen mit seiner wenig älteren Schwester bei seiner Mutter auf, denn sein Vater starb, kaum daß er auf der Welt war; die drei behielten auch späterhin ihren gemeinsamen Haushalt bei und starben nacheinander im Lauf weniger Jahre. Das ansehnliche Vermögen der Familie zerrann ihm unter den Händen, »mit dem letzten Stuhl in der Hand« mußte er mit siebenundzwanzig Jahren seinen geliebten Stadtpalast in Modena verlassen. Er lebte schlecht und recht, vor allem in späteren Jahren, zum Teil von journalistischer Tätigkeit; denn Arbeit hielt er für etwas Widernatürliches. Er hatte nie regelmäßig eine Schule oder gar die Universität besucht; auch als Schriftsteller hielt er darauf, ein Dilettant zu sein. Er war außerdem ein passionierter Caféhausbesucher und chronisch unglücklich Verliebter, ein kritischer Beobachter der Gesellschaft und der Politik seines Landes (man darf nicht vergessen, daß er die meisten seiner Lebensjahre unter dem Faschismus zugebracht hat). Er betrachtete sich selbst als einen Gescheiterten: gescheitert in der bürgerlichen Existenz, gescheitert als Liebhaber, nicht gescheitert aber als Schriftsteller. Wie er selbst am Anfang von »Eine Geschichte« bekennt, wäre er vielleicht ein großer Schriftsteller geworden, wenn er andere Freunde gehabt hätte, »wahrscheinlicher aber ist, daß ich niemals eine Erzählung oder eine Beinahe-Erzählung geschrieben hätte, wenn ich nicht die Freunde gehabt hätte, die ich nun einmal hatte.«

Das Café

Delfini war also kein Einsiedler, kein Intellektueller im Elfenbeinturm. Sein Schreiben hängt – freilich polemisch – mit seinen Freunden zusammen. Die Freunde im provinziellen Sinn und das Café gehörten zu seinem Tageslauf, und er hätte, glaube ich, nie auf die einen oder das andere verzichten können. Das Café war der Knotenpunkt des Trivialen und des Sublimen, der Ausgangspunkt für Pamphlete und musikalische Visionen. Im Café saßen Faschisten und Spießbürger, seine Feinde und Verächter, aber das Café konnten auch Frauen betreten, dann wurde es zum magischen Ort der Erscheinungen.

Im Café wünschte er schon als junger Mann eine elegante Figur abzugeben und er stellte sich vor, wie er einst an der Eingangstür stehen würde »... groß, schlank und lächelnd, den Daumen der rechten Hand in die Weste gehakt und die andere Hand am Knauf eines spanischen Rohrs ...«. Giacomo Disvetri, der Held der Erzählung »Die Baskin«, ist Bankbeamter und bekommt am Tischchen des Cafés Visionen, die das Café, die Stadt, den Alltag hinter sich lassen und ins Universum vorstoßen. Die große Szene des verkrachten Schriftstellers und Satirikers, des brillanten Ganoven Maltinor spielt sich im Café ab; im Café hält der junge Delfini seinen Vortrag über den Surrealismus.

Sein Leben lang war Delfini immer wieder unglücklich verliebt und sein Leben lang hat er immer wieder Bordelle aufgesucht. Beim Thema der Liebe, so scheint mir, treffen die Lebenssehnsüchte und die Wunschbilder der Phantasie besonders hart aufeinander. »Ich hatte mir drei oder vier schandbare Liedchen ausgedacht, die mir halfen, nicht mehr an die wirklichen Frauen zu denken, und mich in das absurde Nirwana der idealisierten Frauen, in die Ideenwelt eines liederlichen Platonismus versetzten, wo die Frauen zu einem erträumten Lächeln oder einem ersonnenen Mienenspiel wurden, das am Himmel einer vergangenen oder zukünftigen Zeit hing.« Aber auch hier siegt schließlich das Schreiben über das Leben, die Phantasie über die Wirklichkeit. »Ich dachte, es sei besser, von einem jungen Mann zu schreiben, der mitten auf einem Platz stehenbleibt, als ein junger Mann zu sein, der das tut, was man eigentlich schreiben sollte ...«, sagt er in »Eine Geschichte«. Und in »Der Verlobte« schreibt er das lange, langsame, sehnsüchtige, lachende und weinende Delirium eines glücklich Verliebten, der mit Pferd und Kutsche auf dem Weg zu seiner Braut ist. Bruchstücke von Kindheitserinnerungen, Episoden aus der Geschichte und der Vorgeschichte dieser Liebe sind eingebettet in die weite, beinahe grenzenlose Landschaft der Poebene. Wir glauben zu wissen, wie einem Verliebten auf dem Weg zu seinem Mädchen zumute sein kann, und Delfini hat hier diese Gefühlszustände in einen Gesang umgesetzt. Der erste Satz gibt das Tempo an: das träge, ungestörte Fließen eines Flusses durch die sommerliche Ebene. Die Sätze scheinen sich einer nach dem anderen durch diese Ebene zu ziehen, sie haben Zeit und einen langen Atem. Sie begeistern sich aneinander, schwärmen füreinander und geraten immer mehr ins Delirieren. In der Erzählung »Die Baskin«, die in Ligurien spielt, stellen sich die beiden Verliebten die Poebene nur vor, Isabella, ohne je dort gewesen zu sein, und sehen in ihr einen endlosen, glücklichen Ort ihrer Liebe. Auch ihre Gespräche und Gedanken nähern sich immer mehr einer musikalischen Schwärmerei, die zu guter Letzt in reinen Klängen endet, in erfundenen Wörtern, die nichts bedeuten, sondern nur klingen.

Von den Spuren Stendhals auf die Irrwege des Dino Campana

Delfinis Prosa will nichts zeigen, nichts beweisen, nichts Ausgeklügeltes vorführen und auch nichts beibringen, es läßt sich nicht die geringste Lehre aus ihr ziehen; seine Worte und seine Sätze sind wie Tätigkeiten des Lebens, wie morgens Aufstehen, Rauchen, Singen, Weintrinken usw. Das soll nicht heißen, Delfini schrieb, wie ihm der Schnabel gewachsen war, obschon er, wie gesagt, großen Wert auf sein Dilettantentum legte; seine Tagebücher sind voll literarischer Erwägungen, er verehrte Leopardi, vor allem den Verfasser der Operette morali, und Stendhal; aber er hatte ein im Grunde ungebrochenes Vertrauen zum Wort, zum Wort als Lebewesen. Und hier trifft er sich mit seinem Zeit- und Leidensgenossen, dem Dichter Dino Campana, dessen »Canti orfici« ebenso wie Delfinis Werke lange Zeit als Delirium eines Dilettanten betrachtet und daher kaum beachtet wurden. Auch bei Campana sind Leben, Leiden und Schreiben ähnlich aneinander gekettet wie bei Delfini.

Natalia Ginzburg definiert Delfinis Prosa in einem Zeitungsartikel aus dem Jahr 1971 so: »Sein Schreiben ist klar wie die Luft. Wir können in einem klaren, heiteren Licht atmen und gehen, brauchen nichts abzuschieben, uns nicht zu verstellen, über nichts hinwegzusehen, ihm nur im Erzählen zu folgen, das weder Zwängen noch Strukturen gehorcht, das frei und schnell, launisch und unvorhersehbar dahinfließt, wobei es das Geheimnis jeglichen Schlusses mit sich fortnimmt.«

So »launisch und unvorhersehbar«, daß man mitunter den Eindruck gewinnt, er komme vom Hundertsten ins Tausendste; nicht ohne Grund fühlte sich Delfini von der »écriture automatique« der Surrealisten angezogen und bezeichnet einen seiner Texte (»Il fanalino della battimonda«) als einen surrealistischen Text. Nach Cesare Garbolis Ansicht lag Delfini eine Art écriture automatique im Blut, ohne daß sie zu seiner Methode zu werden brauchte.

Delfini schraubt sich, während er erzählt, ständig in eine noch vergangenere Vergangenheit zurück, und alles wird um so heroischer, je weiter es zurückliegt. Ich kenne keinen anderen Erzähler, zumindest in der italienischen Literatur, der, so oft wie er, das Plusquamperfekt benutzt. (Ich habe diese Zeitform auch in der deutschen Übersetzung beibehalten, obschon sie bisweilen etwas schleppend wirken kann.) Die Geschehnisse werden dadurch, daß sie noch früher passiert sind als andere, ein Stück weiter von uns weggerückt, und wir können sie, wie Delfini selbst, mit größerer Pietät betrachten. Aber es ist auch eine Flucht aus der Vergangenheit in eine noch tiefere Vergangenheit, in der die Fakten zu Symbolen oder zu reinen Gefühlswerten werden können.

Der trotz aller Gedankensprünge gleichmäßige Strom von Delfinis Prosa gewinnt durch das Plusquamperfekt eine beruhigende Dimension: auch die Vergangenheit hat eine Vergangenheit, und diese ruht wieder in einer anderen Vergangenheit, und so hängt nichts isoliert in der Luft. Ähnliches gilt für die Erinnerung: Delfini erinnert sich wie alle Erzähler, aber er erinnert sich auch an Erinnerungen, sogar an eine Erinnerung, wie er sich einmal an etwas nicht erinnern konnte, was ihm wiederum in der Erzählgegenwart zu einer Erkenntnis verhilft. Delfini und selbstverständlich auch seine Gestalten erinnern sich aber auch an Gefühle, an Empfindungen, genauer gesagt an Ungeschehenes, an Wünsche und Träume. Aus all dem wird jedoch nicht wie bei Proust ein System, sondern es entstehen einige unvergeßliche Geschichten.

Natürlich ist Delfini kein Autor, der Schule gemacht hat, und doch hat seine Prosa in der heutigen Literatur Italiens eine Verwandte, die Prosa von Gianni Celati (»Erzähler der Ebenen«, Berlin: Wagenbach 1986). Auch in ihr spürt man wie bei Delfini den Nachklang des Gesprochenen; auch diese Prosa erklärt nichts, sondern redet mit einem großen Vertrauen zum Wort. Gewisse ähnliche langsame Tonfälle mögen wohl auf den Einfluß der Poebene, unter dem beide Autoren stehen, zurückzuführen sein.

Delfini hat, wie Natalia Ginzburg meint, keine störenden »eingebildeten Ideen«. Er hat sein Leben als Stoff, seine Sprachphantasie als Instrument und seine Gefühle als Filter. Oft gleichen seine Erzählungen Musikstücken, erinnern an musikalische Strukturen: »Eine Geschichte« an eine »opera semiseria« mit Rezitativen, den Plaudereien, und Arien, in denen Gefühle (Liebe, Haß, Verzweiflung, Zorn und Bitterkeit) hemmungslos zum Ausdruck kommen dürfen. Ein Netz von Motiven, die irgendwann einmal angeschlagen, wieder vergessen und unvermutet wieder aufgenommen und weiterentwickelt werden, zieht sich durch den autobiographischen Text, der eine Geschichte über seine Erzählungen ist. »Der Maestro« besteht aus unheimlichen Dissonanzen, so daß man Angst bekommt, die Geschichte könnte auseinanderfallen. Die große Arie der »Modistin«, das makabre Duett von Bruder und Schwester mit den parallel laufenden schäbigen Lebensläufen in »Seine Schwester, die Tänzerin«, die süße, todtraurige Mehrstimmigkeit im Eisenbahnabteil von »Ein unauffindbares Buch«, lauter unverkennbar musikalische Erzählungen und die große Symphonie der Vergangenheit im Romanfragment »Der 10. Juni 1918«.

Delfini schrieb sich mit zwölf Jahren in den Fascio, den Vorläufer der faschistischen Partei, ein. Als der Faschismus wuchs und sich entwickelte, wurde er zu dessen Verächter und Gegner, ohne ein orthodoxer Antifaschist zu werden. 1951 schrieb er ein »Manifest für eine kommunistische und konservative Partei in Italien«. Seine Satiren sind reine Spracherfindungen (nach Angelo Guglielmis Meinung gehen sie bis an die Grenzen eines Neodadaismus), und trotzdem »konnte sie das Bürgertum nicht verdauen« (so Delfini in einem Brief aus dem Jahr 1958). Er war ein »Wünschelrutengänger des Zeitgeists« (Cesare Garboli), der schon sehr früh die Häßlichkeit des neuen, industrialisierten Italien spürte, die sich in den fünfziger Jahren anbahnte.

Delfini ist kein zeitloser Dichter, sondern an Ort und Zeit gebunden wie selten einer; obschon sein Werk abseits der berühmten veristischen Tradition steht, ist er ein sehr italienischer Dichter. Die Erzählungen dieses Buches spielen in den ersten Jahrzehnten unseres Jahrhunderts; geschrieben wurden sie in den dreißiger Jahren; »Eine Geschichte« entstand in den fünfziger Jahren und berichtet wiederum über Geschehnisse aus den dreißigern. So läßt sich das Buch des Wirklichkeitsverächters Delfini auch als italienisches Geschichtsbuch lesen, als hin und her springendes, mitunter verzweifeltes und bitterböses, aber auch begeistertes Geschichtsbuch freilich, in dem die verschiedenen Zeiten nie allein, nie isoliert, sondern ineinander gespiegelt erscheinen.

»Ich bin gegangen und weiß nicht wohin, wo ich vielleicht nicht angelangt bin, wohin ich aber gern gegangen bin, damit es mir die Leute übelnehmen.« So schrieb schon der zwanzigjährige Antonio Delfini in »Rückkehr in die Stadt«.

Marianne Schneider